À Arthur, avec toi est venue ma vie rêvée…

***

" Maman disait toujours : la vie, c'est comme une boîte de chocolats, on ne sait jamais sur quoi on va tomber. "

- Forrest Gump

Prologue

Cinq ans plus tôt...

Sophie sortit des entrailles du métro, le smartphone déjà en main pour tenter de trouver son chemin. Son vieux modèle d'Iphone pataugeait allègrement dans la semoule en tentant de capter du réseau. Levant la tête à la recherche d'une rue qui lui dirait quelque chose, elle essayait tant bien que mal de déchiffrer la mythique plaque bleue et verte qui se situait à une centaine de mètres d'elle. Mais même avec ses lunettes de myope à triple foyer, elle parvenait tout juste à décrypter le mot "Rue".

Paris n'était de toute évidence pas fait pour les taupes...

Quand son téléphone se réveilla enfin, elle étudia son parcours, plantée au milieu du trottoir. Au bout de quelques secondes, un homme visiblement pressé la bouscula.

— Bouge de là, fillette !

Sophie s'écarta d'un bon, déjà prête à s'excuser à plat ventre quand une jeune femme qui venait d'accrocher son Vélib' à proximité, apostropha l'homme.

— Hey, ça vous écorcherait la gueule de dire pardon ?

Avec son physique élancé bien qu'un brin fluet, la jeune femme paraissait prête à en découdre.

— Je t'ai sonné, la bronzée ? rétorqua l'homme en rebroussant chemin.

D'un geste de la tête, la jeune femme envoya valdinguer sa lourde chevelure bouclée et le toisa avec dédain.

— Ah donc, vous êtes mal élevé ET raciste. Ça fait beaucoup pour une seule personne. Faites gaffe. Ce genre d'attitude amène souvent baffe dans la gueule et coup de pied dans les noix.

— Mal baisée, laissa tomber l'autre avant de s'éloigner en brandissant son majeur.

— Mal membré ! cria-t-elle dans sa direction.

Sophie, qui avait assisté impuissante à cet échange surréaliste, avança d'un pas.

— Hum,...merci, tenta-t-elle, incertaine.

La jeune femme se tourna vers elle, presque surprise. Elle semblait avoir oublié sa présence et la raison initiale de son altercation. Elle regarda Sophie de haut en bas, s'arrêtant sur ses cheveux roux bouffants qu'elle portait au milieu du dos, ses grosses chaussures de marche et son sac en bandoulière qu'elle tenait à deux mains.

Son héroïne d'un jour finit par attraper son téléphone dans une poche de son blouson en cuir bleu et baissa la tête.

— De rien, lâcha-t-elle. Je dois y aller mais arrêtez de vous faire marcher dessus. Allez, bonne journée.

Elle s'éloigna avant même que Sophie n'ait pu lui répondre. Elle resta plantée là avant de voir une nouvelle vague d'individus sortir du métro. Elle se mit prudemment sur le côté, peu encline à revivre la même scène.

Si jamais elle se faisait encore rembarrer par un passant, sa sauveuse allait revenir tabasser quelqu'un...

Elle se donna quelques instants pour retrouver ses esprits et observa le quartier autour d'elle. Très animées et brassant une multitude de populations, les rues étaient vivantes, pleines de restaurants et de commerces. Passant sous une arche annonçant le « Marché Montorgueil », elle avança de boucherie en primeurs et aperçut pas loin de trois boulangeries en l'espace de vingt mètres.

Au milieu de cette avalanche de commerces de bouche, elle imagina sans effort son père faire le plein de fromages affinés et de charcuteries pendant que sa mère râlerait sur l'augmentation anarchique de son cholestérol.

La rue piétonne résonnait des dizaines de badauds qui martelaient ses pavés en ce début de matinée. Les parents, armés de poussettes ou de porte-bébés, se dépêchaient d'emmener l'aîné à l'école. D'autres slalomaient entre les passants, un œil fixé sur leur montre et la main tenant fermement un mug en carton rempli de café sûrement brûlant. Sophie, pour sa part, avait un peu de temps devant elle.

Elle avisa un petit café situé à quelques mètres qui faisait l'angle d'une rue. Elle était en avance pour son rendez-vous et un chocolat chaud serait idéal pour se remettre totalement des émotions de la matinée. Elle s'installa en terrasse sur une chaise d'osier, contre la vitrine. Le soleil qui s'étalait sur les tables alentour, réchauffait agréablement son visage.

Elle fit signe à un serveur qui la convainquit que le chocolat n'en serait que meilleur s'il était viennois. Pas contrariante, elle accepta.

Pendant qu'elle dégustait sa boisson réconfortante et aussi légère qu'une plaquette de beurre, Sophie repensa à l'incident du "Mal membré". La jeune inconnue qui l'avait défendu avait entièrement raison. Elle devait s'endurcir. Elle venait de quitter sa confortable petite vie à Reims et elle n'avait pas d'autre choix que de se faire à la Capitale sans attendre. Elle ne ferait pas long feu si elle paniquait devant la moindre personne impatiente.

Autant refaire directement ses valises !

Pendant que les gens évoluaient autour d'elle, semblant courir d'un endroit à un autre, elle poursuivit sa dégustation, les deux mains autour de la tasse brûlante.

En un mois de vie parisienne, elle avait quand même réussi à ne pas trop mal se débrouiller. Elle avait trouvé un petit hôtel de quartier à un prix raisonnable et elle venait surtout de signer le bail de sa première boutique.

Sa boutique. À elle. Son refuge verdoyant et fleuri.

Fleuriste de métier, Sophie avait débarqué dans la capitale quelques semaines plus tôt avec le ferme projet d'ouvrir sa boutique. Grâce à l'aide financière de ses parents, elle avait pu verser les honoraires d'agence et les premiers loyers pour un petit local situé dans son quartier de prédilection : Montmartre. Si, compte tenu des loyers pratiqués dans cet arrondissement, elle ne pouvait espérer y vivre à son tour, elle avait été enchantée de découvrir cet endroit où elle allait pouvoir créer sa boutique rêvée. Il fallait avouer que le lieu ne payait pas de mine avec ses murs défraichis et sa vitrine noircie de crasse. Elle aurait sans aucune doute pas mal de travaux à effectuer mais elle ne manquait pas d'idées. Et d'enthousiasme.

Après tout, elle était venue à Paris réaliser son rêve, ce n'était plus le moment de reculer.

À elle, peinture, ponçage et vitrification !

Enfin si son empêcheuse de tourner en rond personnelle, qui l'appelait justement sur son portable, se décidait à la laisser respirer.

Elle décrocha à contrecœur.

— Salut maman.

— Salut ? Tu ne peux pas parler comme une adulte ?

Sophie ferma les yeux, déjà en train de ravaler la réplique qui lui montait aux lèvres. Vingt-quatre années d'expérience n'étaient pas de trop pour parvenir à arrêter les réflexions acerbes que provoquaient chez elle les remarques de sa génitrice.

— Bonjour maman. Ça va ?

— C'est plutôt à moi de te demander ça. Ton père m'a dit que tu avais dépensé tout l'argent que nous t'avions prêté.

— Je l'ai dépensé pour verser les frais du bail, maman. C'était tout le but de me prêter de l'argent..., dit-elle en serrant à pleine main sa tasse de chocolat chaud.

Elle aurait dû prendre un Irish Coffee. Quitte à zapper la partie « Coffee »...

— Oui. Enfin, tu ne m'enlèveras pas de l'idée que cette histoire de déménagement est ridicule. Avais-tu besoin de partir à cent cinquante kilomètres de la maison pour ouvrir ta boutique ?

Compte tenu de cette conversation, elle n'était visiblement pas partie suffisamment loin.

— Maman, tu sais très bien pourquoi je suis partie.

— Oh, encore cette histoire... Il serait tant que tu arrêtes de t'apitoyer sur toi-même...

Et c'était reparti...

Sophie préféra détourner la conversation.

— Ouvrir une boutique à Montmartre a toujours été mon rêve, maman. Tu le sais. J'en parlais déjà avec Mamie quand...

— Oui, oui, la coupa-t-elle. Je ne suis pas encore gâteuse. Tu nous rabâches les oreilles avec ce Montmartre depuis quinze ans.

— C'est quelque chose qui compte beaucoup pour moi.

— As-tu trouvé un logement ?

C'était tout sa mère ça. Dès que la conversation abordait ses ambitions, ses rêves, celle-ci avait toujours la fâcheuse manie de ramener le sujet à des considérations beaucoup plus terre à terre.

Pinçant les lèvres, Sophie lui répondit avec un air enjoué qui démontrait des années d'entraînement.

— J'ai justement rendez-vous pour une colocation dans dix minutes.

— Hey Soso !! Danielle, tu ne m'avais pas dit que tu appelais Soso !

Ah, son père avait rejoint la conversation en décrochant un autre combiné de la maison.

Cela promettait d'apaiser le climat...

— Oh Michel ! Tu sais que j'ai horreur quand tu décroches pendant que je suis au téléphone.

Et voilà...

— Je savais que c'était ma petite princesse ! Alors, Soso, tu as trouvé ta boutique ? Tu m'enverras des photos ?

— Tu ne pouvais pas savoir qu'il s'agissait de Sophie. Je t'ai déjà demandé mille fois d'arrêter de décrocher. C'est extrêmement désagréable et malpoli.

— Moi aussi, je veux parler à Soso !

Si elle raccrochait là maintenant, ils ne se rendraient compte de rien avant une bonne demi-heure... Au bas mot !

Sophie promit d'une voie enjouée d'envoyer toutes ses photos avant de s'excuser d'écourter cette conversation au fort potentiel mais un rendez-vous l'attendait pour un logement.

— Très bien, répondit sa mère. Tiens-nous au courant.

— Bien sûr.

— Oui, enfin comme d'habitude, c'est moi qui t'appellera puisque tu ne le fais jamais.

La jeune femme se retint de répondre que sa mère ne lui en laissait jamais le temps et qu'avant même qu'elle n'ait fini son entrevue, elle aurait déjà trois appels en absence.

— Bon et bien sal... Bonne journée !

— Bonne journée ma princesse !

— Oui c'est ça, bonne journée, entendit-elle de la part de sa mère avant que ça ne raccroche.

Un coup de fil familial de cinq minutes à peine et elle était à deux doigts de s'enfiler un second chocolat viennois...

Quoiqu'elle fasse, sa mère était incapable du moindre compliment ou encouragement. Depuis son enfance, rien n'avait changé. Dès que Sophie faisait preuve du plus petit enthousiasme, sa mère avait le chic pour doucher toutes ses envies. Quand Sophie avait annoncé qu'elle voulait devenir fleuriste à l'âge de douze ans, son père avait été ravi, sa grand-mère avait applaudi et sa mère avait serré les lèvres et quitté la pièce.

Françoise Dolto et les consorts Montessori n'avaient qu'à bien se tenir !

Pourtant, Danielle n'aurait pas dû être surprise par le choix de carrière de sa fille. Sophie se passionnait depuis toujours pour tout ce qui avait trait à la terre. Elle ne comptait plus le nombre d'après-midis passés chez sa grand-mère à discuter boutures et plantations. Son aïeule l'avait même autorisée à accompagner son jardinier pendant son travail dans le jardin immense de sa propriété. Sophie revenait à la maison, toute crottée et les ongles sales mais le sourire accroché aux lèvres. Sa mère la regardait alors d'un air dégouté et l'envoyait se laver séance tenante. Sur le chemin de la douche, elle n'arrêtait pas de se lamenter sur « sa fille incapable de rester sagement chez elle ».

... Et elle s'étonnait aujourd'hui qu'elles ne s'appellent pas davantage !

Sophie sortit de ses pensées déprimantes et paya sa consommation. Elle vérifia une dernière fois que son dossier était complet dans le cas où la colocation la tenterait et rejoignit en quelques instants l'adresse de son rendez-vous.

Il y avait peu d'annonces dans ses prix et elle misait beaucoup sur cet entretien. Son petit hôtel n'était pas si mal mais elle devait faire durer ses économies et la colocation était la solution idéale pour elle.

L'appartement en question était situé à une petite demi-heure de sa future boutique et elle serait en plein Paris dans un quartier vivant et animé. C'était tout ce dont elle avait besoin. Les derniers mois à Reims avaient été horribles et elle voulait se construire une nouvelle vie où rien ne la rattacherait à son ancien quotidien. Nouveau boulot, nouveaux visages, tout devait être différent.

C'était la condition qui lui permettrait de tourner la page.

En arrivant sur place, elle avisa la façade du vieil immeuble parisien à la porte cochère bleue roi pleine de charme. C'était prometteur !

Elle allait rentrer quand elle entendit des pas derrière elle. En se retournant, elle tomba nez à nez avec la jeune femme à la langue bien pendue qui était venue à son secours une demi-heure plus tôt.

Celle-ci était chargée de sacs de courses et semblait tout aussi surprise de la voir devant cet immeuble.

— Euh salut... Qu'est-ce que vous faites là ?

— J'ai un entretien pour une colocation...

— Sérieux ?! dit-elle en éclatant de rire.

Sophie haussa les épaules. Elle ne voyait pas bien ce que cet évènement pouvait avoir de drôle. La jeune femme, elle, semblait trouver l'anecdote hilarante. Elle souriait de toutes ses dents ultra-blanches et tapa le code de la porte avant de la pousser de l'épaule.

Elle semblait l'attendre pour franchir le seuil.

— Bon, tu viens ?

Sans même s'appesantir sur l'emploi subit du tutoiement, Sophie avança à sa suite sans poser de question. Elle s'approcha de la platine interphone, à la recherche des personnes avec lesquels elle avait rendez-vous quand la jeune femme lui désigna l'escalier du menton, en lui tenant la porte vitrée du sas.

— Cherche pas, t'as rendez-vous au quatrième. Chez les Sylvestre.

— Comment le sais-tu ?

Sophie était soufflée. La jeune métis fit passer un de ses sacs de course dans une main et lui tendit la seconde.

— Je ne me suis pas présentée. Louise Sylvestre. Tu as rendez-vous chez moi.

Sylvestre !?

Sous le coup de la surprise, Sophie mit quelques temps à réagir et lui serra la main avec un ou deux trains de retard.

— Euh enchantée. Sophie Vergnier.

— Enchantée Sophie. Bon avance, on ne va pas passer la journée entre deux portes, dit Louise en retenant le battant du bout du pied.

Sophie suivit aussitôt et lui proposa de prendre un sac. Elles montèrent à la suite l'escalier bancal qui avait dû connaître des jours meilleurs.

Toujours perplexe devant cette incroyable coïncidence, elle ne pipa mot. Louise, elle, enchaînait les marches, les montant quasiment deux par deux.

Levant les yeux vers les étages en enfilade au-dessus d'elle, Sophie se crut l'espace d'un instant dans un remake de Cendrillon.

Ce passage où les petites souris ont pour mission d'amener la clé à la princesse afin de la délivrer de sa méchante marâtre...

Elle se repassait la scène en tête quand elle s'aperçut que Louise lui avait parlé et attendait une réponse. La jeune femme s'était arrêtée quelques marches au-dessus d'elle et la regardait.

— Excuse-moi, tu disais ?

— Je te disais que si tu veux convaincre mes parents, fais juste ce que je te dis. Des réponses courtes, précises. Mon père a été contrôleur des impôts toute sa vie, il va toujours à l'essentiel. Il est un peu tatillon mais pas méchant. Oh et puis, t'en fais pas, ils seront fans de ton côté provincial.

Son côté « provincial » ?

Sophie s'arrêta net sur le palier du troisième. Ça ne sonnait pas comme un compliment...

— Désolée, reprit Louise, mais c'est un peu écrit sur ton front que tu n'es pas d'ici.

Ah... charmant !

— Oh et si jamais t'as un mec, ne leur dis rien. Ils ne veulent pas qu'on reçoive de garçons, dit-elle en secouant la tête. Ils pensent qu'on vit dans un remake de « La Boom ».

Sophie continua sa montée, en se disant que les parents de Louise n'avaient aucun souci à se faire à son sujet.

Les mecs, plus jamais !

1.

De nos jours.

— C'était *mon* muffin !

— Je te dis que c'est pas moi !

Une serviette nouée autour du corps, Sophie passa en vitesse dans la cuisine, le temps d'attraper un mug de thé en évitant à tout prix de se mêler de la tempête qui y faisait rage.

Jusqu'ici rien d'anormal. Ses deux colocs, Louise et Nina, se disputaient pour une énième broutille. D'après le volume des cris qu'elle entendait, elles n'en étaient pas arrivées au point où une intervention du RAID et/ou du SAMU était nécessaire. Elle retourna dans sa chambre et continua de se préparer pour cette nouvelle journée.

Elle rabattit sa couette blanche à fines rayures vertes et alla fouiller dans son portant de vêtements. Elle attrapa d'une main habituée une salopette en jean et un large tee-shirt blanc. Un court gilet gris sans forme complèterait l'ensemble dont le principal intérêt était d'être confortable. Tout en enfilant sa tenue, Sophie jeta un œil à son rebord de fenêtre qui accueillait plus d'une dizaine de plantes en pots.

Elle avait peut-être la plus petite chambre de l'appartement mais elle avait la meilleure exposition !

Non pas que ses colocataires aient à déclarer le plus petit intérêt pour l'exposition solaire...

Son Pilea se portait à merveille et son Aloe Vera avait bien poussé depuis quelques temps. Elle vérifia du bout des doigts que la terre de ses succulentes n'était pas trop sèche et partit à la recherche de sa paire de Stan Smith sous le lit. Elle faisait une consommation industrielle de ces baskets. Depuis plus de deux ans, elle ne portait plus que ça, à égalité avec ses bottes de pluie jaune citron.

Confort était le maître mot de ses journées de travail.

Comme un éternel bruit de fond, elle entendait ses chères colocs se déchirer pour le dernier muffin aux noix de pécan qu'avait préparé Marion, la dernière de leur quatuor. Si elle en croyait les éclats de voix qu'elle percevait, Nina était passé à la vitesse supérieure en accusant Louise d'avoir mangé la dernière part de tarte Tatin la semaine dernière et que cette histoire de muffin n'était qu'un juste retour des choses.

La bonne vieille technique du retour à l'envoyeur...

Se plantant devant la multitude de petits miroirs piquetés qui recouvraient un des murs de sa chambre, Sophie termina son habillage par une vaine tentative de coiffer sa masse indisciplinée de cheveux roux. Quand bien même elle les avait fait couper courts, quasiment à son arrivée à Paris, elle avait toujours autant de mal à les faire tenir en place.

C'est pourquoi elle avait décidé que le plus simple encore était de les laisser évoluer à leur guise.

Elle abandonna toute tentative de domestiquage et compléta juste sa tenue par sa paire de lunettes rondes. Nina la taquinait souvent en arguant qu'entre ses cheveux flamboyants, ses yeux verts et ses lunettes rondes, elle aurait pu prétendre être le résultat des galipettes de Harry Potter et Ginny Weasley.

Si cela voulait dire qu'elle pouvait prétendre à une scolarité à Poudlard, elle était toute prête à renier sa véritable famille...

Elle attrapa une immense écharpe anthracite avec laquelle elle aurait presque pu se momifier et partit retrouver le champ de bataille culinaire. En posant sa tasse dans l'évier, elle se rendit vite compte que rien n'avait évolué dans cette pièce.

— Qu'est-ce que tu ne comprends pas dans la phrase : « Je ne partage pas ma nourriture ! » ?? J'avais justement prévu de manger ce muffin en terminant d'écrire mon article !

Louise, jeune journaliste ciné, était dans un état de furie avancé si on en croyait ses deux poings serrés sur ses hanches et ses yeux qui lançaient des éclairs. Même ses épais cheveux bouclés semblaient électriques...

Le tout aurait pu être effrayant si elle n'avait pas porté ses horribles pantoufles en forme de licorne...

Nina n'était pas en reste et faisait le tour de l'îlot de la cuisine sans discontinuer, ses longs cheveux blonds flottant derrière elle.

— Mais tu es bouchée, ma parole ! Je n'ai rien mangé du tout !

— Tu parles !

Sophie aperçut du coin de l'œil un grand brun qui faisait tout son possible pour se faire discret en passant dans le salon où donnait leur cuisine ouverte.

Ah, Marion avait passé la nuit avec Benoît !

Ses amies n'ayant rien entendu, elle se racla discrètement la gorge. Louise et Nina s'arrêtèrent, presque surprises que leurs habituelles chamailleries amènent une quelconque réaction. Sophie balança doucement la tête en direction de Benoît qui récupérait sa sacoche et son manteau avec une précision d'orfèvre.

— Hey salut Benichou ! lança Nina.

La discrétion avait de beaux jours devant elle dans cet appartement...

Benoît s'arrêta net dans sa progression et sourit en agitant la main pour un bonjour général.

— Désolé, je ne voulais pas vous interrompre.

— Pas grave. Alors ? Bien dormi ? demanda Nina avec un haussement de sourcils évocateur.

Cette fille n'avait aucune notion de vie privée.

Avant même que Benoît ne puisse répondre, Marion, encore en pyjama, rejoignit le groupe dans le salon et fit les gros yeux à sa colocataire qui se détourna en un éclair vers le frigo pour attraper un jus de fruit.

Marion raccompagna son chéri à la porte pendant que ses

trois colocataires faisaient de leur mieux pour se donner une contenance. Depuis deux mois que durait l'idylle des deux amoureux, il n'avait pas toujours été aisé d'être les témoins des premiers moments d'une vie de couple.

Surtout quand ils se retrouvaient tous les cinq dans la même pièce.

— Bonne journée, chérie...

— Bonne journée mon cœur... Tu me rejoins au salon de thé tout à l'heure ?

S'ensuivit moult bruits de bouches et de succions qu'elles essayèrent tant bien que mal de ne pas entendre. Louise monta le volume de la radio l'air de rien et Nina se racla la gorge comme si une portée de chatons y avait élu domicile.

— Bonne journée les filles ! dit-il en passant la tête dans l'entrebâillement de la porte.

Elles lui répondirent toutes les trois avec entrain, comme si de rien n'était.

— Hum au fait, à propos de ce muffin..., commença-t-il.

Louise releva la tête brusquement.

— Quand je suis arrivé hier soir, il était tard, je n'avais pas mangé alors euh...

Marion ne perdit pas une minute et poussa son chéri sur le palier.

— Passe une bonne journée au travail, chéri. Je t'aime !

Elle fit barrage de son corps le long de la porte et avisa Louise.

— Si tu me promets de ne rien lui faire, je te ferai une douzaine de muffins au parfum de ton choix !

Louise sembla soupeser sa décision entre une vengeance amplement méritée et l'occasion d'avoir une cargaison de muffins pour elle toute seule. Magnanime, elle accepta de ne pas se défouler sur le pauvre Benoît.

Nina ne perdit pas une seconde pour réagir.

— Je ne veux pas dire mais je crois que quelqu'un mérite de recevoir des excuses...

Louise la regarda d'un air dubitatif.

— Je te signale que toi, tu m'as accusée d'avoir mangé le reste de la tarte Tatin.

— Parce que ce n'est pas vrai peut-être ? Tu louchais dessus comme une abstinente devant une brigade de pompiers !

Sophie se garda bien d'avouer que c'était elle qui avait fini la tarte la semaine dernière et partit récupérer son sac dans sa chambre.

Avant de partir pour une nouvelle journée de travail, elle fit le point sur la liste des courses pendant que Louise et Marion terminaient de se préparer. Nina, elle, s'était avachie dans le canapé et consultait son smartphone. Son mètre quatre-vingts rentrait à peine dans la longueur du fauteuil et elle avait dû passer ses longues jambes fuselées par-dessus l'accoudoir.

Aspirante mannequin, la jeune femme ne trouvait pas toujours de contrat avec son agence et devait également jongler avec des boulots de serveuses et de contrats d'intérim pour s'assurer un salaire.

— Tu veux quoi comme fruits, Nina ? demanda-t-elle en jetant un coup d'œil au compotier vide sur le plan de travail.

Aucune réponse.

— Nina ?

— Hum ?

Oh un son. Trop aimable.

— Qu'est-ce que tu veux comme fruits, répéta Sophie, stylo et carnet en main.

— Euh... j'en sais rien.

— Tu es d'une grande aide. Des bananes ? Kiwis ? Ce n'est pas encore la saison des clémentines... Peut-être des poires ?

Nina ne l'écoutait déjà plus et fronçait les sourcils en regardant son téléphone qu'elle finit par jeter sur les coussins du canapé. Sophie sentit aussitôt que quelque chose n'allait pas.

— Ça va, ma bichette ?

— Ouais, ouais, répondit-elle en levant vers elle ses incroyables yeux bleus.

Nina se leva d'un bond et se dirigea vers sa chambre.

— Pour les fruits, je mangerai bien des clémentines !

Habituée à ce que son amie ne l'écoute toujours que d'une oreille, Sophie sourit en secouant la tête. Elle était comme ça, leur Nina. Insouciante et un peu irréfléchie.

Mais Sophie s'inquiétait pour elle ces derniers temps. Sa jeune amie avait été en couple avec Antoine, le frère de Benoît, pendant de longues semaines (ce qui était un record pour elle) et l'histoire s'était brusquement arrêtée quinze jours plus tôt. Nina avait rassuré ses amies en leur disant qu'ils avaient préféré rester bons amis mais Sophie n'en croyait pas un mot.

Elle était persuadée qu'Antoine avait brisé le cœur de Nina d'une manière ou d'une autre et que sa colocataire cherchait juste à faire bonne figure. Elle n'osait pas en parler à Nina pour ne pas remuer le couteau dans la plaie mais elle n'en démordait pas intérieurement.

Sa pauvre Nina, incapable d'imaginer que quiconque puisse avoir de mauvaises intentions...

Sophie n'était pas comme ça. Ou bien elle ne l'était plus. Si elle avait appris depuis longtemps à être méfiante, les derniers évènements l'avaient définitivement convaincus qu'il fallait le plus souvent attendre le pire des autres afin de ne jamais être déçu.

Durant les premiers mois de l'année, elle avait fréquenté un fournisseur de sa boutique et avait pratiqué ce qu'on pouvait appeler une relation « with benefits ». Si la situation lui convenait amplement puisqu'elle ne souhaitait pas s'engager, elle avait vite déchanté. Même quand elle prenait garde à ne pas mettre son cœur dans la balance, elle avait quand même réussi à blesser quelqu'un : Marion. Sans qu'aucune des deux ne s'en rendent compte, le plan cul de Sophie s'était avéré être le tout nouveau petit ami de Marion, Eddy.

Alias Trou du Cul.

Heureusement, cet espèce d'enflure avait fini par être démasqué et Marion avait trouvé le bonheur dans les bras de son ancien patron, Benoît. Mais Sophie avait toujours du mal à admettre la part qu'elle avait eu dans ce terrible quiproquo. Elle avait toujours refusé de s'étendre sur sa vie privée par pudeur et discrétion, bien mal lui en avait pris.

Désormais, elle avait décidé de simplifier les choses en arrêtant d'avoir une vie privée.

Ce qui était d'une redoutable efficacité !

Mais Nina était à des années-lumière de faire ce type de choix. Papillonnant généralement d'homme en homme, son histoire avec Antoine était plutôt inédite.

Donc même si ce jeune créateur de site de rencontres avait l'air sympathique, Sophie ne pouvait s'empêcher d'imaginer les pires scénarios, incluant tromperies, mensonges et cœurs brisés. Mais elle préférait garder ses tristes présomptions pour elle. Le passé avait montré qu'elle était incapable d'avoir un jugement correct sur la gente masculine. Elle espérait simplement que son amie ne traînerait pas l'échec de cette histoire pendant les prochaines années...

Ce n'était pas parce qu'elle avait décidé de faire une croix sur tout ce qui avait à voir de près ou de loin avec le sexe opposé, que les autres devaient en faire autant.

Alors qu'elle terminait sa liste de courses, Marion débarqua dans le salon, joliment habillée d'une robe patineuse avec un jupon en dentelle vieux rose. Sa silhouette voluptueuse mise en valeur par sa tenue, elle respirait le bien-être avec son éternel petit carré brun et son visage de poupée.

— On part toutes les deux ? lui demanda-t-elle.

Sa boutique de fleurs était située dans la même rue que le salon de thé que Marion avait ouvert en début d'année. Elles faisaient donc de temps en temps la route ensemble, mais c'était d'ordinaire le trajet du retour puisque Marion commençait largement plus tôt. Sophie, elle, avait la chance d'avoir un apprenti, Charly, qui s'occupait d'ouvrir certains matins. Elle pouvait donc s'offrir une vraie nuit de sommeil de temps à autre quand il ne s'agissait pas plutôt d'aller faire le plein des stocks à Rungis dans sa vieille camionnette vert pomme.

Elle aurait d'ailleurs dû y être puisqu'elle y allait d'ordinaire chaque mardi mais les affaires étaient calmes en ce moment et elle avait simplement fait une commande par téléphone auprès de ses fournisseurs habituels.

— Mais tu ne devrais pas être partie depuis des heures, toi, lança Sophie en jetant un œil à sa montre.

— Benoît m'a convaincu que je devais dormir un peu si je voulais survivre à ma première année de chef d'entreprise. Même si entre nous, c'est l'hôpital qui se fout de la charité étant donné le nombre d'heures qu'il passe au bureau, répondit la jeune pâtissière en se saisissant de son trench.

Elles allaient partir quand Nina vint récupérer son smartphone qu'elle avait laissé en plan sur le canapé. Elles lui souhaitèrent bonne journée, ce à quoi leur amie leur répondit par un geste de la main, la tête déjà plongée dans son téléphone.

Franchissant la porte quelques instants plus tard, Sophie se promit qu'elle ferait attention à sa jeune amie. Après ses dernières mésaventures, elle n'oserait pas lui donner le moindre conseil mais au cas où, elle voulait être là quand Nina aurait envie de s'épancher auprès d'elle.

Et Antoine avait intérêt à ne pas avoir déconné !

2.

Pendant que les stations de métro défilaient, Sophie et Marion papotaient de chose et d'autres, serrées l'une contre l'autre dans le trafic matinal.

— Au fait, désolée de ne pas vous avoir prévenues que Benoît passait la nuit à l'appartement. Ce n'était pas prévu, répondit Marion, les joues rouges.

Sophie répondit d'un sourire. Sa méfiance envers les hommes était en passe de devenir légendaire mais le bonheur de son amie faisait trop plaisir à voir pour qu'elle ose le lui gâcher.

Et puis, Benoît semblait être l'un des rares exemples de la gente masculine avec des valeurs...

— Pas de problème. Tant qu'il arrive à supporter les chamailleries des deux harpies...

Marion rit, amusée.

— Ah ça, il ne faisait pas le fier quand il s'est rendu compte qu'il avait mangé le muffin que Louise se réservait. Il n'osait même pas sortir de la chambre. Quand je pense que je l'ai toujours trouvé impressionnant et autoritaire, se rappela-t-elle, un tendre sourire aux lèvres.

Alors que leur ancienne relation de travail avait été catastrophique et que Benoît avait été le cauchemar personnel de Marion pendant des années, les deux tourtereaux vivaient un véritable conte de fée et roucoulaient en permanence. Sophie en était heureuse pour son amie. Elle le méritait amplement.

Mais un sujet lui tournait encore en tête et elle avait besoin de se confier à Marion.

— Et euh... tu sais si Benoît a parlé à son frère ...

— Antoine ? Lui parler de quoi ?

— De Nina.

Marion la regarda avec surprise dans le brouhaha du métro. Sophie se sentit obligée d'expliquer un peu plus sa pensée.

— J'espère juste qu'il ne s'est rien passé de grave. D'habitude, elle oublie son mec du moment avec le suivant et là, ça fait quinze jours qu'elle ne sort quasiment plus.

— Et c'est un problème ? demanda doucement Marion en se décalant légèrement pour laisser passer les derniers arrivants dans leur wagon.

La jeune femme savait que Sophie était extrêmement sensible sur le sujet des relations amoureuses depuis leurs derniers déboires communs. Sophie sentait donc que Marion avançait avec précaution.

— Non mais je m'étonne qu'elle n'ait pas encore rebondi. J'espère qu'il ne lui a pas fait de mal, c'est tout...

L'arrêt de métro « Lamarck-Caulaincourt » se présenta et elles se dirigèrent toutes les deux vers la sortie, au milieu du reste des parisiens qui regagnaient Montmartre. Elles gagnèrent l'ascenseur qui leur évitait de monter l'interminable escalier à colimaçon.

— Tu sais, reprit Marion, je pense qu'on doit faire confiance à Nina. Si elle a choisi de faire une pause après Antoine, c'est peut-être simplement par lassitude...

— Oui mais et si elle n'osait pas nous dire qu'il s'est mal comporté ?

— Honnêtement, il m'a paru être plutôt quelqu'un de gentil...

Sophie se retint de dire qu'elles avaient toutes les deux trouvé Eddy particulièrement sympa...

— Ne t'en fais pas, Nina nous dira si quelque chose ne va pas. Après tout, leur histoire n'a duré que quelques semaines, je suis sûre qu'elle va bien et qu'elle fait juste un petit break, conclut la jeune pâtissière quand elles arrivèrent dans la rue.

Sophie hocha la tête, pas convaincue pour autant mais décidée à ne pas contaminer tout le monde avec ses doutes.

En quelques minutes, les deux amies parvinrent dans la rue pavée qui abritaient leurs deux boutiques. Marion déposa une bise sur la joue de son amie et alla ouvrir « L'heure du Goûter ». Sophie se dirigea vers sa boutique où Charly son apprenti avait déjà installé les buis et quelques plantes autour de la devanture jaune pâle. Véritable perle qui avait rejoint sa boutique depuis plus d'un an, Charly enchaînait les bouquets plus vite que son ombre et amenait avec lui une joie de vivre contagieuse. Elle n'en revenait pas de sa chance de l'avoir déniché. Elle avait dû faire un truc sacrément sympa dans une autre vie pour mériter un tel salarié.

Chassant ses craintes au sujet de sa jeune amie, Sophie passa devant sa vitrine où s'étalait le nom de « Sophiflore » en lettres cursives blanches et franchit le seuil de son refuge.

Elle déposa ses affaires dans la petite pièce du fond qui faisait office de bureau, débarras, salle de repos et à l'occasion sas de décompression quand un client passait à deux doigts de traverser la vitrine sans passer par la porte...

Dans cette pièce plus semblable à un placard qu'à un véritable bureau, Sophie avait quand même réussi à caser une petite table et une vieille armoire à casiers digne d'un épisode de MadMen. Elle y entreposait tous ses papiers administratifs allant du plus réjouissant (les factures qu'elle envoyait à ses clients) au plus déprimant (les déclarations d'impôts et autres taxes). N'ayant jamais la moindre envie de se plonger dans ce foutoir de papiers, elle n'avait pas pris la peine de décorer cette partie des locaux. Un coup de blanc à son arrivée et un décapage rapide du parquet, c'était la seule touche qu'elle avait pris la peine d'apporter. Quittant les lieux sans regret, elle rejoignit rapidement Charly qui s'occupait de changer l'eau de certains seaux dans la boutique.

L'espace de vente se résumait à une pièce que des parisiens qualifieraient à la fois de spacieuse et atypique quand d'autres régions auraient plutôt penché pour exiguë et mal foutue.

Les murs d'un délicat ton vert tendre disparaissait presque derrière la multitude de fleurs. Ici, toutes les variétés, toutes les couleurs et tous les parfums étaient réunis. Les plantes côtoyaient les simples bottes de fleurs, les feuillages se dressaient à proximité des bouquets plus recherchés. Le tout dans un joyeux désordre. Chaque coin et recoin accueillait une nouvelle explosion de couleurs et d'effluves capiteuses. Les pots et les seaux remplis de brassées de fleurs en vrac s'étalaient sur les tables en bois brut, les tabourets, et les vieilles étagères que Sophie avait chiné et repeint lors de son installation trois ans plus tôt. Au fil des années, des petites tables guigognes et des vieux casiers dénichés lors d'un vide-grenier avait rejoint sa collection de mobilier. Elle avait toujours eu en horreur les présentoirs en aluminium sans charme que l'on retrouvait dans toutes les chaînes de magasins. À partir du moment où elle avait pu être sa propre patronne, elle n'avait voulu s'entourer que de beaux objets ayant une histoire et mettant en valeur l'ambiance de sa boutique.

Attrapant son petit carnet à spirales sur la large table en bois au plateau éraflé qu'elle utilisait à la fois comme plan de travail et comme point d'encaissement, Sophie passa en revue leurs stocks. Elle comptabilisa les roses, les rudbeckias pourpre et les tournesols. Malgré sa petite commande du début de la semaine, elle irait sûrement faire un saut à Rungis pour réalimenter sa boutique d'ici un jour à deux. C'était un éternel recommencement. Elle allait devoir recommander des asters et probablement aussi des hortensias. Dans quelques semaines, il ne faudrait pas qu'elle oublie de rajouter à sa liste les chrysanthèmes que tous ses clients allaient lui réclamer.

Par réflexe, elle jeta un petit coup d'œil à son étagère de succulentes, vérifiant que chacune disposait de la bonne exposition au soleil. En plein dans le faisceau de lumière qui traversait la vitrine, la quasi-totalité de ses plantes grasses s'épanouissaient à vue d'œil. Seule une petite fragile qu'elle avait pris le soin de mettre devant ne donnait pas l'impression de beaucoup grandir. Sa terre restait sèche, ses feuilles s'étiolaient, de toute évidence, elle n'allait pas tarder à passer l'arme à gauche. Sophie attrapa le pot délicatement et tenta de trouver une place plus adéquate.

— Alors, où va-t-on te mettre, toi... Pourtant, tu étais en plein soleil, je ne comprends pas... Tu es peut-être un peu trop loin... On va tenter ce petit coin là, tout près de la vitrine, tu seras en liaison direct avec les rayons. Mais si ça ne va pas mieux, je t'emmène à la maison pour te refaire une santé !

Charly s'était arrêté d'arroser et la regardait parler à sa plante.

— Euh, tout va bien entre vous ? On se fait une petite papote entre fleurs fanées ?

Habituée à son humour acerbe et sa verve de jeune insolent de dix-neuf ans, Sophie ne prit pas ombrage de cette pique bien sentie. Elle redressa d'un quart de demi-centimètre la petite succulente et ne prêta pas la moindre attention à son apprenti indélicat.

— N'écoute pas ce qu'il dit. Sa patronne décrépie va lui faire nettoyer la vitrine de fond en comble. Il se fera les bras et on l'entendra moins l'ouvrir...

Beau joueur, il éclata de rire avant d'aller attraper le balai et la serpillère dans la réserve pour éponger les petites flaques d'eau disséminées dans la boutique après l'arrosage de leur marchandise. Pendant ce temps-là, elle jeta un coup d'œil aux étagères qui se dressaient sur le mur derrière le comptoir et qui accueillaient tous les vases qu'elle mettait en vente. Les ronds, les petits, les larges, les hauts, les transparents, les opaques, tous ceux qu'elle avait repéré lors de ses balades en brocante. Que des exemplaires uniques et vintage dont elle se séparait pour quelques euros, lui permettant d'augmenter régulièrement sa collection.

— Charly, puisque tu m'as gentiment fait remarquer que mon grand âge commence à se faire sentir, tu pourras donner un coup de poussière sur les vases aussi, s'il te plaît ?

Le jeune apprenti sentit probablement qu'une réflexion

supplémentaire l'obligerait à dépoussiérer la moindre feuille, il préféra donc hocher la tête d'un air docile qui ne trompait personne.

Avec un sourire, elle remit un peu d'ordre sur le comptoir, nettoya les feuilles et tiges coupées le matin-même par Charly et vérifia si des commandes étaient arrivées sur leur boîte mail durant le week-end. Hormis un ou deux mails en rapport avec des mariages prévus au printemps prochain, rien de très important.

Elle redressa d'un geste machinal l'unique cadre accroché dans la boutique qui s'obstinait à pencher à gauche. Simple petite carte postale sépia, elle l'avait placé là lors de son jour d'ouverture. Représentant la fameuse Place du Tertre de Montmartre au milieu du XXe, la carte postale lui avait été offerte par sa grand-mère Lucie, vingt ans plus tôt. La vieille dame avait eu toute sa vie un amour particulier pour cette place, elle qui y avait vécu à ses vingt ans, dans les années cinquante. C'était sa grand-mère qui avait inculqué à Sophie l'amour de Montmartre. À chacune de leurs rencontres, l'aïeule avait raconté à sa petite-fille les anecdotes de sa jeunesse. Ses guinguettes, son emploi à l'épicerie, ses après-midi à paresser au soleil de la Place quand on pouvait encore y circuler sans être assailli de touristes. Mais l'histoire que Sophie avait réclamé encore et toujours, c'était celle de sa rencontre avec Pierre, son grand-père.

Pourtant les clients ne lui laissèrent pas le temps de replonger dans ses souvenirs et une nouvelle journée commença pour elle et ses fleurs.

3.

L'après-midi touchait à sa fin, quelques clients pointeraient encore le bout de leur nez, mais le gros de l'affluence était parti. Sophie put enfin s'écrouler sur le vieux tabouret posé derrière le comptoir et souffler quelques minutes. Une nuée de visiteurs avait rempli le magasin sans discontinuer. Elle et Charly avaient à peine eu le temps de grignoter un sandwich dans l'arrière-boutique en début d'après-midi qu'un nouvel arrivage avait débarqué.

Ce soir, c'était sûr, elle s'immergerait dans un bain brûlant avec un verre de vin aussi gros qu'un saladier, histoire de se la jouer héroïne de série américaine.

Sur un dernier soupir, elle regagna la boutique où Charly remplaçait les compositions vendues dans la journée par de nouvelles toutes fraîches.

Avisant sa patronne, il lui désigna l'ordinateur du menton.

— J'ai consigné les commandes qu'on a reçu aujourd'hui. C'est pas génial…

Sophie s'approcha de l'écran et parcourut rapidement la liste. Charly avait raison, le compte n'y était pas vraiment. Sa réputation avait beau commencer à parcourir plusieurs arrondissements et les clients avaient beau se déplacer, la crise avait frappé durement les petits commerces comme le sien. Elle sentait déjà le découragement la gagner.

Ce soir elle n'aspirait qu'à rentrer chez elle…

Le téléphone de la boutique se mit soudain à sonner, interdisant à la jeune femme le moindre vague à l'âme.

— « Sophiflore », bonsoir, annonça-t-elle machinalement.

— Ah Sophie, mais où étais-tu donc passée ? Cela fait des heures que j'essaie de te joindre !

Reconnaissant sa mère Danielle, elle partit s'asseoir dans son bureau, pressentant déjà que la conversation s'éterniserait. Elle attrapa d'une main son sac et essaya de localiser son portable dans son immense fourre-tout.

— Bonjour maman. Désolée, je n'ai pas eu une minute pour consulter mon portable.

En avisant l'écran, elle s'aperçut que sa mère avait appelé pas loin d'une douzaine de fois… Sans compter les nombreux coups de fils qu'elle n'avait surement pas manqué de passer à l'appartement. Il était étonnant qu'elle n'ait pas tenté le numéro du magasin plus tôt.

Ou celui du Raid d'intervention…

— J'ai appelé à ton appartement, mais personne n'a répondu.

— Nous étions toutes au trava…

— En désespoir de cause, j'ai tenté la boutique, coupa Danielle sans l'entendre, mais tu sais que je déteste te déranger.

…C'était encore à prouver mais passons !

— Je ne vois pas à quoi te sert ton portable… Même en cas d'urgence, tu es injoignable !

Sophie imaginait sans peine « l'urgence » qui devait agiter sa mère. Un ragot quelconque, une nouvelle sans intérêt qu'elle devait communiquer au plus vite à un maximum de gens…

— Et donc que se passe-t-il ? interrogea la jeune femme avec un semblant d'intérêt.

— Je suis sûre que tu ne doutes pas une seconde de ce que je vais t'annoncer…

La fleuriste se passa la main sur la visage, s'arrêtant sur sa bouche pour ne pas hurler. C'était tout sa mère, ça. Elle faisait des pieds et des mains pour la joindre et dès qu'elle l'avait au bout du fil, elle prenait tout son temps.

— En effet maman, il y a peu de chances pour que je devine, alors autant me dire tout de suite ce qu'il en est, répondit-elle.

Un silence envahit la ligne. Sa mère était vexée, c'était évident. Cette fois-ci, Sophie n'était pas parvenue à retenir ses paroles. Mais habituée aux aléas de son caractère et trop fatiguée de toute manière pour culpabiliser, la jeune femme attendit que sa mère récupère la parole.

Quelques secondes devraient suffire...

— Je me demande pourquoi je me suis donnée tant de mal pour te prévenir, moi qui suis occupée du matin au soir... Mais enfin, c'est mon rôle de mère...

Sophie se renversa dans son fauteuil en fermant les paupières. Tout plutôt que de perdre son calme. Il valait mieux laisser parler sa mère et attendre que la nouvelle tombe.

— Mickaël a rompu !

Ouvrant subitement les yeux, Sophie perdit l'équilibre et bascula de son siège en chutant bruyamment. Elle ne sentit même pas la douleur tant la nouvelle l'avait choquée.

Alerté par le bruit, Charly accourut auprès de sa patronne et avisa la scène : Sophie les quatre fers en l'air, le fauteuil renversé et le combiné du téléphone qui laissait échapper la voix puissante de Mme la mère de Sophie... Procédant par ordre, il aida sa boss à se redresser et lui tendit le téléphone avant de s'éclipser. Il avait deviné sans un mot que cette conversation était on ne peut plus privée.

Sophie, elle, avait encore du mal à reprendre ses esprits. Ce n'était qu'en entendant les cris hystériques de sa mère à travers l'écouteur qu'elle reprit un tant soit peu contact avec la réalité.

— Sophie !!! Mais réponds-moi, voyons ! Sophiiiiie !

— Je suis là, maman, arrête de crier s'il te plait, grimaça-t-elle en frottant son dos douloureux.

— Tu m'as fait une peur bleue ! A-t-on idée de laisser sa mère dans cet état...

— Excuse-moi, j'ai été surprise et mon fauteuil a basculé.

— Toujours cette maudite habitude ! Tu n'as jamais su te tenir correctement sur une chaise... Exactement comme ton père, pesta sa mère.

Tout en réinstallant son fauteuil, Sophie serra les dents, retenant à grande peine la réplique cinglante qui lui montait aux lèvres.

Ravalant ses paroles, elle s'éclaircit la gorge.

— Donc tu disais que Mickaël avait rompu...

— Oui, je l'ai appris de Béatrice, qui était assise à côté de Jacqueline au salon de coiffure... Tu sais Jacqueline a toujours été très proche de...

— Maman !

Elle n'avait vraiment pas besoin de tout l'historique à cet instant précis.

— Très bien... Mickaël a quitté cette petite pimbêche. Il était temps si tu veux mon avis... J'ai toujours pensé qu'il réaliserait son erreur tôt ou tard. Apparemment, il s'est aperçu qu'ils n'étaient pas faits l'un pour l'autre...

N'écoutant plus sa mère que d'une oreille, Sophie médita sur sa dernière phrase. « Il s'est aperçu qu'ils n'étaient pas faits l'un pour l'autre »...

Au bout de cinq ans, on ne pouvait pas dire que c'était une flèche...

Mickaël... un nom qu'elle s'était efforcée d'oublier. Et il lui revenait en pleine figure alors qu'elle était parvenue à le gommer de son esprit. Ce retour en arrière lui donnait l'impression d'un coup de poing dans l'estomac. Elle se demandait comment réagir quand elle perçut quelques bribes de la conversation solitaire de sa mère...

...Qui de toute évidence avait perdu la totalité de ses neurones !

— Tu peux répéter s'il te plait ?

— Tu ne m'écoutes donc jamais, s'agaça Danielle à l'autre bout du fil. Je te disais que d'après moi, tu ne devrais pas trop tarder à aller le voir. Je suis sûre que la fille de Béatrice ne va pas perdre une seconde, elle.

— Maman, tu ne t'attends tout de même pas à ce que *je* lui cours après ??

— Je ne vois pas le problème. Cela fait des années que vous êtes séparés. Vous avez évolué chacun de votre côté. Tu sais qu'il a repris le domaine de Champagne de son père ? Tu n'es pas sans savoir que c'est un des plus beaux de la région… et toi, tu as ton… ton petit local…Vous avez toute la maturité nécessaire pour une nouvelle relation.

La jeune femme se pinça l'arête du nez, sans parvenir à réaliser ce que sa mère avait le culot de lui énoncer. Elle tenta de garder son calme, mais elle sentait la colère la gagner peu à peu.

— En t'écoutant j'ai l'impression qu'on s'est tranquillement quittés en se tapant la bise. Je te rappelle que je l'ai surpris dans notre lit avec la femme que tu appelles « pimbêche ».

Elle entendit comme un reniflement dédaigneux à l'autre bout du fil.

— C'est le passé, Sophie. Il ne faut pas avoir la rancune mal placée.

Soufflée, la jeune femme ne trouva rien à répondre et laissa sa mère terminer leur conversation en pérorant toute seule avant de raccrocher.

4.

Sophie avait fermé boutique quelques instants plus tard. Charly avait senti qu'il ne valait mieux ne pas insister et s'était éclipsé sur un signe de la main, un mince sourire compatissant aux lèvres. Elle avait alors tiré son rideau de fer, la gorge nouée, retenant des larmes qu'elle croyait taries depuis longtemps...

En avançant dans la rue, elle vit à travers sa vitrine Marion en train de terminer son rangement, un balai à la main. La jeune femme s'apprêtait elle aussi à fermer. Poussant la porte du salon de thé, Sophie déclencha la jolie sonnette de son amie. Marion se retourna aussitôt, déjà prête à accueillir un client de dernière minute. Reconnaissant sa colocataire, elle sourit en reprenant son ménage.

— Salut ma belle ! Tu as fermé ?

— Oui, répondit Sophie en grimpant sur des tabourets qui longeaient le comptoir des pâtisseries.

Marion avait ouvert sa boutique quelques mois plus tôt et tout le quartier avait l'impression qu'elle était là depuis toujours. Elle avait réussi à convaincre Monsieur Henri, le vieux quincaillier et propriétaire des murs, qu'elle était la personne idéale pour reprendre son local qui n'avait pas vu un occupant depuis des lustres.

Elle avait rénové l'endroit avec beaucoup de créativité et pas mal d'huile de coude. De poussiéreux et vieillissant, elle avait rendu au lieu sa splendeur d'antan. Le vieux comptoir en bois avait été restauré, repeint dans une vieille patine grise, tous comme les innombrables casiers qui ornaient le mur derrière lui. Accumulant une multitude de mugs, de théières colorées et de vieilles bonbonnières, Marion avait su créer un univers cocooning qui commençait à faire son petit effet avec les gens du quartier.

Sophie avait pu constater que de plus en plus de clients franchissait la porte du salon de thé. Elle en était ravie pour Marion qui avait de l'or au bout de son rouleau à pâtisserie. Elle créait des muffins plus moelleux qu'un nuage, des cheesecakes aussi légers qu'une chantilly et la jeune femme n'avait jamais été aussi heureuse que depuis qu'elle faisait goûter ses créations au plus grand nombre.

Sophie aussi, à ses débuts, avait ressenti cet enthousiasme dévastateur. Elle se voyait encore aménager sa boutique, choisir ses premiers fournisseurs, arpenter les allées de Rungis, le cœur en joie. Aujourd'hui, après cette journée harassante et cette conversation surréaliste avec sa mère, il ne restait plus grand chose de son enthousiasme et elle ne rêvait que de s'enfouir sous sa couette.

Comment sa mère avait-elle pu lui suggérer d'accourir auprès de Mickaël ? C'était le monde à l'envers ! C'était lui qui avait jeté aux orties leurs deux années de relation en la trompant avec une fille qui venait de débarquer dans leur cercle d'amis.

Et il fallait en plus qu'elle le supplie d'avoir l'extrême amabilité de la reprendre ??

Toute à sa colère, Sophie attrapa une des petites serviettes en papier que Marion laissait à la disposition de ses clients. D'un joli motif fleuri, la serviette ne fit pas long feu entre ses doigts. Elle la réduit en miettes, mettant dans sa destruction autant de rage que possible.

Marion, qui balayait derrière le comptoir, aperçut le petit tas de morceaux qui s'amoncelait sur le comptoir.

— Soph' ?

Mais Sophie était déjà loin dans ses pensées. Elle ne se rendait même pas compte qu'elle s'était mise à parler à voix haute.

— Plutôt crever que de revoir ce tocard, marmonnait-elle. Cet espèce de cafard... Et cette... En plus, je venais de changer les draps. *Mes* draps. Je savais que je n'aurai jamais dû acheter cette parure chez Carré Blanc. Mais c'était les soldes...

Et alors qu'elle se revoyait dans le magasin de linge de lit, en train de se réjouir à l'idée de vider son compte en banque pour pouvoir faire une surprise à son cher et tendre, elle sentit une main se poser sur la sienne. Elle releva la tête, se rendit compte qu'elle n'était pas chez Carré Blanc mais de retour chez Marion et que celle-ci la regardait d'un air interloqué.

— Qu'est-ce qui t'arrive ?

Ce qui se passait ? Son ex, celui qui avait été sa première vraie histoire d'amour, avait fini par larguer la fille avec laquelle il l'avait trompé pendant des semaines. Et sa mère trouvait que repartir à sa conquête était LA chose à faire pour combler la triste vie de sa pauvre fleuriste de fille.

Trois fois rien en somme !

Et avant même qu'un mot ne puisse sortir de sa bouche, Sophie éclata en sanglots. Des sanglots bruyants où la morve avait une grande place. Elle n'avait jamais su comment faisaient ces filles pour pleurer avec délicatesse. Chez elle, c'était les grandes eaux à tous les coups.

Marion fit le tour du comptoir à grandes enjambées et la prit dans ses bras avec tendresse.

— Oh ma bichette, que se passe-t-il ? Tu sais que tu peux tout me dire...

Alors Sophie raconta toute l'histoire pour la première fois.

Quand elle était arrivée à Paris, cinq ans plus tôt, sa rupture était encore trop fraîche et elle avait préféré ne pas s'étendre auprès des nouvelles jeunes femmes qui partageaient sa vie au quotidien. Et puis les mois passant, elle ne voyait plus tellement l'intérêt de revenir sur cet épisode qu'elle s'efforçait d'oublier. Après tout, c'était de l'histoire ancienne et elle devait regarder devant.

Marion découvrait donc l'existence de Mickaël et la fin tragique de leur histoire d'amour. Sophie voyait son amie écarquiller de plus en plus les yeux à mesure qu'elle avançait dans son récit. Elle ne pouvait pas le lui reprocher, après tout cela faisait des années qu'elles se connaissaient et jamais elle n'avait fait la moindre allusion à un ex-petit-ami infidèle…

Quand elle eut fini de raconter sa triste histoire d'amour, les grandes eaux étaient terminées. Elle resserra son vieux gilet gris et tenta de sourire pour rassurer son amie.

— Voilà, tu sais tout.

— Mais pourquoi n'as-tu jamais rien dit ? dit Marion en lui tendant une boîte de mouchoirs.

— Il n'y avait rien à dire…

Sophie descendit de son tabouret et arpenta le salon de thé pour échapper au regard inquiet de Marion.

— Je t'assure. C'est une histoire ancienne qui est loin derrière moi maintenant, dit-elle en reniflant bruyamment.

— De toute évidence…

Alors Sophie arrêta son va et vient et se plongea dans la contemplation de la rue à travers l'impeccable vitrine du salon. Hormis quelques passants, l'animation de la journée était retombée et l'allée de leurs boutiques était quasi-déserte.

Marion avait-elle raison ? Son histoire avec Mickaël étaitelle si digérée qu'elle le pensait ?

Si on en croyait les torrents de larmes qu'elle venait de verser, elle avait encore quelques progrès à faire d'un point de vue digestif.

Quand elle se tourna vers son amie, elle vit celle-ci en train de taper un message sur son téléphone portable. Quand elle se sentit observée, Marion s'empressa de le poser sur le comptoir.

— Et si on rentrait à la maison ?

Sophie aurait pu parier qu'elle venait d'annuler une soirée avec Benoît. À la voir dans sa robe en dentelle, elle devait avoir prévu une soirée avec son petit-ami. Mais Marion étant une amie en or, elle avait sûrement annulé ce qui se profilait comme étant une superbe soirée romantique, pour la passer avec sa coloc en compagnie d'une boîte de mouchoirs et de morve.

Ce qui avait de quoi faire rêver.

Ou pas.

5.

Sophie et Marion regagnèrent l'appartement, bras dessus, bras dessous. La crise était passée et la jeune femme retrouvait peu à peu ses esprits. Finalement, craquer un bon coup lui avait fait du bien. Elle voyait les choses avec plus de lucidité. Quand bien-même le sujet de la trahison de Mickaël était toujours douloureux, elle ne s'imaginait pas une seconde le récupérer. En dehors du fait qu'elle ne pourrait jamais plus lui faire confiance, sa vie n'était plus à Reims mais à Paris. Si elle en croyait sa mère, le jeune homme avait repris le domaine de champagne de sa famille. Hormis quelques vieux souvenirs, ils n'avaient plus rien en commun.

Une fois installée dans le salon avec toutes ses colocataires, Sophie raconta une nouvelle fois les circonstances qui l'avaient amenée à quitter sa région d'origine pour découvrir Paris et ouvrir sa boutique. Louise et Nina réagirent violemment comme à leur habitude et insultèrent copieusement Mickaël.

S'il ne terminait pas avec les tympans percés, il aurait de la chance.

— Mais quel espèce de petit enfoiré, pesta Louise pour la dixième fois. Tu veux qu'on aille lui faire rôtir les parties génitales ?

Nina la regarda d'un air dégoûté.

— Alors, je suis d'accord pour la vengeance, hein. Mais si on pouvait éviter ce genre de truc dégueu…

— Il n'y aura pas de vengeance, dit Sophie en remontant ses

genoux contre sa poitrine, assise sur le canapé. Cette histoire appartient au passé, je veux juste qu'elle y reste.

Nina l'entoura de ses bras pour un câlin intempestif et la serra contre elle.

— C'est toi qui décide. Mais sache que, même sans faire cramer ses bijoux de famille, on sera là si tu as envie de lui donner une leçon.

— Pas la peine, sourit Sophie en posant sa tête sur l'épaule de son amie. Mais merci, rien que l'idée de ce grand feu de joie me fait du bien...

Louise regarda Nina avec cette lueur qui devait vouloir dire « Ah tu vois, elle aussi, elle trouve que c'est une bonne idée ! ». Et dans son imagination débordante, cela pouvait effectivement être assez jouissif de voir souffrir son ex pour qu'il ressente une partie de la douleur qu'elle avait éprouvée. Mais, elle voulait mettre tout cela derrière elle.

Et il devait y avoir une meilleure idée que faire rôtir ses attributs façon méchoui.

Digérer sa mésaventure avec Eddy avait été suffisamment difficile ces derniers mois pour ne pas qu'elle y ajoute une histoire vieille de cinq ans.

Y penser ne faisait que lui rappeler qu'elle était incapable de voir clair dans le jeu des hommes. Elle s'était fait systématiquement avoir. Même ses plans cul avaient tourné au fiasco !

Ce qui était quand même un comble !

Avec Mickaël, elle était jeune, passionnément amoureuse et tellement heureuse qu'elle n'avait vu aucun des signes avant-coureurs. Le fait qu'il parle toujours de cette « adorable Virginie » avec enthousiasme, le fait qu'il veuille constamment organiser des soirées à la maison alors qu'ordinaire, il fallait le déloger avec un chausse-pied pour qu'il daigne faire la moindre activité. Même la multiplication de ses rendez-vous professionnels pendant les week-ends n'avait éveillé aucune suspicion en elle. Elle s'était bêtement imaginée que Mickaël s'investissait dans le domaine familial et travaillait pour leur avenir. Elle ne l'en avait aimé que davantage.

Alors que clairement, il travaillait davantage son Kâma-Sûtra que sa carrière...

Avec Eddy, elle avait cru reconnaître un homme sympathique, séduisant qui ne se prenait pas la tête. Elle ne s'était pas doutée une seule seconde qu'il lui avait fait revêtir le costume de ce qu'elle avait détesté dans sa propre histoire d'amour : celui de la maîtresse. Sans même s'en apercevoir, elle avait été cette « autre femme » qui faisait exploser la romance des couples légitimes.

Ces deux expériences étaient bien la preuve qu'elle avait pris la bonne décision en s'interdisant toute vie sentimentale. Son cœur et sa confiance en elle n'en avaient que trop souffert. Elle avait droit maintenant à un peu de tranquillité et de sérénité.

Et elle ne connaissait pas de meilleur moyen pour y parvenir qu'en éliminant les hommes de l'équation.

6.

Sophie gara sa fidèle camionnette sur le parking de Rungis et réunit ses affaires avant de sortir. Elle ferma Waze sur son smartphone et le balança dans son sac. À cette heure-là, le trafic n'était pas un total cauchemar et elle était arrivée à destination en une petite demi-heure.

Après avoir claqué la portière vert pomme de son véhicule, elle traversa les quelques mètres qui la séparait de l'entrée du hall, son blouson bomber serré autour d'elle. Les températures étaient encore clémentes en journée mais à cinq heures du matin, c'était autre chose. Le jour n'était pas encore levé et la nuit s'étendait tout autour d'elle, chargeant un relent d'humidité qui la faisait frissonner.

En pénétrant dans l'immense hangar C1 qui abritait le marché aux fleurs de Rungis, la température peina à se réchauffer. Conservation des fleurs oblige, les degrés se faisaient frileux. Sophie extirpa de son sac son immense écharpe grise et en fit de nombreux tours autour de son cou. Elle retrouvait un brouhaha qu'elle connaissait bien. Ici, l'heure avait beau être matinale, tous les intervenants étaient en plein dans leur journée de travail. Entre cinq et sept heures du matin, ils allaient faire la quasi-totalité de leur chiffre d'affaires de la journée. Il fallait donc être en forme.

Elle passa sans s'arrêter devant le restaurant « L'Arrosoir » qui s'étendait dans le bâtiment et partit rencontrer ses fournisseurs.

On était jeudi et elle savait pertinemment où elle allait tous les retrouver. Au traditionnel petit-déjeuner fromage/

charcuterie du marché aux fleurs. Camembert, andouillettes, rillettes et cantal se mélangeaient dans un joyeux mélange qui provoquait toujours chez Sophie un début de nausée.

Comment pouvait-on avaler ce genre de produits à cinq heures du matin ?

Elle savait bien que les travailleurs de Rungis étaient debout depuis des heures mais même en faisant nuit blanche, elle était incapable d'approcher à cette heure-ci un camembert coulant à moins de cinq mètres. C'était pourquoi, elle préférait généralement venir le mardi.

Elle échappait ainsi aux effluves fromagères...

Tentant de bloquer les odeurs qui commençaient déjà à titiller ses narines, Sophie s'approcha de ses fournisseurs habituels. Nicolas pour les plantes, Martin pour les fleurs et Victor pour les feuillages.

Ce fut Martin qui l'aperçut en premier.

— Ah voilà la plus jolie fleur de Montmartre !

Sophie afficha un sourire crispé et s'approcha de quelques mètres supplémentaires. Ici, l'ambiance était fraternelle mais elle n'était pas friande de ce genre d'entrée en matière. Elle préférait faire son petit tour tranquille sans que l'intégralité des fournisseurs présents ne lui fassent passer un scanner en l'observant de haut en bas.

En rejoignant les trois fournisseurs qui étaient ses trois plus gros interlocuteurs sur le marché de Rungis, elle esquiva pas moins de quatre tentatives de lui mettre une tartine dégoulinante de fromage ou de charcuterie grasse entre les mains. Elle avait beau avoir expliqué des dizaines de fois qu'elle était végétarienne, il y avait toujours quelqu'un pour lui tendre l'assiette de saucisson.

« Oh ça va, c'est pas trois rondelles de sauc' qui vont changer quelque chose ! ».

Dites ça au cochon qui a payé de sa personne pour le fournir, votre saucisson !

Histoire de décourager les futures tentatives gustatives, elle attrapa un bout de brioche qui traînait sur la table et en avala une minuscule bouchée.

En la voyant arriver, Victor lui tendit un gobelet de café brûlant avec un hochement de tête. Il était le plus taiseux des trois et personnellement, celui que Sophie appréciait le plus. Elle le remercia d'un sourire en attrapant le gobelet. Elle n'aimait pas davantage leur café sans goût et plein de sucre mais à bien choisir, elle préférait encore cela à la perspective d'avaler de l'Époisses sur un morceau de pain beurré.

Elle réprima un frisson à cette pensée et se joignit à la conversation.

— Alors Sophinette, tu viens chercher ta commande ? J'aurai pu te la faire livrer, dit Nicolas en étalant une large tranche de jambon de pays sur une tranche de pain de campagne.

— C'est gentil mais j'ai besoin de voir vos nouveaux arrivages.

— Pas de souci, laisse-moi juste deux minutes, dit-il en attrapant deux épaisses lamelles de Comté.

Il ajouta à ça trois rondelles de saucisson à l'ail et se dirigea vers son étalage. Elle promit à Martin et Victor de passer chez eux après et suivit Nicolas rien qu'à l'odeur de sa tartine ultra-protéinée.

En une petite heure, elle avait fait le tour des trois fournisseurs et avait validé une bonne commande de fleurs pour sa boutique. Roses, célosies, orchidées, asters, hortensias... Elle avait tout ce qui lui fallait.

Elle commença à remplir un chariot en alu quand Martin lui proposa son aide.

— Allez, ma petite Sophinette, tu vas te faire mal à charrier tout ça toute seule...

Sachant que l'intention était bonne, Sophie répondit en souriant qu'elle pouvait se débrouiller sans problème quand Martin lui prit un paquet des mains sans lui demander son avis. Elle soupira intérieurement et continua de verser ses fleurs avec l'aide non sollicitée de son fournisseur. Tout cela partait d'une démarche sympathique mais Sophie ne supportait pas que des hommes lui imposent leur volonté, surtout quand elle avait énoncé clairement qu'elle n'était pas intéressée par leurs incomparables muscles…

Étant pressée, elle refusa de polémiquer davantage et partit retrouver sa camionnette pour décharger les cartons de fleurs.

Toute seule, comme une grande !

Elle était rentrée à la boutique depuis une dizaine de minutes quand Charly reposa son arrosoir et s'accouda sur la grande table.

— Je vais aller me prendre un petit café chez Marion, je te prends quelque chose ?

— Attends un peu, elle avait un monde de fou quand je suis passée devant en arrivant, répondit Sophie en voyant depuis sa vitrine l'affluence chez son amie.

Le jeune homme aux cheveux blonds décolorés gémit de douleur en se tenant l'estomac.

— Mais je ne vais jamais tenir. J'ai besoin de ma dose de caféine !!

— Je te signale qu'il y a une cafetière dans le bureau, souligna Sophie en tentant de mettre la main sur son sécateur sur le plan de travail.

— Ton jus de chaussette ? Je n'appelle pas ça du café !

Elle leva la tête et vit son adorable (quoiqu'un peu impertinent) stagiaire lui tendre son sécateur qu'il avait trouvé dieu sait où.

— Je te signale qu'il y a aussi une bouilloire pour un thé mais si tu es à ce point en manque, tu peux toujours aller chez Thierry.

Le dénommé Thierry tenait une brasserie « Chez Amélie » où ils avaient pris leurs habitudes au fil des années. Tentant de surfer sur le succès du film de Jean-Pierre Jeunet, l'attachant cafetier faisait de son mieux pour maintenir son commerce à flots. Mais il était de notoriété publique qu'il était bien plus doué pour le couscous que pour le café serré…

— Super, j'ai le choix entre de l'eau chaude et une espèce de mort-aux-rats que Thierry ose appeler un café. Mon arrière-arrière-grand-mère italienne viendrait me hanter pour le restant de mes jours. Je préfère encore boire ta mixture infâme, dit-il en se dirigeant vers l'arrière-boutique.

Sophie secoua la tête, amusée. Charly était un gai luron qui distillait une vraie joie de vivre dans la boutique. Bon nombre de clients revenaient parce qu'ils avaient été séduits par le caractère survolté et attachant de son jeune apprenti. Il réapparut avec une tasse ébréchée pleine d'un liquide qui, Sophie devait bien le reconnaître, n'avait rien de ragoûtant.

Le breuvage n'aurait pas dépareillé à Rungis...

Il but une gorgée, grimaça et reposa le tout sur un coin du comptoir, la mine dégoûtée.

— Dis, puisque je n'ai pas le droit de me remplir la panse avec autre chose que du poison, je peux te parler d'un truc ?

Elle releva la tête, aux aguets.

Il allait encore lui réclamer une Nespresso...

Le jeune homme tritura ses mains recouvertes de tatouages qui remontaient jusqu'à ses avant-bras et finit par se lancer.

— Je me suis dit qu'on pouvait tenter un truc à la boutique, pour être un peu plus écolo...

Sophie lui lança un regard soupçonneux.

Elle savait que son stagiaire avait une vraie conscience écologique (bien que les capsules en alu pour son café soit son péché mignon) et elle partageait bon nombre de ses convictions mais elle ne pouvait pas se permettre énormément de dépenses, ce que Charly avait parfois du mal à comprendre. Sa boutique roulait correctement et elle espérait pouvoir lui proposer un CDI à la fin de ses études mais cela voulait dire qu'elle devait être vigilante sur l'argent. Elle allait tenter de calmer ses ardeurs quand elle avisa une silhouette sur le seuil de sa boutique.

Oh non ! Pas lui...

7.

Sophie enfonça une renoncule dans son bouquet en préparation avec plus de force que nécessaire. En temps normal, elle était d'un naturel doux et conciliant avec ses amis comme avec ses clients mais ce type avait le don de la faire entrer dans une colère noire.

Elle tourna la tête et observa discrètement l'homme qui avait passé la porte quelques instants plus tôt, accompagné de son fidèle et massif Golden Retriever au pelage beige. Le chien s'était allongé au pied de son maître et restait sagement à ses côtés, lui patientait, observant ses bouquets, imperméable à la mauvaise humeur qui émanait d'elle. Élancé et bien bâti, il se passait la main dans ses épais cheveux bruns qu'il portait un peu longs sur la nuque, d'un air tranquille. Avec sa barbe bien taillée en plus du reste, il virait au cliché ambulant.

Encore un espèce de hipster du dimanche…!

À force de poser avec brusquerie chaque objet qui lui tombait sous la main, Sophie savait qu'elle était loin d'être subtile. Même Charly avait enjambé l'adorable toutou pour trouver refuge chez Marion. Elle n'y pouvait rien, le comportement de cet homme était trop révoltant !

Depuis cinq ans qu'elle avait ouvert sa boutique, la jeune femme parvenait tant bien que mal à boucler chaque fin de mois et à éloigner les appels désagréables de son banquier. Sans surprise, elle comptait beaucoup sur ses quelques clients réguliers pour sortir définitivement la tête de l'eau.

C'était la seule raison pour laquelle, elle ne lui avait pas encore fait avaler toute sa panoplie de fleuriste, sécateur inclus.

Quand elle avait ouvert sa boutique, il avait été l'un des premiers à se présenter. Elle lui avait donc sorti le tapis rouge et moult bénédictions silencieuses.

Pour toute dire, à l'époque, elle avait été à deux doigts de faire un câlin à tous ceux qui lui achetaient un bouquet.

Mais au fil du temps, la situation avait quelque peu changé. Toute reconnaissance s'était envolée.

Et les envies de câlins intempestifs avaient disparus avec elle.

Cet homme qu'elle avait pris pour une personne attentionnée qui offrait des bouquets à sa chère et tendre, se servait en fait de sa boutique pour entrer dans les bonnes grâces d'innombrables conquêtes. Si elle n'avait rien contre ceux qui achetaient des fleurs comme tentative de drague (pour une fleuriste, cela aurait été un comble), elle était moins fan de ceux qui changeait de victime plus souvent que Barney Stinson.

Et elle savait pertinemment qu'il entrait dans cette catégorie grâce aux adresses de livraisons qu'il lui laissait après ses commandes. Ce n'était évidemment jamais la même. Semaine après semaine, mois après mois, elle s'était donc imaginée ces femmes recevoir un bouquet, être folle de joie à l'idée de cette attention si romantique, sans s'attendre une seconde à être remplacée la semaine suivante.

Sophie savait qu'elle n'avait pas à juger la vie de ses clients mais à cause ou grâce à son passé de femme trompée, elle s'était mise à avoir honte de participer à son manège. Elle voyait arriver son client quasiment chaque semaine, le sourire aux lèvres, la démarche légère alors qu'il faisait souffrir femme après femme sans aucun état d'âme. Il semblait totalement inconscient du mal et des blessures qu'il laissait derrière lui.

Elle aurait aimé être en position de lui dire de se trouver une autre fleuriste. Elle aurait adoré même lui indiquer où il pouvait se fourrer son portefeuille en cuir véritable mais le monde du commerce étant ce qu'il était, elle était contrainte de supporter la présence de ce coureur de jupons.

Alors, elle se résignait à endosser ce rôle de complice par procuration qui lui faisait horreur. C'était pourquoi elle le détestait si copieusement !

Pourtant Sophie devait le reconnaître, cette fois-ci il lui avait commandé un bouquet inédit. Pour la dixième fois consécutive, elle se demanda à qui était destiné l'immense arrangement floral qu'il lui avait commandé. D'habitude, il commandait quelque chose de plus raisonnable et au budget moins conséquent.

Une femme avait peut-être réussi à lui faire renoncer à sa vie de séducteur sans moral. Qui qu'elle soit, Sophie la plaignait sincèrement.

De toute évidence, cet homme n'arriverait jamais à garder son pantalon fermé.

Observant son travail d'un œil expert, Sophie le jugea terminé et ferma d'un coup sec le tiroir de sa table de travail.

— Voilà, Monsieur. Ce bouquet vous convient-il ? dit-elle d'une voix guindée qui ne lui ressemblait pas du tout.

Le jeune homme, âgé selon elle d'une trentaine d'années, se tourna en souriant. Il s'avança de quelques pas, les mains enfoncées dans les poches de son pantalon de toile impeccable et jeta un coup d'œil au travail de Sophie. Le chien, parfaitement dressé semble-t-il puisqu'il n'avait pas de laisse, ne bougea pas d'un pouce.

— Ça sera parfait, comme toujours, dit-il de sa voix grave.

Sophie débita les questions habituelles sans toutefois lever la tête.

— C'est pour une occasion particulière ?

— Un anniversaire.

— Vous voulez le faire livrer ?

Le jeune homme s'approcha et s'appuya sur le comptoir sans se départir de son sourire.

— Oui bien sûr, comme d'habitude, répondit-il avec ses yeux chocolat presque noirs.

Est-ce qu'il avait besoin de s'avachir comme ça sur son poste de travail ?

Une fois le bouquet mis de côté dans la réserve, elle s'empara du cahier de livraisons.

Tandis qu'il lui dictait l'adresse de la dénommée Catherine Lanvin, elle se rendit compte que ce nom de famille ne lui était pas inconnu. Tout en fronçant les sourcils, la jeune femme se creusa la tête, sans parvenir à mettre la main sur la réponse.

Pendant ce temps-là, il attrapa son portefeuille, rangé dans l'intérieur de sa veste et en sortit sa carte bleue.

Gold évidemment, on ne se refusait rien.

Quoi qu'il fasse, elle était bien décidée à ne trouver aucune qualité à cet homme.

Il aurait pu lui sortir des cartes d'adhérent à la SPA, au Secours Populaires et aux Restos du Cœur qu'elle aurait trouvé quelque chose à y redire.

Elle prit machinalement la carte bancaire et s'apprêta à la mettre dans le terminal quand elle bloqua devant le nom qui était inscrit : Léonard Lanvin... Elle l'encaissa sans un mot, se traitant mentalement de débile profonde pour ne pas avoir fait le rapprochement. Il venait presque chaque semaine depuis des années et elle n'avait même pas pensé au nom de son client.

À sa décharge, dans sa tête, elle utilisait davantage l'appellation de « l'autre bâtard»...

D'un coup, Sophie se demanda si elle n'était pas en train de lui vendre un bouquet pour sa femme... Avec un rapide coup d'œil, elle ne vit aucune alliance sur ses longs doigts. De plus, elle était presque certaine que le nom de Catherine Lanvin n'avait jamais fait partie de ses adresses de livraison mais au vu de sa mémoire digne d'un poisson rouge, rien n'était moins sûr.

Si en plus du reste, le mec s'avérait être marié (et pourquoi pas père de famille tant qu'on y était), elle se promettait de faire de la charpie de ses parties génitales.

Louise apprécierait...

— Ma mère, dit-il en rangeant son portefeuille.

Sonnée qu'il ait remarqué son questionnement intérieur, elle mit quelques secondes à répondre.

— Je vous demande pardon ?

— Ça fait cinq bonnes minutes que vous vous demandez qui est cette femme alors je vous réponds. J'arrive presque à voir votre cerveau fumer à force. Donc il s'agit de ma mère. Vous vous sentez mieux ?

Sophie, sur le coup de la surprise, resta muette devant lui. Il ne la lâchait pas des yeux, clairement fier de sa petite répartie. Son sourire de séducteur ornait son visage et une fossette creusait même sa joue gauche.

La même qu'Eddy...

Reprenant ses esprits, la jeune femme arbora un sourire aussi factice que le sien.

— Je vous assure que je ne cherchais pas à connaître les détails de votre vie privée. Je suis désolée si je vous ai donné cette impression...

Qu'il garde ses explications, elle ne lui avait rien demandé !

Il se mit soudain à rire doucement à travers sa barbe. De toute évidence, il n'avait pas cru un traitre mot de sa réponse.

Il jucha une fesse sur son comptoir pour mieux se pencher vers elle.

— Ce n'est pas grave de faire preuve d'un peu de curiosité, reprit-il.

— Je ne vois pas de quoi vous voulez parler, répondit Sophie avec une parfaite mauvaise foi en balayant de la main les tiges et les feuilles qu'elle venait de couper, en prenant soin de ne pas l'effleurer, ne serait-ce que du bout des doigts.

Il aurait beau insister, elle ne reconnaîtrait rien du tout.

Plutôt se faire hara-kiri avec un cactus que d'avouer à son client ce qu'elle pensait de lui !

— Et moi qui étais prêt à vous faire l'historique de mon arbre généalogique... Vous n'êtes pas tentée, vraiment ?

Son satané sourire semblait bien décidé à rester accroché à

ses lèvres.

Et cette satanée fossette aussi...

Sophie se savait découverte mais elle était résolue à garder pour elle ses opinions personnelles. Il était peut-être expert dans l'art de faire succomber les femmes mais elle, avait vingt-neuf ans d'expérience de frustration maternelle derrière elle. S'il pensait pouvoir lui faire dire quelque chose qu'elle était bien décidée à taire, ce Don Juan aux cheveux trop longs allait être déçu !

— Honnêtement, je ne vois pas bien ce que je ferais de ce type d'informations..., dit-elle avec une grimace désolée sur le visage.

— Vous m'en voyez navré, dit-il en passant la main dans sa barbe cachant à grande peine un sourire.

Il était séduisant, elle devait le reconnaître. Le coin de ses yeux se plissaient à chaque fois qu'un sourire effleurait ses lèvres, faisant apparaître d'adorables pâtes d'oie. Le tout ne renforçait que davantage l'incroyable aura de séduction qu'il dégageait.

Évidemment ! La nature était tellement injuste entre les deux sexes !

Refusant de se laisser avoir par son charme dévastateur comme bon nombre de femmes avant elle, Sophie ne perdit pas une seconde pour sortir de derrière son comptoir et se rapprocher de la porte.

Ne restait plus qu'à espérer qu'il comprenne le message que la sortie n'attendait que lui...

— Voilà, monsieur. Je vous souhaite une belle journée.

Il prit tout son temps pour boutonner consciencieusement son manteau, arrangeant au passage une écharpe bleu gris qui ceignait son cou.

S'il ne partait pas dans les prochaines secondes, sa prochaine étape allait être sans aucun doute le coup de pied au cul...

Elle en avait mal aux joues à force de sourire mais il était hors de question qu'il arrive à lui faire perdre son calme. Il ne méritait rien d'autre que de l'indifférence. Léonard Lanvin, lui, paraissait au comble de l'amusement. Il attrapa une feuille d'eucalyptus qui traînait sur le plan de travail.

— Très belle journée à vous aussi, ma chère fleuriste. J'espère que nous aurons davantage l'occasion de discuter la prochaine fois.

Le jour où elle aurait du temps à lui consacrer, l'ensemble du règne volatile aurait des dents.

Elle sourit donc sans répondre, au comble de l'hypocrisie.

Si ça ne tenait qu'à elle, elle avait un stock tout trouvé d'amabilités à lui servir...

Léonard Lanvin la fixa de son regard pénétrant et un lent sourire naquit sur ses lèvres. Il se posta devant elle, la dominant de toute sa hauteur. Brusquement intimidée, Sophie ne put prononcer le moindre mot, se contentant de lever la tête devant son adversaire, affrontant ses yeux assombris où une perpétuelle lueur d'amusement semblait danser.

Allons bon, il comptait l'ajouter à sa liste maintenant ??

S'empêchant de s'attarder sur la boule qui s'était brusquement logée dans son estomac et à la moiteur qui avait envahie l'intérieur de ses mains, elle essaya de faire preuve d'impassibilité.

— J'ai comme l'impression que je vous agace, madame la fleuriste. Non pas que je n'ai pas l'habitude d'agacer mon entourage mais...

Il laissa sa phrase en suspens et finit par se diriger d'un pas léger vers la porte, la feuille tournoyant entre ses doigts. Il siffla son chien qui se précipita dehors avec un joyeux aboiement. Prêt à passer le seuil, il se retourna.

— Qui sait, le jour où vous aurez envie d'en savoir plus sur moi, je ne vous horripilerai peut-être plus autant, lança-t-il avec un clin d'œil.

8.

Sophie fut plus qu'heureuse de descendre son rideau métallique ce soir-là. La journée avait été éreintante et elle n'avait qu'une envie : prendre une douche, mettre son pyjama en pilou-pilou et finir cette bouteille de blanc qui traînait dans le frigo depuis deux jours.

En passant devant le salon de thé de Marion, elle aperçut son amie très occupée à se bécoter avec son petit ami derrière le comptoir de sa boutique.

S'interdisant de les déranger, elle passa son chemin et rejoignit le métro pour rentrer seule. Installée sur un des sièges défoncés de la rame, elle inséra ses écouteurs dans ses oreilles et lança le dernier album de P!nk.

Rien de tel pour s'enfoncer dans sa bulle.

Une fois sortie du métro, alors qu'elle aurait pu rentrer directement à l'appartement, elle décida de faire un détour par les jardins des Halles, récemment rénovés. Son besoin de solitude se faisait sentir et elle avait envie de flâner.

Alors qu'elle errait dans les allées arborées qui donnaient sur la Canopée du centre commercial, entre les gamins hurlant sur leurs trottinettes et les passants déambulant comme elle, Sophie repensa à sa journée. La réapparition de Mickaël dans sa vie l'avait plus ébranlée que ce qu'elle s'était imaginée. Ajouté à ça sa mésaventure du début d'année avec Eddy, le Trou du Cul et il n'était pas étonnant qu'elle soit encore plus sur ses gardes qu'à l'ordinaire. Elle pensait avoir surmonté sa déception et sa colère mais au vu de la manière dont elle avait eu envie de se défouler sur son client, ce cher Léonard Lanvin, elle était loin d'avoir mis tout cela derrière elle.

Mais était-ce sa faute à elle si les hommes étaient la majorité du temps de parfaits enfoirés ? Si sous prétexte qu'ils ne faisaient pas exprès d'être lâches, c'était les femmes qui trinquaient de leur manque de courage ?

Mickaël, Eddy et Léonard auraient été fait pour s'entendre… Tout trois incapables de se contenter d'une seule partenaire, ils préféraient enchaîner les conquêtes, de préférence sans prévenir les filles concernées.

Ils devraient monter un club…

Toutes ces combines de séducteur la rendaient malade. Comment parvenir à respecter la gente masculine avec le nombre d'exemples qu'elle avait sous les yeux ? Elle était plus que convaincue que sa décision de renoncer pour le moment à toute vie sentimentale ne pouvait que lui faciliter la vie !

Elle souhaitait bonne chance à quiconque s'échinerait à la faire changer d'avis…

***

Quand elle regagna sa colocation, Marion et Benoît l'avaient devancée. L'une faisait la cuisine pendant que l'autre mettait la table. Louise et Nina paressaient tranquillement dans le salon. Quand Sophie avisa la bouteille de vin sur la table basse du salon, un grognement s'échappa de sa gorge. Vide, bien sûr.

Pour une fois qu'elle voulait noyer ses soucis dans l'alcool !

Elle salua tout le monde et rejoignit Marion dans la cuisine pour lui proposer son aide. Mais Benoît s'était déjà transformé en petit commis avec son économe en main. Il suivait avec attention les consignes de sa petite-amie et la couvait du regard avec tendresse. Son amie tellement prise dans sa recette ne s'en rendait pas compte et était focalisée sur sa cuisine.

— Benoît, tu as fini d'éplucher les champignons ? Il faut les mettre dans la cocotte.

Il reprit rapidement sa besogne, épluchant sans rechigner. Sophie sourit devant cette scène.

Si les clients et les employés de Benoît pouvaient le voir à cet instant avec son petit tablier à volants…

N'étant d'aucune utilité, elle rejoignit ses deux autres colocataires, plantées devant un nouvel épisode d'Outlander.

— Ah Jaimie de mon cœur, tu tombes le kilt quand tu veux avec moi, susurra Nina.

La jeune femme était assise à même le tapis du salon et avait les yeux fixés sur l'écran. Dans le canapé, Louise sirotait son verre de vin, les yeux également braqués sur le beau rouquin.

— Ça été ta journée ma biche ? demanda-t-elle en voyant s'asseoir Sophie.

— Pas vraiment. J'ai été à deux doigts de passer un client par-dessus le comptoir.

Louise lui jeta un coup d'œil.

— J'imagine que ce n'était pas pour lui faire un remake de « *Harcèlement* » ?

— Ah non, c'était pas vraiment l'ambiance...

Son amie lui tendit son verre de vin, encore plein.

— Tiens, tu as l'air d'en avoir plus besoin que moi.

Sophie leva le verre en signe de reconnaissance et se laissa absorber dans l'épisode qu'elle avait déjà vu quelques jours plus tôt.

Les deux héros commençaient une nouvelle fois à s'envoyer en l'air quand Marion annonça que le repas était servi. Tel un signal, les trois filles se levèrent d'un même bond.

Jaimie était bien mignon mais il ne faisait pas le poids face aux effluves qui s'échappaient de la cuisine.

Sophie s'installa à sa place habituelle et s'aperçut que le couvert avait été mis pour cinq personnes. Elle était pourtant persuadée qu'Antoine devait passer la soirée avec eux…

Même si Nina et lui avaient rompu, ils avaient décidé de ne pas perdre le contact et se voyaient avec une régularité qui n'était pas pour rassurer Sophie.

— Antoine ne mange pas ici ?

Nina, qui remplissait les assiettes de tout le monde avec la poêlée de légumes au lait de coco, répondit.

— Nope, il a du travail. Et puis, c'est bon, on n'est pas sa cantine non plus.

Benoît qui allait s'asseoir, suspendit son geste.

— Non, mais je dis pas ça pour toi, Benichou ! C'est juste que ton frangin, il mange pour cinq et il est incapable de mettre une assiette dans le lave-vaisselle, répondit Nina en passant celle de Louise.

— Ce qui est entièrement la faute de mes parents. Je suis le seul à avoir reçu un tant soit peu d'éducation, répondit le jeune homme en se servant un verre d'eau après en avoir proposé à toute la tablée.

Sophie ne put empêcher ses inquiétudes de revenir sur le devant de la scène. Même si elle cachait bien son mal-être, Nina devait sûrement être déçue qu'il ait annulé sa venue au dernier moment.

Sans même tourner la tête dans sa direction, elle sentit le poids du regard de Marion. Après leur conversation de ce matin, rien d'étonnant...

— On doit se voir ce week-end normalement, répondit Nina tout en passant la panière à pain. On doit aller dans un espèce de chalet avec des potes à lui...

— Tu les connais ?

— Non, c'est justement le but du week-end. On sera une bonne bande à ce que j'ai compris...

Il n'y avait rien pour rassurer Sophie dans ce programme. Mais que dire à son amie ?

Qu'étant donné sa propre expérience personnelle catastrophique, elle pensait préférable qu'elles se fassent toutes nonnes ?

Elle sourit gentiment à Nina et commença à manger du bout des lèvres. Son amie, elle, était à des années-lumière de la plus petite inquiétude.

— C'est dommage que je sois célibataire, je n'aurai pas dit non à une partie de jambes en l'air devant la cheminée ! En plus, avec son côté insatiable, Antoine n'aurait pas dit non...

Benoît faillit s'étouffer avec une bouchée et Marion lui tapota dans le dos, pleine de sollicitude avec son cher et tendre qui venait de découvrir que son jeune frère avait une vie sexuelle.

— Hum désolée, Benichou ! Mais c'est vrai que ton frère a une forme olympique de ce côté-là...

Le pauvre Benichou leva la main, demandant silencieusement à ce qu'on mette un terme à son calvaire.

Marion se lança à sa rescousse.

— Alors, il est bien le dernier épisode d'Outlander ?

— Génial, en voilà un autre d'insatiable, renchérit Nina. Il a une de ses paires de... Aïeuh ! Mais ça va pas non ?

Elle lança un regard furibond à Louise qui venait probablement de lui donner un coup de pied bien senti.

— Si tu ne fermes pas ton clapet, Benoît va nous faire un malaise et Marion arrêtera probablement de nous faire des gâteaux, alors s'il te plaît, tais-toi !

Après un coup d'œil à Benoît qui gardait le regard braqué sur son assiette et à Marion qui confirmait les dires de Louise d'un vigoureux hochement de tête, Nina se tut.

Enfin.

Ils mangeaient en silence depuis quelques secondes à peine quand la jeune Nina reprit la parole.

— Euh, c'est quoi ce truc au plafond ? dit-elle en tendant le doigt en direction du salon.

Tous suivirent son geste et découvrirent une petite auréole apparue sur le plafond en plein milieu du salon. Louise se leva d'un bond et partit inspecter la tâche suspecte. Les autres ne tardèrent pas à la rejoindre. Ils étaient tous le nez en l'air, le regard fixé sur le rond plus foncé qui s'était fait une place au beau milieu de la peinture blanche.

— On dirait une fuite, non ? suggéra Nina.

— Bravo Sherlock ! railla Louise en prenant déjà en photo le dégât des eaux inopportun.

Nina allait évidemment répliquer mais Sophie lui posa la

main sur le bras. Il ne servait à rien de renchérir, Louise était suffisamment agacée comme cela. Il s'agissait après tout de l'appartement de ses parents et il était normal qu'elle ne prenne pas la chose avec légèreté.

Pendant que Louise allait toquer chez leur voisin du dessus, Marion et Benoît discutait assurance. Elles allaient devoir faire une déclaration et faire un constat amiable avec leur voisin. Si jamais elles avaient besoin d'une société pour chiffrer la réfection du plafond, il connaissait quelqu'un de très bien.

Même si Sophie ne se réjouissait pas de ce qui arrivait, elle fut soulagée que la conversation se détourne des fantasmes de cheminée de Nina. Elle fit semblant de participer à la conversation et tenta de mettre ses inquiétudes en sourdine.

Elle devait accepter que son amie était une grande fille, majeure et vaccinée. Nina n’avait nullement besoin de ses conseils en matière d’histoire de cœur.

En plus, vu son parcours, elle n'était clairement pas la mieux placée.

9.

La jeune fleuriste terminait de débarrasser avec Louise. Les assiettes avaient déjà pris place dans le lave-vaisselle et la table avait retrouvé sa netteté habituelle.

Louise, toujours agacée que leur voisin ait l'outrecuidance d'être absent, s'escrimait à mettre les restes du repas dans les Tupperware avec autant de délicatesse qu'un camion benne pendant que Sophie terminait la vaisselle. Les deux amies discutaient de tout et de rien quand Sophie entendit un gloussement dans le salon.

Marion et Benoît roucoulaient sur le canapé, un programme quelconque se déroulant à la télé. Bien décidée à ce que sa dulcinée ne puisse suivre le film, Benoît avait saisi son menton entre ses doigts et l'embrassait tendrement. Les deux tourtereaux n'entendaient rien autour d'eux et au vu des rires qui fusaient, ils n'avaient besoin de personne.

Sophie devait le reconnaître. Devant ce type de spectacle, sa résolution de rester seule et fière de l'être était un brin plus difficile à tenir. Leur bonheur à tous deux faisait plaisir à voir et elle ne doutait pas une seconde que les sentiments de Benoît soient aussi forts que ceux de son amie.

Mais après tout, leur couple était loin d'être la norme !

Sophie récura le fond d'une casserole avec acharnement alors qu'elle s'efforçait de renfoncer sa volonté. Elle ne devait pas faiblir. Rêver à des contes de fées fantaisistes ne l'aiderait pas. La vie n'était pas faite de prince charmant et de happy-ends mais plutôt de cachotteries et d'applications mobiles pour dissimuler l'adultère...

Elle souhaitait le meilleur à Marion et Benoît mais ils n'étaient rien d'autre que l'exception qui confirmait la règle !

Voilà tout !

***

Sophie venait de recommencer la même opération sur sa calculatrice et l'écran s'obstinait à lui donner trois résultats différents.

Et le problème avait plus de chance de venir d'elle que de la machine...

Les projections de trésorerie se compliquaient sérieusement quand on avait deux mains gauches et un demi-cerveau à la minute où des mathématiques rentraient en ligne de compte.

Soupirant pour la douzième fois de la matinée, elle secoua la tête, tenta de faire craquer son cou, ne parvient qu'à se donner un début de torticolis et reprit le travail de comptabilité qui l'occupait depuis l'ouverture de la boutique. Tout à la joie d'ouvrir sa propre enseigne cinq ans plus tôt, elle n'avait pas pris la mesure de la quantité titanesque de papiers administratifs que cela demandait. Elle avait parfois l'impression de passer plus de temps dans ce bureau minuscule, entourée de déclarations URSAFF, de factures et de feuilles d'impôts que dans sa boutique avec ses roses parfumées, ses agapanthes et ses glaïeuls...

Et étonnamment le formulaire n°DE43B6D avait peu d'effets sur son taux d'excitation...

Une semaine s'était écoulée depuis que sa mère avait lâché sa bombe en lui annonçant que son ancien petit-ami était désormais libre comme l'air.

Décidée à ne pas perdre de temps avec cette histoire, Sophie s'était efforcée de reprendre ses esprits et de retrouver le rythme qui occupait jusque-là ses journées. Elle avait toujours été douée pour verrouiller ses pensées dans un petit coin de sa tête et une fois encore, cela lui avait été plus qu'utile. Mickaël appartenait à son passé et il allait y rester.

Point final.

— Sophiiiiiie, ta mère au téléphone !

Ce qui serait bien plus facile à appliquer si sa mère arrêtait de l'appeler tous les deux jours...

Ça faisait plusieurs jours qu'elle filtrait ses appels, n'ayant aucune envie de connaître sa multitude de plans de reconquête mickaëlesque...

Mais Charly débarqua dans le bureau, le téléphone fixe en main et déjà l'air d'avoir envie de s'ouvrir les veines à l'aide d'une pince à épiler.

Cette chère maman...

Avec de grands gestes, elle tenta de lui faire comprendre qu'il ne fallait surtout pas lui passer cet appel, qu'au pire il valait mieux dire qu'elle était partie s'exiler en Amérique du Sud avec une secte adepte des sacrifices rituels. Tout plutôt que d'essayer de lui passer ce téléphone, mais Charly ne voulut rien entendre et lui tendit le combiné.

— Si je lui parle encore trois secondes, je pars vivre dans la Toundra, grommela-t-il entre ses dents.

C'était fou cette envie de découvrir le monde qui saisissait quiconque parlait quelques minutes avec sa mère...

Sophie reprit la communication avec une grimace.

— Bonjour maman...

— Ah enfin ! Contente d'apprendre que tu es toujours en vie... Tu sais que j'attends depuis des jours que tu nous passes un coup de fil ? Mais apparemment, tu es bien trop occupée pour te soucier de comment vont tes parents... Eh bien, nous nous portons comme un charme, merci de demander.

L'avantage avec Danielle, c'était qu'elle n'avait même pas besoin de participer à la conversation puisque celle-ci se chargeait à la fois des questions et des réponses...

— Et je suis sûre que tu n'as pas appelé non plus ta tante Nicole ? C'était son anniversaire il y a deux jours...

Sophie se maudit intérieurement. Elle avait encore zappé l'anniversaire de sa tante qui se ferait un plaisir de le lui rappeler pour les six prochains mois.

Mais aussi, Nicole ne pouvait pas être sur Facebook comme tout le monde pour que le réseau social ait l'extrême amabilité de lui rappeler ce genre de détails ??

— Ah non désolée, je l'appellerai ce soir.

— On ne te demande quand même pas grand-chose. Cet égoïsme, ça me dépasse..., reprit Danielle en reniflant.

Comme à chaque fois qu'elle parlait à sa mère, sa gorge commença à se nouer. Elle refoula tant bien que mal l'humidité dans ses yeux et renifla un bon coup.

Elle ne comprendrait jamais ce besoin de sortir des choses blessantes. Sa mère savait parfaitement où viser et elle ne ratait jamais sa cible. Sophie ne chercha même pas à se défendre, elle savait par expérience que cela ne servait à rien, si ce n'était à envenimer un conflit jamais résolu entre elles deux.

— Et je suis sûre que tu as aussi oublié que nous fêtons nos trente-cinq ans de mariage avec ton père le week-end prochain...

Sophie retint un juron. Effectivement, elle s'imaginait qu'elle avait encore de longues semaines devant elle avant que ses parents n'organisent la petite sauterie qui célèbrerait trente-cinq ans de répliques acides et de désillusions...

— Tu as promis que tu serai là, je te rappelle.

— Maman..., commença Sophie.

— Ah non, non, je ne veux rien entendre. Toute la famille sera là, il est hors de question que tu te défiles. De quoi aurions-nous l'air ?

Sophie savait d'avance à quoi ressemblerait cette fête pour elle. Des heures interminables avec tous les membres de sa famille qui se donneraient le mot pour lui demander pourquoi elle n'était pas mariée et mère de 2,21 enfants.

Elle en sautait de joie d'avance !

— En plus, tes cousines seront là, ça fait tellement longtemps que vous ne vous êtes pas vus. Au moins quatre mois !

— Personnellement, je n'ai pas vu le temps passer..., ironisa Sophie en jouant avec un stylo.

— Ne sois pas insolente. Elles au moins font l'effort de passer du temps avec leur famille. Et puis, tu as pensé à ton père ? À la peine que tu vas lui faire ?

Sophie sentit la culpabilité l'envahir. Sa mère avait joué sa carte maîtresse : son père. Elle savait que sa fille n'avait jamais pu rien refuser à son paternel qui le lui rendait bien. Et si d'habitude, leur complicité agaçait sa mère au plus haut point, quand cela servait ses intérêts, elle n'hésitait pas à s'en servir.

Alors Sophie n'eut pas d'autre choix que de céder.

— Je regarde les horaires de train et je te rappelle ?

10.

Le Sacré Cœur venait de sonner cinq heures de l'après-midi, quand Sophie émergea de sa réserve, les bras chargés de pots. Elle s'approcha du comptoir où elle s'apprêtait à déposer sa précieuse cargaison, quand une des orchidées menaça de s'écraser au sol.

Charly venait de s'absenter pour une pause et elle ne pouvait appeler personne pour l'aider. Elle essaya tant bien que mal de redresser la situation, quand un client, surgi de nulle part, la sauva de la catastrophe en attrapant la moitié de ses pots. La jeune femme, soulagée, se redressa pour le remercier quand elle reconnut le serial lover Léonard Lanvin.

Comme si son chargement ne pesait rien, il les posa en un tour de main sur le comptoir et resta là, dressé de toute sa hauteur, le sourire aux lèvres et l'air rieur. Même si elle n'éprouvait aucun respect pour cet homme, elle ne pouvait néanmoins le laisser repartir sans s'être efforcée de le remercier.

Ce qui promettait d'être douloureux.

— Merci pour votre aide, monsieur, articula-t-elle en arrangeant machinalement ses fleurs afin de ne pas avoir à croiser son regard.

— Outch, ça pique non ? répondit-il, moqueur, en croisant les bras.

— Je vous demande pardon ?

— Devoir me remercier. Ça a l'air aussi agréable qu'un toucher rectal sans anesthésie...

— Vous parlez d'expérience ?

Il éclata de rire et à la force de ses bras, se hissa sur le plan de travail, se fichant complètement que celui-ci soit loin d'être nickel.

Elle croisait les doigts pour avoir laissé une ou deux tiges épineuses...

— Alors, reprit-il, non pas que je n'apprécie pas de me chamailler quotidiennement avec vous mais je ne suis pas venu ici pour ça.

Sophie rêvait de lui répondre qu'elle n'avait pas grand-chose à carrer de son emploi du temps quand elle aperçut une jeune femme dans la rue qui semblait très intéressée par sa boutique au vu du nombre de coups d'œil qu'elle plongeait à travers la vitrine. Avec sa frimousse encore ronde et sa mine boudeuse, elle paraissait sortir tout juste des bancs de l'école.

Il fallait avouer qu'elle était mignonne dans son genre, avec son jean qui avait plus de trous que de tissu et engoncée dans ce crop-top qui remontait jusqu'au milieu de son ventre.

Avec le vent glacial qui sévissait depuis le début de la journée, elle allait probablement attraper sous peu une pneumonie carabinée avec tous ces vêtements à courants d'air mais après tout, libre à elle !

Sophie allait partir à la rencontre de cette potentielle future cliente quand le regard de celle-ci s'éclaira à la vue de Léonard. Elle fit des grands signes pour attirer son attention, remontant de quelques centimètres supplémentaires son haut minuscule.

Il emmenait ses conquêtes choisir directement leur bouquet maintenant ?

Sophie désigna du doigt la jeune fille, avec un air goguenard.

— Je crois que cette personne vous cherche.

Et alors qu'il suivait son regard jusqu'à la jeune fille qui l'attendait dehors, il jura entre ses dents et secoua la tête.

— C'est pas vrai ! Je reviens, ne bougez pas.

Sautant sur ses pieds, il partit rejoindre sa compagne.

Comment ça « ne bougez pas » ? Il avait sérieusement cru pouvoir lui donner des ordres ? Dans sa propre boutique, qui plus est ?

Par pur esprit de contradiction (et en aucun cas par curiosité) Sophie s'approcha du couple. Histoire d'être crédible, elle attrapa un arrosoir posé à proximité et versa de l'eau dans un seau de roses qui n'en avait aucun besoin.

Que voulait-il prouver en ramenant ses petites chéries ici ? À voir le sourire épanouie qu'arborait à l'instant cette jeune fille, elle semblait éperdument amoureuse de lui...

Si seulement elle pouvait se douter de la désillusion vertigineuse qui l'attendait...

— Chloé que fais-tu là ?

— Eh bah, ça fait toujours plaisir ! C'est ton assistante qui m'a dit que...

— Que se passe-t-il ? coupa-t-il, impatient.

— C'pas ma faute si tu ne réponds pas à ton téléphone, j'te signale !

Au moins, elle avait du répondant !

Il attrapa le bras de la jeune femme et l'entraîna quelques pas plus loin. N'écoutant que le besoin criant de ses plantes d'être copieusement arrosées, Sophie sortit à son tour pour s'occuper de sa devanture.

— Chloé je t'ai déjà dit non ! entendit-elle.

— Oui mais on sait toi et moi que ça ne veut rien dire. Tu finis toujours pas changer d'avis ! répondit la jeune fille, pleine d'assurance.

Sophie vit alors Léonard pousser un profond soupir et sourire presque malgré lui à la jeune femme qui lui faisait face. Il posa ses main sur les joues de la jeune fille qui le regardait avec amusement. Léonard dit alors quelque chose que Sophie n'entendit pas mais la réaction de la jeune Chloé fut immédiate. Elle lui sauta au cou et ne voulut plus le lâcher.

Sophie ne put s'empêcher de lever les yeux au ciel, ce qui n'échappa nullement à Léonard qui la fixait de son regard profond, par-dessus l'épaule de la jeune fille. Prise sur le fait, elle se retourna d'un bon pour frotter une minuscule feuille de buis qui ne lui avait rien fait.

Niveau discrétion, elle était au-delà du ras de pâquerettes...

Quand elle se retourna d'une façon qu'elle espérait un tantinet plus naturelle, elle le vit prendre congé en quelques mots. Elle se dépêcha de regagner sa boutique et il ne tarda pas à la rejoindre. Chloé s'éloigna d'un pas dansant et partit aussi vite qu'elle était arrivée.

Comme si de rien n'était, le jeune homme lui commanda un nouveau bouquet de fleurs qu'il fallait faire livrer. Nom : Sandrine Pasquier.

Chloé n'avait pas fait long feu...

Outrée, Sophie mit quelques secondes à s'activer pour préparer ce nouveau bouquet. Ce mec n'était qu'un petit séducteur sans ambitions qui enchaînait les conquêtes à coups de bouquets et de cartes bleues. Soudain, devant ce visage séduisant et rieur, ce fut celui de Mickaël qui s'imposa à son esprit. Ils étaient de la même espèce tous les deux. Des personnages vils et méprisables qui ne voyaient dans les relations qu'un marchandage.

Toute la colère qu'elle emmagasinait depuis une semaine céda et elle posa brutalement son sécateur sur le comptoir.

— Mais bon sang, comment faites-vous pour vous regarder dans une glace ? Vous n'avez donc aucune décence ? Je méprise les hommes comme vous ! Vous n'avez aucun scrupule à faire souffrir les femmes qui ont le malheur de s'attacher à vous...

Elle assena chaque mot, avec toute la force que lui donnait sa douleur. Léonard lui servait d'exutoire et cela lui fit un bien fou. Et même si sur le visage du jeune homme se peignait un air de plus en plus abasourdi à chacun de ses mots, elle continua sa tirade.

— Vous passez de fille en fille et vous ne faites pas attention un seul instant à ce qu'elles peuvent ressentir.

Léonard la regardait, une expression catastrophée sur le visage.

— Hey, mais minute... Laissez-moi...

Tout à son discours, il s'avançait d'un pas dans sa direction mais Sophie leva les mains pour l'empêcher de s'approcher davantage.

— Non sans façon. Et puis, vous savez quoi, même si vous êtes un client très régulier, vous allez tourner les talons et voir chez un autre fleuriste si j'y suis.

Elle s'éloigna et alla attraper un saut de gypsophile qui attendait qu'elle les détaille en bouquets individuels.

— Attendez, une minute, reprit-il en posant une main sur le seau de fleurs.

Sophie le serra plus fort contre elle, gardant comme une barrière entre eux deux.

— Et puis, vous avez parfaitement raison. J'en ai marre de faire semblant avec vous alors considérez que je ne suis plus votre fleuriste, dit-elle en lui désignant la porte du menton.

À ce moment-là, Charly réapparut sur le seuil de la boutique, une pâtisserie en main provenant sûrement de chez Marion. Léonard s'apprêtait à répondre quelque chose quand il aperçut le jeune homme qui venait d'arriver. Les sourcils froncés et la mine sérieuse, il tourna les talons.

Son jeune apprenti le regarda filer sans se retourner.

— Qu'est-ce qui se passe ?

— Rien du tout, répondit Sophie en commençant à s'occuper de son gypsophile.

Charly se posta face à elle, les sourcils froncés et les bras croisés.

— Ah désolé. L'espace de trois secondes, j'ai cru que t'avais viré un de nos meilleurs clients.

— Pas du tout.

— Tu ne l'as pas viré ?

— Ce n'était pas un de nos meilleurs clients...

Il croqua dans sa pâtisserie en hochant la tête.

— Ah ok. Enfin, juste pour être sûre, tu devrais quand même reprendre tes chiffres parce que je ne crois pas que la banque et toi ayez la même définition.

Elle posa brusquement son sécateur sur la table et planta son regard dans celui de son apprenti.

— Jusqu'à preuve du contraire, c'est moi qui décide, non ?

Pâtisserie en bouche, Charly leva les mains en signe de reddition et partit dans la réserve.

Il semblait aussi convaincu qu'elle. Ce qui était loin d'être brillant. Sophie se mordit les lèvres, catastrophée.

Qu'avait-elle fait ?

11.

Tout le reste de l'après-midi, elle n'eut pas de mot assez dur envers elle pour se reprocher son coup d'éclat. Charly avait parfaitement raison. Léonard était un de leurs meilleurs et plus fidèles clients.

Le challenge de faire survivre une boutique de fleurs n'était pas suffisant. Il fallait aussi qu'elle y ajoute des petites difficultés supplémentaires…

Comme envoyer balader un homme qui assurait une partie non négligeable de son chiffre d'affaires mensuel.

Elle se serait giflée.

Fort heureusement, son apprenti se garda bien de surenchérir. Il la connaissait et se doutait qu'elle s'autoflagellait suffisamment comme ça.

Au moment de la fermeture, elle était à deux doigts de chercher l'adresse de Léonard dans l'annuaire pour se prosterner en implorant son pardon et seul un reste de fierté bien caché l'en empêchait.

Ce n'était pas tant ce qu'elle lui avait dit qu'elle regrettait.

Après tout, elle en passait chaque mot !

Mais c'était plutôt l'effet que cela pourrait avoir sur la bonne tenue de son magasin et sur le développement qu'elle voulait opérer qui la faisait paniquer. Embaucher Charly en CDI après ses études étant le premier d'entre eux, elle savait qu'elle ne se pardonnerait pas d'avoir fait tout capoter pour le simple plaisir d'avoir claqué le beignet à un petit séducteur sans ambition.

Charly parti, elle s'absorba dans la tenue de sa caisse pour tenter d'oublier cette journée catastrophique. Hélas, les choses refusaient de s'améliorer.

Deux cents euros de chiffre d'affaires. Ce n'était pas brillant. C'était même désastreux.

Ce n'était pas avec des journées comme celle-là qu'elle allait pouvoir proposer à Charly le CDI tant voulu.

Elle aurait même de la chance si elle arrivait à se payer elle-même...

Encore plus angoissée après ça, elle s'adossa pour quelques minutes à son comptoir pour tenter de retrouver ses esprits. Elle leva la tête et prit plusieurs fortes inspirations.

Au point où elle en était, elle pouvait bien tenter quelques exercices respiratoires de Nina...

Mais elle ne parvenait pas à faire le vide dans sa tête. Elle n'y voyait que des tiroirs-caisse vides, des courriers d'huissier et la tête chauve de son banquier qui la regardait avec cet air si paternaliste.

« Ma pauvre dame, je vous l'avais bien dit moi que les fleurs, ce n'était pas rentable... ».

Pas rentable... Elle ne cherchait pourtant pas à faire fortune en faisant tourner son magasin. Elle voulait juste vivre de sa passion et c'était déjà trop demandé.

Elle n'était pas naïve. En temps de crise, les fleurs étaient un petit extra que beaucoup de foyers se voyaient contraints de supprimer. Elle le savait pertinemment mais il devait bien y avoir une solution pour que son commerce subsiste !

Malheureusement, elle se doutait de ce que cela impliquait... Accepter que des personnes comme Léonard fasse partie de sa clientèle.

Quand bien même, cela lui piquait la trachée de l'admettre...

Laissant échapper un grognement, Sophie ferma sa caisse, redressa machinalement sa carte postale et ferma les lumières.

D'une façon ou d'une autre, elle allait devoir mettre sa

fierté dans sa poche et faire oublier à son insupportable client le fait qu'elle lui ait balancé sans équivoque le dégoût qu'il lui inspirait.

Un grand moment de solitude en perspective, à n'en pas douter !

Elle rentrait à l'appartement, le pas lourd et la mine basse quand elle croisa Louise dans l'escalier qui redescendait de chez leur voisin. Et vu son expression courroucée, le résultat n'était pas brillant non plus.

— Toujours pas de nouvelles ?

— Tu parles, Charles. C'est le troisième mot que je laisse et que dalle ! Vu que mes papiers disparaissent, il est parfaitement au courant de la situation mais à priori, c'est trop demander qu'il réagisse...

Rentrant tour à tour dans l'appartement, les deux jeunes femmes s'installèrent autour de l'îlot de la cuisine.

De leur place, Sophie voyait qu'effectivement l'auréole du plafond n'avait pas miraculeusement disparu. Elle avait même l'impression que celle-ci s'était singulièrement étendue...

Mais elle n'était pas sûre que Louise soit prête à encaisser l'information !

— En plus, vu que j'ai prévenu mes parents, ils m'appellent maintenant tous les jours pour savoir si le plafond ne nous est pas tombé dessus. Comme si, j'avais envie d'avoir cette conversation *tous* les jours !

Sophie regarda son amie avec compassion. Elle savait ce que c'était d'avoir des parents envahissants.

Même si dans son cas, sa mère remplissait le rôle pour deux.

Le téléphone de Louise vibra au même instant sur le plan de travail et la jeune femme consulta aussitôt son message avant d'émettre un juron bien senti.

— Mais ils pensent que j'ai quel âge sérieusement ?

— Tes parents ? devina Sophie.

— Ils me demandent si j'ai essayé d'aller voir le voisin. Alors que je leur ai déjà dit dix fois qu'il ne répondait pas, hein !

Louise passa des mains agacées dans ses épaisses boucles noires et laissa échapper un cri étranglé.

— Je vais leur répondre que non. Que comme je suis une fille pas très maligne, je me suis dit que la fuite allait probablement se réparer toute seule !

Elle commençait déjà à taper son texto quand Sophie tenta de la ramener à un état d'esprit plus raisonnable.

— Tu es sûre que c'est la meilleure solution pour apaiser leurs inquiétudes ? Ils sont loin, ils se font du souci pour toi...

— Mais c'est à croire qu'ils me prennent pour une idiote !

Sophie haussa les épaules, fataliste.

— Ce sont des parents. Tu auras beau avoir quarante ans, ils te demanderont toujours si tu te soignes bien quand tu auras attrapé un rhume !

— Alors que c'est bien connu que c'est tellement plus sympa de laisser le truc empirer...

Louise râla encore quelques secondes mais finit par poser son téléphone.

— Je vais envoyer un mail au syndic, dit-elle en partant en direction de sa chambre.

En traversant le salon, elle passa juste sous la fuite et s'arrêta net. Elle leva ses pieds à tour de rôle. Ils faisaient maintenant ploc-ploc sur le tapis du salon.

À priori, la fuite était passée à l'étape supérieure.

Louise ne bougeait plus d'un pouce. Si on avait été dans un dessin animé, Sophie était persuadée qu'on aurait pu voir la fumée sortir de ses oreilles et son visage devenir cramoisi. Voyant son amie ainsi figée dans le salon, Sophie se mordit la lèvre et attrapa aussitôt un seau sous l'évier de la cuisine. Elle décala en douceur Louise de sous la fuite et plaça le récipient qui allait empêcher leur appartement de devenir une pataugeoire.

— Je fais quoi ? émit soudain Louise. Franchement, je suis à deux doigts de lui faire avaler des joints pour réparer sa fuite de cerveau.

Jetant un coup d'œil à leur plafond sinistré, Sophie grimaça.

À ce stade, pas sûre que les joints soient suffisants...

***

Le lendemain, Sophie était en train d'installer sa devanture quand elle entendit un chien japper. Se tournant machinalement, elle aperçut Léonard et son Golden-Retriever en train de remonter la rue à pied. Le chien gambadait à sa guise, arrosant au passage la quasi-totalité des lampadaires de la rue. Léonard, lui, marchait nonchalamment, les mains dans les poches de son manteau. Il ne l'avait pas encore aperçu mais cela ne saurait tarder.

Toujours dans l'idée de s'excuser auprès de lui, Sophie s'invectiva intérieurement.

Un peu de courage que diable !

Avant qu'il n'arrive au niveau de sa boutique, Sophie s'avança donc d'elle-même.

— Hum, monsieur Lanvin ?

Vu le murmure étranglé qui était sorti de ses amygdales, il devait avoir une ouïe ultradéveloppée puisqu'il tourna aussitôt la tête dans sa direction. Il esquissa un sourire.

Bon, à priori, il n'avait pas prévu de lâcher son molosse sur elle.

— Oui ?

Et Sophie comprit. Il savait pertinemment ce qu'elle allait lui dire. À le voir bomber le torse, il n'attendait même que ça. L'espace d'un instant, elle eut envie d'abandonner l'idée même de faire amende honorable mais fort heureusement, le souvenir du CDI tant promis à Charly lui revint à temps en mémoire.

Son jeune apprenti ne saurait jamais qu'elle avait fait une croix sur ses principes pour le seul plaisir qu'il la charrie chaque jour !

Elle avala alors la boule qui s'était formée dans sa gorge et se força à afficher un sourire sur ses lèvres.

— Je voulais justement vous parler. Par rapport à l'autre jour...

— L'autre jour ? dit-il comme s'il avait subitement un trou de mémoire.

Le salaud...

Sophie serra les lèvres, déjà prête à l'envoyer sur les roses.

Un tout petit reste de conscience professionnelle la retenait mais ça ne tenait plus à grand-chose...

Soudain, Léonard leva les mains en guise de paix et laissa échapper un rire.

— Arrêtez, vous allez finir avec un ulcère à ce train-là. Nous n'avons qu'à dire que nous oublions tous les deux cet incident. D'ailleurs, je me souviens à peine de ce que vous m'avez dit !

Surprise, Sophie ne trouva rien à répondre.

— Ah, vous voyez que je ne suis pas toujours insupportable. Je pense même que si vous me connaissiez mieux, vous ne pourriez pas vous empêcher de m'apprécier...

— Ça m'étonnerait ! laissa échapper Sophie.

Mortifiée d'en avoir rajouté une couche, elle se mit une main sur la bouche.

Bravo, Sophie ! Tu étais presque parvenue à t'en sortir sans trop de dommages mais il fallait que tu l'ouvres !

Léonard, beau joueur, se mit à rire franchement.

— Vous savez quoi ? Je préfère largement quand vous dites ce que vous pensez alors pourquoi ne pas continuer ?

— Comment ça ?

Il s'approcha d'un pas et pencha la tête sur le côté.

— Désormais, plus de sourire commercial et de fausse amabilité. Toute façon, vous êtes assez nulle à ce jeu-là, pouffa-t-il.

Déjà prête à protester avec véhémence, Sophie commença à ouvrir la bouche mais Léonard l'arrêta d'un geste.

— Nous allons faire un marché tous les deux. Vous, vous ne vous empêchez plus de dire ce que vous pensez me concernant et moi...

— Vous arrêtez de prendre ma boutique comme une annexe de votre harem ?

De toute évidence, au jeu de la vérité, elle apprenait vite.

Le jeune homme sourit, amusé.

— Franchement, vous me prêtez de plus grandes capacités que je n'en ai. C'est tout au plus un petit élevage...

Sophie ouvrit la bouche, choquée qu'il puisse plaisanter sur le sujet mais il s'éloignait déjà en riant.

Cet homme n'avait donc aucune limite ??

12.

Elle arriva à la Gare de l'Est avec son habituelle demi-heure d'avance. Passant devant un Starbucks, elle fit remplir son thermo de Chaï Tea Latte et alla s'enquérir de son quai.

Ce week-end, elle allait devoir fêter avec toute sa famille les trente-cinq ans de mariage de ses parents. De son côté, elle aurait préféré faire un stage d'initiation à la plongée avec des piranhas que de devoir affronter tous les membres de sa famille mais *on* ne lui avait pas laissé le choix.

Une fois, le train parti, elle s'installa confortablement avec un livre pour une toute petite heure de trajet jusqu'à Reims. C'était l'avantage qu'elle devait garder à l'esprit.

Si elle se mettait à trucider tout le monde, elle pourrait être de retour chez elle en moins de deux.

Son père l'attendait sagement sur le quai, la tête encore plongée dans une énième biographie historique. Féru d'histoire, son père Michel ne décollait jamais de ses bouquins. Cela avait donné lieu à maintes disputes avec sa mère qui ne lisait guère plus qu'un *Elle* de temps en temps.

Sophie s'approcha de son paternel qui leva enfin les yeux. Le sexagénaire sourit à la vue de sa fille et Sophie ne put s'empêcher de se dire que depuis quelque temps, son père avait pris un sacré coup de vieux. Elle gardait de lui l'image de son enfance, un érudit à la chevelure noire luxuriante et la dégaine efflanquée. Aujourd'hui, Michel avait une chevelure bien moins fournie qu'à l'époque et son allure s'était bien épaissie au niveau de l'abdomen.

Ce qui avait tout à voir avec l'avalanche de fromages qu'il s'accordait à chaque fin de repas...

— Salut, ma Soso ! Tu as fait bon voyage ? dit-il en lui faisant la bise. Je n'ai pas vu le temps passer en t'attendant, ce livre est passionnant. Tu savais que Napoléon avait fait mettre dans le Code Civil qu'il était interdit d'appeler son cochon Napoléon ? Et apparemment, c'est toujours le cas aujourd'hui. C'est incroyable !

Elle sourit sans répondre, certaine par avance que sa mère allait sauter de joie devant ce nouveau fait insolite que n'allait pas manquer de partager son père.

Elle se demandait parfois comment ces deux-là avaient eu l'idée saugrenue de se marier.

***

Sophie se baladait dans le salon parental, une flûte à la main. La fête de mariage de ses parents battait son plein. Se forçant à arborer un sourire à toute épreuve, elle aurait pourtant préféré s'infliger douze saisons de Dora L'Exploratrice en coréen que de participer à cette sauterie. Elle slalomait d'un groupe à l'autre, prenant garde à ne surtout pas s'arrêter assez longtemps pour éviter la question fatidique : *Alors, toujours pas casée ?*

En passant devant un groupe de collègues de son père, elle avisa un plateau vide et s'empressa de l'emmener en cuisine pour échapper à la foule d'invités. Manque de bol, sa mère et sa tante Nicole, la sœur de son père, étaient déjà en place, couteau à beurre et pot de rillettes en mains. C'en était fini de l'anonymat du salon. Et il était trop tard pour partir puisque sa tante avait déjà braqué son regard acéré sur elle.

Les deux femmes n'avaient aucun lien du sang mais on aurait pu les prendre aisément pour deux sœurs. Blondes toutes les deux, bien que leur coiffeur y était désormais pour beaucoup, elles avaient la même silhouette mince et le même éclat décidé dans le regard.

— Ah, Sophie ! Tu tombes bien ! Je parlais justement de toi à ta mère !

Posant son plateau sur un des plans de travail, Sophie s'approcha à regret.

— Eh bien, me voilà...

Elle jeta un coup d'œil à la porte qui donnait sur le jardin mais cinq mètres la distançait de son issue.

Autant dire un monde.

— Alors, que deviens-tu ? Nous n'avons aucune nouvelle depuis des mois !

— Je te l'ai dit ! Elle est incapable de passer un coup de fil, renchérit sa mère en disposant un énième canapé. À croire que nous ne lui manquons pas du tout...

— Quand même, tu n'as pas honte ? Tu pars à l'autre bout du pays et tu ne peux même pas appeler ta mère de temps en temps...

Sophie se retint de préciser qu'entre Paris et Reims, on avait connu mieux comme destination lointaine. Elle plaqua un sourire figé sur son visage et tenta de se donner une contenance en attrapant un paquet de Pringles posé sur le comptoir.

— Je ne suis pas si loin. Et désolée, Nicole, j'ai oublié de t'appeler pour ton anniversaire... J'espère que tu as passé une bonne journée.

— Oh tu sais, je savais que tu allais oublier, dit Nicole en tartinant un pauvre toast qui ne lui avait rien fait. Maintenant que tu es parisienne... Je te l'avais dit, hein Danielle ?

— J'ai beaucoup de travail en ce moment, tenta Sophie en triturant l'opercule de son étui de chips.

— Oui, oui, toujours la même chose, dit sa tante en pointant sur elle son petit couteau à beurre luisant de gras. Tu sais, on ne sera pas toujours là avec ta mère...

Ah super, on y était. Le fameux refrain "Nous ne sommes pas éternels"... Ça faisait au moins vingt bonnes minutes que personne ne lui avait sorti.

Agitant son paquet, Sophie fit signe aux deux femmes qu'il était urgent de recharger l'assistance en pommes de terre reconstituées. Elle allait passer le seuil de la cuisine quand ses trois cousines lui barrèrent la route.

— Ah Soso ! Génial, on te cherchait ! Alors, tu nous as amené un petit chéri ?

— Tu le caches où ?

— Ne nous dis pas qu'à la Capitale, tu n'arrives pas à te trouver un mec quand même !

Les trois cousines, toutes montées sur le même modèles (blondes platine, le regard vide et la pique toujours prête), se tenaient devant elle, bien décidée à ne pas la laisser s'échapper.

Il ne fallut que quelques secondes à Sophie pour s'imaginer en train de laminer sa brochette de cousines à coup de tube de Pringles. Elle sentait déjà un sourire sadique étirer ses lèvres.

Mais toute une vie de frustration familiale ne s'effaçant pas comme ça, elle se reprit et se força à rire devant les trois godiches qui lui faisaient face. Après tout, leur plus grand exploit se résumait à coordonner leurs épilations du maillot, elle ne pouvait pas en plus leur demander de faire preuve d'empathie !

Réussissant à force de contorsions à s'échapper de la cuisine, Sophie partit rejoindre son père dans le salon où il apprenait à une bande de collègues que l'impératrice Joséphine avait une orang-outan comme animal de compagnie.

— Vous vous rendez compte que le singe dînait à table avec l'impératrice. Si ça se trouve, cette orang-outan a même passé le sel à Napoléon, s'exclama Michel, un air d'extase en travers du visage.

Sophie observa les hommes et femmes qui entouraient son père. Tous aussi comptables que lui, ils ne semblaient pas captivés par les aventures de l'orang-outan de l'Impératrice Joséphine.

C'était pourtant un fait historique du plus vif intérêt...

Elle allait détourner la conversation quand elle sentit sa respiration se bloquer à la vue du nouvel arrivant.

Mickaël.

Pareil à son souvenir, il n'avait rien perdu de son charisme. Grand, blond, tout en muscles grâce aux heures passées dans les vignobles familiaux. Rien de sa perfidie adultérine ne transparaissait sur son visage angélique. La vie était décidément injuste.

Il aurait mérité d'arborer une énorme verrue en plein milieu du nez pour que chacun puisse deviner sa lâcheté légendaire.

Sophie sentit une partie de son estomac se décrocher. Elle ne s'attendait pas un instant à sa présence et le voir devant elle, cinq ans après avoir tourné les talons, c'était d'un effet redoutable sur sa pseudo-bonne humeur.

Elle serra la mâchoire, sachant déjà à qui elle devait sa présence.

Sa mère avait donc décidé que l'avis de sa fille était complètement superflu, quand bien même il s'agissait de sa vie privée.

Alors qu'elle aurait voulu disparaître, son ancien petit-ami l'avait déjà aperçu et se dirigeait droit vers elle. Se fichant de se faire remarquer, Sophie s'enfuit à son approche, le foudroyant du regard au passage.

S'il pensait qu'elle allait gentiment lui faire la conversation...

La rage au cœur et les mains moites, elle retourna dans la cuisine où elle était sûre de trouver la source de son calvaire.

— Maman, Mickaël vient de débarquer. Tu peux m'expliquer ?

Danielle et Nicole s'interrompirent au beau milieu de leur conversation en la voyant entrer. Sa mère dénoua son tablier, remonta un peu ses cheveux bouffants avant de se pincer les joues pour leur redonner un peu de couleur.

— Ah parfait. Il est toujours aussi ponctuel !

Alors que Danielle allait franchir le seuil pour fêter le retour du gendre prodigue, Sophie lui attrapa le bras.

— Je t'avais dit que je ne voulais pas le voir.

— Ne sois pas ridicule. Nous sommes amis depuis des années avec ses parents. Je ne pouvais pas ne pas l'inviter, dit-elle en se dégageant de l'emprise de sa fille.

— Et puis, ta mère est chez elle, elle n'a pas à te demander la permission, renchérit Nicole en essuyant d'un revers de main une poussière imaginaire sur sa robe en viscose.

Avant même qu'elle ne puisse dire à sa tante qu'elle pouvait bien aller se faire épiler l'intégralité du corps à la pince à épiler avec ses filles si ça lui chantait, Sophie vit les deux femmes sortirent de la pièce, sans plus se préoccuper de ce qu'elle pouvait bien penser ou ressentir.

Génial. Elle aurait pu se taper la tête contre les placards que ça leur aurait fait le même effet…

Mais si sa mère voulait parader devant Mickaël et ses parents, c'était son affaire. Sophie, elle, était bien décidée à ne plus ressortir de cette cuisine avant d'avoir entendu le dernier invité partir. Danielle n'en avait fait qu'à sa tête comme d'habitude, manque de bol, Sophie n'était pas sa fille pour rien.

Au concours de la plus têtue, l'issue pouvait réserver des surprises !

Elle venait d'engloutir sa quatrième tartine de guacamole quand elle entendit la porte de la cuisine s'ouvrir derrière elle. Déjà prête à envoyer bouler une de ses cousines, Sophie se retourna la bouche pleine.

Et évidemment, ce n'était pas une de ses trois horribles cousines mais bien Mickaël qui venait la débusquer dans sa cachette. Certaine que sa mère avait dû le conduire jusque devant la porte de la cuisine, elle jura dans sa barbe, envoyant au passage un postillon de guacamole en direction de son ex.

Pour la classe et l'élégance, on repassera…

— Sophie, commença-t-il d'une voix incertaine, je… je te cherchais.

Elle avala douloureusement l'énorme bouchée de tartine à l'avocat et leva les mains pour l'arrêter.

— Stop, articula-t-elle, je n'ai aucune envie de parler avec toi.

— Sophie, répéta-t-il en refermant la porte derrière lui, s'il te plaît.

Elle refusa d'obéir et se précipita vers la porte qui donnait sur le jardin. Elle se donnait peut-être en ridicule mais l'écouter était au-dessus de ses forces. Le voir face à elle était un choc suffisant. Elle était loin d'être prête à avoir une conversation avec celui qui lui avait brisé le cœur.

Avant de sortir, elle se retourna pour être sûre qu'il ne venait pas à sa suite.

— N'essaie même pas de me suivre sinon le coup de pied dans les noix que j'aurai dû te donner il y a cinq ans, pourrait bien partir !

13.

Le lendemain, Sophie se présenta sur le quai de la gare pour reprendre un train, direction Paris. Son père l'avait accompagné et patientait avec elle. Elle n'avait pas parlé à sa mère de la journée et n'avait pas été beaucoup plus bavarde avec Michel. Pour une fois, celui-ci n'était pas plongé dans un livre et regardait sa fille, un air ennuyé sur le visage.

— Soso, tu ne vas pas continuer à faire la tête, dit-il en lui donnant un petit coup de coude.

— Désolée mais je ne peux pas te sortir la panoplie de la gentille fille épanouie aujourd'hui, dit Sophie en grattant du bout du pied le bitume du quai.

— Tu sais qu'elle ne pensait pas à mal. Il lui arrive d'être maladroite...

— Ah non, tu ne vas pas prendre sa défense en plus, s'emporta Sophie, toute sa colère retrouvée. Depuis des semaines, je lui répète que je ne veux pas le voir. Et à la première occasion, elle le sort de son chapeau.

— Elle essaie juste de faire ce qu'elle pense le mieux pour toi, tempéra son père en s'essayant sur une chaise en plastique clouée au sol.

Il tapota le siège à côté de lui avec un clin d'œil. Sophie ne put résister à son vieux père et s'assit à côté de lui, avec un soupir.

— Papa, pourquoi tu ne lui dis jamais rien ? Elle décide pour tout le monde et elle se fiche que nous soyons d'accord ou pas.

— Soso, ta mère n'est pas quelqu'un de méchant, malgré ce que tu penses, dit-il tristement. Elle fait ce qu'elle pense le mieux pour nous.

Elle trouva que sa réponse était un peu trop facile. À force de fuir toute forme de conflit, son père s'était retranché sur lui-même et n'osait plus rien dire dans son propre foyer.

— Je refuse qu'elle régente ma vie comme elle l'entend. Tu trouves normal qu'elle fasse venir Mickaël dans mon dos ?

— Tu sais comment elle est. Quand elle a une idée en tête... Mais tu es une jeune femme indépendante, ma Soso. Tu n'as pas besoin de mon approbation ou de celle de ta mère.

— Il faudrait prévenir maman, elle n'a pas l'air d'être au courant, marmonna-t-elle.

Son père posa ses doigts sous son menton et lui fit relever.

— Peu importe qu'elle s'en rende compte ou pas, tant que toi tu le sais. Tu sais que ta mère cherche juste ton bonheur. Et quoique tu choisisses, tu sais qu'elle ne te tournera jamais le dos...

Elle détourna le regard et fixa sans les voir les rails encore déserts. L'annonce nasillarde de la SNCF annonça l'arrivée imminente de son train. Son père tapa sur ses genoux et se leva d'un bond. Il pouvait être étonnement énergique pour son âge quand il le voulait.

— Allez, fais bon voyage ma fille et reviens nous voir quand tu veux.

— Merci papa, dit-elle en l'embrassant tendrement.

Il lui tapota la joue et maintient quelques secondes son regard dans le sien.

— N'en veux pas trop longtemps à ta mère, la colère n'ait jamais bonne conseillère.

Sophie hocha la tête et l'enlaça une dernière fois avant de monter dans le train.

Une fois installée dans son siège, elle repensa aux paroles de son père. Au vu des émotions qui lui nouaient l'estomac au souvenir de son week-end catastrophique, elle n'était pas prête de remettre un pied dans la maison familiale de sitôt.

***

Quand Sophie regagna son appartement en cette fin de dimanche après-midi, elle trouva Louise en pleine rédaction d'article, tapant sur son clavier comme en transe.

— Salut, tu es toute seule ? lui demanda Sophie en se dirigeant vers la bouilloire.

— Ouais, elles font une espèce de sortie à quatre avec les deux frangins, répondit Louise sans lever la tête de son écran.

Sophie se détourna du placard qui contenait leurs mugs.

— Nina ressort avec Antoine ??

— À priori non, répondit distraitement Louise, le regard fixé sur son écran. Paraît que c'est en tout bien tout honneur. Si tant est que cette expression ait un sens pour Nina…

Son amie étant visiblement concentrée, Sophie partit s'allonger sur son lit pour reprendre le roman de Virginia Woolf qu'elle avait commencé dans le train. Elle se posait mille et une questions sur ce rendez-vous mystère entre Nina et Antoine mais elle empêcha son esprit de pédaler sur des théories fumeuses dont il avait le secret.

Son amie avait bien le droit de sortir avec qui elle voulait !

Au bout d'à peine une heure, elle entendit la porte de l'appartement s'ouvrir et le volume sonore augmenta d'un coup avec la présence de Nina.

Celle-ci ne tarda pas d'ailleurs à passer une tête dans l'entrebâillement de sa porte avant de venir s'effondrer sur son lit à côté d'elle.

— Tu lis quoi ?

— « Une chambre à soi » de Virginia Woolf.

— Ça a l'air bien chiant… Dis, le nouvel épisode des aventures de Jaimie en quilt est dispo, tu viens ?

— Tu sais comment me parler… C'était sympa votre sortie ? demanda Sophie, l'air de rien.

Nina attrapa un roman sur la table de chevet de son amie et le feuilleta quelques secondes avant de répondre.

— Pas mal. On a fait un brunch dans le Ve. Antoine et Marion ont presque commandé l'intégralité de la carte… À croire qu'ils se sont chopés tous les deux un ver solitaire !

— Eurk !

— Ouais... Marion et Benoît sont allés se balader mais elle m'a dit où elle planquait une réserve de cookies...

Sophie se saisit du marque-page qu'elle avait laissé à la fin de son roman et l'inséra entre deux pages.

— Et tu n'avais pas envie de te balader avec Antoine ?

Sophie n'y pouvait rien, elle n'arrêtait pas de s'inquiéter pour son amie. Elle craignait qu'après cette première histoire plus ou moins sérieuse, Nina ne parvienne à se détacher tout à fait de son ex-petit ami. Elle risquait de se prendre une pluie de désillusions qui la marquerait pour longtemps à coup sûr.

Son amie s'extirpa du lit d'un bond léger après avoir jeté négligemment le livre qu'elle tenait en mains sur le lit.

— Il a eu un bug sur son site, il a dû retourner bosser.

Ou en tout cas, c'était ce qu'il lui avait raconté...

Va savoir ce qu'il était réellement en train de faire !

Sophie garda ses soupçons un brin paranoïaques (et pas du tout justifiés) pour elle et suivit sa jeune amie dans le salon pour connaître la suite des aventures de leur écossais préféré.

14.

Quelques jours plus tard, après une matinée exténuante à la boutique, Sophie décida de s'offrir un déjeuner à la brasserie de Thierry.

Histoire d'avoir le temps de souffler plus de cinq secondes consécutives.

Charly, fidèle au poste, se chargeait des clients. Une fois son déjeuner avalé, elle irait le remplacer pour le reste de la journée.

Pénétrant dans le brouhaha de la brasserie, elle salua d'un geste de la main le jovial gérant, campé derrière son comptoir en zinc. Thierry avec son physique d'ancien rugbyman aurait pu effrayer plus d'un client potentiel mais son sourire omniprésent ne manquait jamais de rassurer l'étranger qui franchissait sa porte.

"Chez Amélie" était une brasserie remplie d'habitués où l'ambiance était conviviale et simple. Quant aux effluves qui s'échappaient de la cuisine, elles suffisaient en général à faire abandonner Sophie toute idée saugrenue de régime.

Passant devant les grandes glaces qui recouvraient les murs, elle fut tentée un instant de s'effondrer dans une des vieilles banquettes défoncées et étrangement confortables qui s'étalaient dans une bonne partie du restaurant. Mais aujourd'hui, elle avait envie d'un minimum d'intimité.

Pour tant qu'on puisse en avoir dans la brasserie de Thierry...

Elle partit donc s'installer à une petite table accolée à la vitrine

Sans attendre, elle leva les yeux vers l'ardoise qui listait les plats du jour et son cœur balança entre les raviolis aux quatre fromages et l'omelette aux champignons... Thierry était un des rares du quartier à toujours prévoir au minimum un plat végétarien et c'était un vrai bonheur de ne pas avoir à demander d'enlever tel ou tel ingrédient.

Quand Gaby, la serveuse s'avança, la jeune fleuriste trancha pour l'omelette et saliva à l'avance à l'idée de dévorer son plat. Elle sortit de son sac le roman de Virginia Woolf qui l'occupait depuis quelques jours et reprit sa lecture en attendant d'être servie. Le livre étant plutôt dense, elle faisait une pause toutes les deux ou trois pages et en profitait pour contempler la rue qui s'activait face à elle. Les gens marchaient droit devant eux, prenant garde à ne perdre surtout aucune seconde avec le moindre détour inutile. Ils rejoignaient leurs bureaux ou allaient comme elle se restaurer rapidement pendant leur pause. À Paris, le temps était compté quel que soit l'heure de la journée...

Dans le restaurant, les éclats de voix rivalisaient de volume. Quand ce n'était pas le vieux pilier de bar qui diffusait sa science sans qu'on le lui ait demandé, c'était la bande de grand-mères du quartier qui se réunissaient chez Thierry plusieurs fois par semaine pour discuter des derniers rebondissements de « Plus Belle la Vie »... La joyeuse cacophonie qui en ressortait n'avait jamais gêné Sophie. Au milieu d'eux, elle se sentait vivante et pleine d'énergie.

Elle allait reprendre sa lecture quand son regard croisa malgré elle des yeux bien connus. D'un brun presque noirs. Léonard Lanvin se tenait dans la rue face à la brasserie, de tout évidence aussi surpris qu'elle de la trouver là.

Alors qu'elle avait aussitôt fait mine de reprendre sa lecture, Sophie le vit se rapprocher de l'entrée du restaurant. Elle se tourna vers le mur, croisant les doigts pour qu'il ne soit pas rentré avec l'intention de lui parler. Elle entendit le robuste Thierry interpeller le nouvel arrivant.

— Bah mon Léo, qu'est-ce que tu fais là ? Tu viens te refaire un petit déj' ?

— Salut Thierry. Tu plaisantes, mon estomac n'y résisterait pas ! J'en ai pour deux minutes, dit le jeune homme en projetant résolument ses pas vers elle.

Elle ne bougea pas, garda la tête baissée sur son livre, bien décidée à ne pas lui prêter la moindre attention. Alors qu'elle relisait depuis la quinzième fois la même ligne sans en comprendre un traître mot, elle s'obligea à poursuivre sa lecture. À ses côtés, une chaise venait d'être raclée au sol et elle sentit quelqu'un s'assoir près d'elle.

Il ne fallait pas aller chercher bien loin pour savoir qui avait envahi son espace vital.

— Bonjour !

Sophie murmura à peine une réponse, sans décoller de son bouquin. Virginia Woolf n'avait jamais été aussi passionnante qu'à cet instant précis.

— Bon de toute évidence, ma présence ne vous met pas en extase.

Quelle perspicacité !

— Ou alors c'est que ce mur a beaucoup plus de conversation, reprit-il.

Sophie ne put s'empêcher de lui jeter un coup d'œil par-dessus ses lunettes. Ce grand idiot arborait un immense sourire, très fier de cette énième pirouette qu'il était le seul à trouver drôle.

Ah, il voulait qu'elle ne s'empêche plus de dire ce qu'elle pensait ? Okay, très bien...

Il n'allait pas être déçu !

— C'est justement son silence impénétrable que j'apprécie le plus chez lui, répondit-elle avec un sourire forcé sur le visage.

Ravi qu'elle lui réponde, Léonard se pencha vers elle.

— Vous avez conscience que venir à l'heure du déjeuner dans une brasserie comme celle de Thierry, niveau silence, vous risquez d'être déçue...?

— Vous seriez étonné de la tranquillité que l'on peut obtenir dans une foule... Pour peu que l'on vous laisse tranquille, ajouta-t-elle en faisant mine de reprendre sa lecture.

Gaby les rejoignit, l'assiette de Sophie en main. L'omelette avait l'air baveuse à souhait. Une fois le plat servi, Léonard se tourna vers la jeune serveuse, remettant au passage ses cheveux mi-longs derrière ses oreilles.

— Quels sont les plats du jour ?

Sophie ne put s'empêcher de lui jeter un regard agacé. L'ardoise était face à lui, il n'avait qu'à lever les yeux pour découvrir les plats proposés. Ce n'était quand même pas si compliqué ! Pourtant Gaby lui sourit comme si Ryan Gosling en personne lui avait demandé l'heure.

Apparemment, il n'y avait aucun problème à perdre plusieurs précieuses minutes en plein coup de feu.

Tout en l'écoutant débiter sa liste, Léonard la regardait avec un grand sourire, bras croisés et jambes tendues. Tout ça pour finir par lui commander un sandwich jambon/fromage à emporter.

Ça valait bien le coup d'avoir paralysé le service...

Attendant qu'on lui prépare sa commande, Léonard se tourna vers elle.

— C'est quoi votre bouquin ?

Mais il n'allait donc pas lui laisser une minute de répit ??

Pressentant qu'il serait plus simple de lui répondre plutôt que d'épiloguer, Sophie brandit la couverture sans un mot et plongea à nouveau la tête dans son roman.

— Jamais lu.

Pourquoi n'était-elle pas étonnée ?

— C'est intéressant ?

Elle poussa un profond soupir et plaqua son livre sur la table.

— Non c'est extrêmement chiant mais je trouve que les livres intéressants, c'est tellement surfait..., asséna-t-elle entre ses dents.

— Je vois que vous n'avez pas perdu de temps pour mettre en pratique notre petit marché...

À la lueur qui pétillait dans ses yeux, il s'amusait comme un fou. Il ne cherchait qu'à la provoquer pour la faire réagir. Depuis leurs dernières rencontres, il semblait que c'était devenu son principal passe-temps avec elle. Dommage pour lui, elle n'avait pas l'intention de lui faciliter la tâche.

— Pardon, je vous ai froissé ? se désola-t-elle, la main sur le cœur et les yeux papillonnants. Vous attendez peut-être à ce que je m'excuse pendant les dix ans à venir d'avoir osé rembarrer un client aussi prolifique que vous ? Si vous me laissez cinq minutes, je suis sûre que je peux vous concocter un petit sonnet en alexandrin qui vous tirera les larmes...

C'était plus fort qu'elle. Maintenant qu'il avait ouvert la digue, elle ne pouvait plus se contrôler.

Léonard, pas dupe une seconde mais amusé, prit un air contrit.

— Hélas, Lady McBeth, le devoir m'appelle. Je vais devoir vous laisser.

Comme un fait exprès, Gaby se précipita sur eux, le sandwich glissé dans une serviette en papier. Elle le tendit à Léonard, un air énamouré barrant son visage. Sophie faillit même lui demander si elle avait une poussière dans l'œil vu la vitesse à laquelle elle battait des cils.

Léonard se leva d'un bond souple avant de se pencher à son oreille, frôlant presque sa peau.

— Au fait, je pense définitivement que je vais vous garder comme fleuriste... Je trouve que les commerçants aimables avec leur clientèle, c'est tellement surfait !

Et aussi vite qu'il était arrivé, Léonard s'éclipsa.

Sophie, qui n'avait rien trouvé à répondre, le regarda s'éloigner.

Mais que lui voulait-il à la fin ?

15.

Après avoir avisé l'état général de leur appartement, Sophie se lança dans un grand ménage du salon et inséra ses écouteurs avant de lancer un podcast sur son smartphone. Depuis qu'elle avait découvert ses enregistrements plus ou moins longs, les heures de ménage passaient bien plus vite. L'entretien de leur logement ne demandait pas à son cerveau beaucoup de sollicitations, elle pouvait se concentrer sur l'interview d'une personnalité qui l'intéressait ou sur un reportage au sujet d'un thème qu'elle souhaitait approfondir.

Et si dans la manœuvre, leur appartement retrouvait figure humaine, c'était tout bénef !

Aujourd'hui, elle se contenta de lancer le nouveau numéro d'un podcast qu'elle écoutait chaque semaine et commença à ramasser les vêtements qu'elles avaient toutes disséminé dans la pièce. Au bout d'à peine quelques minutes, elle s'arrêta net dans sa tâche. Sans le faire exprès, le sujet du podcast de la semaine était la nouvelle mode des fleurs françaises et écoresponsables.

Tenant toujours en main les différents habits qu'elle avait réunis, Sophie s'assit sur le canapé et écouta religieusement l'émission.

Et alors qu'elle pensait que sa petite flamme intérieure s'était tarie ces derniers temps, elle sentit venir en elle un nouveau souffle...

***

Elle était en train de préparer des compositions de roses

quand Charly arriva pour commencer son après-midi de travail. Elle posa son sécateur et s'essuya les mains sur sa salopette.

— Salut patronne !

— Salut employé !

Charly posa son casque de scooter sur la table de travail, fourrant son sac à dos dans un coin.

— Charly, tu es au courant qu'on a une pièce pour entreposer ton bazar ?

Sophie attrapa le sac et lui tendit.

— Sérieux, des fois, on dirait ma mère..., soupira le jeune homme en traînant des pieds.

Si elle se prenait pour sa mère, lui avait tout de l'adolescent en crise quand il s'y mettait...

Elle secoua la tête en souriant. Quand il était mal luné, Charly avait un caractère exécrable mais elle n'arrivait jamais à lui en vouloir plus de quelques secondes d'affilée.

— Et on lève les pieds quand on marche ! lança-t-elle exprès.

Quelques secondes plus tard, le jeune homme revint en sautillant. Il attrapa l'arrosoir et continua ses bonds jusqu'à la devanture.

Quel sale gosse !

S'octroyant une petite pause, elle rejoignit son jeune apprenti.

— Au fait, j'ai écouté un podcast super intéressant hier soir. Sur la catastrophe écologique des fleurs coupées..., commença-t-elle.

Elle avait à peine achevé sa phrase que Charly lui colla sa main sur la bouche.

— Tais-toi malheureuse, tu vas faire fuir tous nos clients !

Sophie recula d'un pas pour se dégager.

— Franchement, ça ne te paraît pas hallucinant que nos tulipes viennent de Hollande ?

— C'est pas comme si c'était nouveau...

— Oui, oui, je sais, coupa-t-elle en s'adossant à la porte

du magasin. Mais plus j'y pense et plus je trouve ça hallucinant qu'on fonctionne encore comme ça à notre époque. Alors qu'en plus, certaines viennent du Var ! Mais histoire de leur faire faire une petite balade, on les envoie en Hollande pour être vendues avant de revenir à Rungis... En une semaine, elles ont sûrement fait plus de kilomètres que toi et moi dans les trois dernières années !

En écoutant le podcast, elle avait été une fois encore révoltée par cette situation qu'elle ne connaissait que trop bien. Avec les coûts plus faibles de certains pays, il n'était pas rare de voir certaines variétés de fleurs produites à des milliers de kilomètres pour être ensuite vendues à Rungis.

En fervente défenseuse de l'environnement, elle trouvait cela aberrant. Mais, malgré sa colère légitime, que pouvaient-ils y faire ?

— Le fleuriste qu'ils interviewaient avait fait le choix de ne vendre que des fleurs françaises. Il ne voulait travailler qu'avec des petits producteurs locaux...

Sur le moment, Sophie avait été survoltée. L'espace d'un instant, elle avait été à deux doigts de prendre le même virage à 180°. Et même aujourd'hui, une petite partie d'elle restait tentée.

Mais la réalité des choses n'avait pas tardé à la rattraper. Sur le papier, oui, c'était idéal. Ne vendre que des fleurs et des plantes qui avaient grandies en France, arrêter de cautionner le système qui voulait qu'elle achète des stocks venus de Hollande, du Kenya et de l'Équateur alors que des dizaines de producteurs locaux n'attendaient qu'eux, sans avoir à saturer l'atmosphère avec des transports hallucinants.

Mais ça, c'était le fantasme. Dans la réalité, les clients lui demandaient des roses rouges et des lys quel que soit le mois de l'année. Elle se devait d'avoir des stocks quasi constants pour ne pas décevoir de potentiels acheteurs. Réduire les possibilités de choix, c'était risquer de décevoir sa clientèle et en perdre en cours de route. Si elle voulait pouvoir embaucher Charly à la fin de son apprentissage comme elle se l'était promis, elle ne devait pas prendre de risque inconsidéré.

Et ce projet, bien qu'écologiquement génial, avait tout l'air d'un risque inconsidéré.

— Évite de tenir ce genre de discours à Rungis, sinon ils vont augmenter tes prix, plaisanta Charly en reprenant son travail.

Sophie sourit tristement. Les risques étaient trop grands et les obstacles immenses. La poussée d'adrénaline qu'elle avait sentie dans son corps à l'écoute du podcast lui avait fait un bien fou, elle devait bien l'avouer. Mais à la lumière du jour et de la réalité de la vie, elle sentait déjà le découragement la gagner.

Si elle se lançait là-dedans, c'était l'ensemble de sa stratégie commerciale qu'elle devrait revoir. Elle devrait adapter son stock à de nouveaux producteurs, déstabiliser sa clientèle, réduire son offre... Pour un résultat hypothétique qu'elle ne pouvait financièrement pas assumer...

La révolution n'était pas pour tout de suite !

16.

Sophie se rendit au salon de thé de son amie, avant de commencer une nouvelle journée de travail. Elle se hissa sur un des tabourets et attendit que Marion ait fini de servir un couple de clients. La jeune pâtissière allait revenir derrière son comptoir quand la femme l'interpella.

— Mademoiselle...

La voix était grinçante et le physique guère mieux. La chirurgie esthétique avait été tentée sur à peu près chaque centimètre de son visage pour un résultat global assez incertain. Sophie aurait été bien incapable de dire de quel humeur était cette femme...

Alors que Marion s'approchait, sa cliente lui tendit la serviette en papier rose pâle que la jeune pâtissière avait dû déposer sur la table quelques instants plus tôt.

— Ma peau ne supporte pas les serviettes en papier. Vous n'en avez pas en tissu ?

Et pourquoi pas un bavoir pendant qu'on y était ?

Marion, impeccable dans son rôle de commerçante, s'excusa avec un sourire et indiqua à la femme qu'elle n'avait que des serviette en papier. Elle s'était déjà retournée quand l'adepte du tissu la rappela.

— Excusez-moi mais j'ai l'impression que votre pâtisserie est faite avec du beurre...

Un silence accueillit sa remarque. Marion la regardait avec de grands yeux, incertaine de la réponse qu'attendait sa cliente.

— Euh... oui. Effectivement, bredouilla-t-elle.

La femme repoussa alors l'assiette du bout de ses doigts manucurés, l'air dégoûté.

— Je ne mange aucune matière grasse. Vous n'avez pas autre chose ?

Dans un salon de thé ? Qui affichait des dizaines de pâtisseries ?

Mais Marion de son côté reprit contenance et lui proposa une salade de fruits que ses clients prenaient généralement à emporter.

Néanmoins, la cliente ne paraissait pas convaincue. Elle haussa les yeux au ciel et semblait excédée. Son compagnon depuis le début de l'échange n'avait pas pipé mot et accordait la plus grande attention à son smartphone.

— Vous pourriez me préparer rapidement un petit quelque chose, non ?

Soufflée par le culot de cette cliente, Sophie regarda Marion qui s'efforçait de garder son calme. Elle lui expliqua que non, en plein milieu de son service, elle ne pouvait « lui préparer rapidement un petit quelque chose » et qu'elle pouvait également lui proposer un carrot cake végane qui de fait était moins gras que les pâtisseries classiques.

Sophie avait déjà goûté ce gâteau, il était divin. Mais apparemment, cette cliente impossible ne fut pas tentée et congédia Marion d'un geste de la main.

La jeune femme revint vers son comptoir, son plateau serré entre ses mains blanches.

Pleine de compassion pour son amie, Sophie rapprocha cette épisode de sa propre situation. C'était désormais ce genre de personnes qui constituait en partie leur clientèle. Des gens jamais satisfaits, qui en demandaient toujours plus, pour moins cher et qui ne comprenaient pas que la qualité avait un prix.

Dans ces conditions, comment envisager de prendre le contre-pied de la société actuelle en réduisant drastiquement ses variétés de fleurs ? Des clients comme cette femme n'hésiteraient pas une seconde et iraient voir ailleurs pour obtenir ce qu'ils souhaitaient.

Sophie secoua la tête, profondément lassée par cette partie du métier de commerçante.

— Si je lui fais avaler une plaquette de beurre, tu penses que la saturation de matières grasses pourrait lui faire fermer son clapet ? chuchota Marion, excédée.

— Je pense que ça vaut le coup d'essayer !

La sonnette retentit, coupant la conversation des deux amies. Alors que Sophie avait jeté un coup d'œil machinal au nouvel arrivant, elle se provoqua presque un torticolis en tournant brusquement la tête. Léonard ?! Mais cet homme n'avait donc pas de travail ?

Autre qu'être son emmerdeur personnel…

Elle allait indiquer discrètement à Marion qu'il était une vraie plaie quand elle vit son amie saluer avec chaleur son nouveau client.

Sa mésaventure avec sa cliente semblait déjà loin.

— Vous avez déjà englouti votre muffin de ce matin ?

— J'ai presque failli perdre deux doigts dans la manœuvre, répondit-il avec un sourire en désignant de l'index son chien qui patientait devant la porte, la truffe humide en direction des gâteaux de la vitrine et la queue occupée d'un joyeux va et vient.

Sophie espéra un instant qu'il n'allait pas s'apercevoir de sa présence quand il se tourna vers elle, une expression de surprise derrière sa barbe bien taillée.

— Décidément, vous êtes toujours sur mon chemin en ce moment, dit-il, les sourcils levés.

Son culot la rendit muette. C'était lui qui s'obstinait à être en travers de sa route depuis des jours.

— J'allais justement dire la même chose, maugréa-t-elle à mi-voix.

— Oh, vous vous connaissez ? s'écria Marion, ravie.

— Nous nous connaissons, confirma Léonard en s'accoudant au comptoir, un sourire énigmatique aux lèvres.

Sophie lui jeta un regard furieux. Qu'est-ce que c'était que cette manière de répondre. À l'entendre, on aurait pu penser qu'il se passait quelque chose entre eux.

Ce qui avait à peu près autant de chances d'arriver que de voir Louise faire un high-five au voisin du dessus…

Sa colère semblait enchanter son interlocuteur. Il la regardait avec son air de gamin, ravi de sa petite blague.

Playschool présentait Léonard, trois ans d'âge mental…

Sophie, elle, bouillonnait.

— Effectivement, monsieur est un client, dit-elle pour lever tout malentendu.

— Un client, c'est tout ce que je représente pour vous ? dit-il l'air théâtral, une main sur le cœur.

Sophie reposa sa tasse d'un coup sec sur le comptoir. Elle vit le regard de Marion aller de l'un à l'autre, perplexe devant leur échange un tantinet tendu. L'air de rien, Léonard observa les dizaines de muffins, à des kilomètres de leur précédente conversation.

— Je vais vous prendre trois muffins aux myrtilles et quelques shortbreads pour mon chien.

Marion obtempéra et prépara aussitôt la commande.

— J'ai fait une nouvelle variété de muffins à la framboise et au cheesecake, je vous en rajoute un pour goûter ? Offert par la maison, bien sûr !

À la mention du cheesecake, une lueur gourmande s'était allumée dans l'iris du jeune homme.

Il était à deux doigts de baver autant que son Golden…

— Si c'est pour goûter… À ce rythme-là, vos pâtisseries vont devenir le point culminant de ma journée !

— C'est très gentil, répondit Marion en riant. Je vous souhaite tout de même d'avoir des choses plus palpitantes dans vos journées que mes gâteaux.

— Comme un travail, par exemple, ne put s'empêcher de rétorquer Sophie.

Léonard et Marion se retournèrent vers elle. Lui la regardait fixement, l'expression « Touché ! » en plein visage. Marion, elle, lui faisait les gros yeux tentant de lui rappeler silencieusement que cet homme était un client et qu'elle serait bien aimable de ne pas lui aboyer dessus...

— Il m'arrive de travailler entre deux achats de gâteaux...

— Que faites-vous dans la vie, demanda Marion autant pour détourner l'attention que parce que la réponse devait vraiment l'intéresser.

— Je suis avocat, dit-il en posant une fesse sur un tabouret proche de Sophie. Droit du travail. Je m'occupe principalement de dossier aux Prud'hommes ou de médiation.

Formidable ! Il avait pris une question innocente pour une invitation à leur raconter sa vie !

Marion, qui était en train de réunir la commande de Léonard, s'arrêta en plein élan.

— Ça doit être un métier passionnant !

Vu le temps qu'il passait en dehors de son bureau, il ne devait pas être spécialement captivé !

— Tout dépend les dossiers mais en général j'arrive à ne pas m'endormir dessus. Et quand vraiment je sens que je flanche, je sors me balader dans le quartier pour m'offrir un petit gâteau ou un sandwich chez Thierry. La serveuse est adorable, termina-t-il avec un clin d'œil discret à Sophie.

Sans savoir pourquoi, elle se mit à rougir. Cette allusion à la serveuse avait mis en avant une espèce de complicité entre eux qui la mettait mal à l'aise. Elle n'avait aucune envie qu'il lui rappelle leurs trop nombreuses rencontres.

Alors que Léonard payait, il tomba sur des flyers posés sur le comptoir.

— « Soirée Box autour du Vin » ? Qu'est-ce que c'est ? demanda-t-il avec intérêt.

Marion s'empressa de lui parler de sa Box gourmande et littéraire qu'elle avait créé quelques mois plus tôt avec la libraire de la rue, Laura. Chaque box alliait une découverte littéraire et gustative. Chacune avait son thème et cette fois-ci il s'agissait du vin. Léonard ne cacha pas son enthousiasme.

— Et donc, si je comprends bien, vous faites une soirée à chaque lancement de votre box ?

— Oui, c'est exactement ça. Comme ça, on essaie d'augmenter notre clientèle !

— C'est malin, approuva Léonard en rangeant son portefeuille dans sa poche intérieure de veste. En tapant dans des thèmes très variés, vous multipliez vos chances. Personnellement, je suis un vrai amoureux de l'œnologie.

Et avant que Sophie ne put arrêter son amie, Marion s'empressa de l'inviter.

— Vous êtes le bienvenu, vous savez ! Nous avons quelques producteurs qui viendront faire une dégustation et même si moi je n'y connais rien, mon petit-ami m'a assuré que les vins seraient excellents.

Léonard se passa une main dans les cheveux, ne sachant comme répondre à cette invitation spontanée. Sophie ne put s'empêcher d'intervenir.

— Je suis sûre qu'un avocat aussi débordé n'a pas le temps de participer à ce type de sauterie, Marion !

Et alors qu'il allait répondre, il se tourna vers elle, les yeux plissés et toujours cette satanée lueur rieuse dans les yeux.

— Je pense justement que je serai ravi de faire une petite pause dans... deux jours, dit-il en jetant un rapide coup d'œil au flyer.

Marion applaudit presque pendant que Sophie s'empêchait de souffler pour marquer son mécontentement. Il l'avait fait exprès ! Elle aurait pu le parier. Elle était persuadée qu'il était sur le point de refuser l'invitation quand elle était intervenue... Il ne l'avait fait que pour l'embêter une fois encore...

Mais ça lui apprendra à l'ouvrir dès que cet homme était dans le périmètre.

— Mesdames, je vous dis donc à très vite ! Merci pour le muffin supplémentaire et bonne journée à vous ma chère fleuriste...

Sur ce, il franchit la porte et appela son chien en sifflant. Celui-ci mit deux secondes à admirer une dernière fois les gâteaux qui s'offraient à sa vue et suivit amoureusement son maître qui lui tapota la tête en sifflotant.

Ce mec aurait pu illustrer une définition de la nonchalance dans le dictionnaire.

Et alors que Sophie allait quitter à son tour le salon de thé, l'humeur maussade, Marion lui tendit un Latte à emporter.

— Je viens de boire un thé, répondit-elle sans comprendre.

— Ce n'est pas pour toi, c'est pour Charly. Vu ton humeur aujourd'hui, je pense qu'il en aura besoin, dit Marion en riant.

Sophie attrapa sa besace d'une main et leva les yeux au ciel.

— Je ne vois pas de quoi tu parles... Mon humeur n'est pas différente de d'habitude.

— Arrête, tu étais à deux doigts d'aboyer plus fort que son chien...

Elle n'eut évidemment pas besoin de lui demander de qui elle parlait.

— Pas du tout. J'ai juste l'habitude de ce type. Il vient à la boutique depuis plusieurs années et crois-moi, il n'est pas fiable !

— Moi, je le trouve charmant, dit Marion avec un regard évocateur.

Sophie attrapa le gobelet brûlant sans répondre et franchit la porte en secouant la tête.

Lui charmant ?

Presque autant qu'un toucher rectal.

17.

Le soir venu, quand Sophie franchit la porte de l'appartement après une journée chargée, elle tomba sur Louise qui la cueillit si tôt qu'elle eut passé le seuil, le teint rouge de colère. Alors qu'elle était sur le point de lui demander ce qui n'allait pas, Louise lui fournit la réponse.

— Le voisin n'a toujours pas donné signe de vie pour le dégât des eaux.

Sophie secoua la tête, agacée elle aussi par ce voisin indélicat qui ne réagissait pas alors qu'elles en étaient au cinquième mot laissé sur sa porte pour le prévenir du sinistre.

— Et accessoirement, poursuivit Louise, ta mère est là.

Hum, l'humeur particulièrement exécrable de Louise prenait d'un coup tout son sens…

Sophie n'attendait pas la visite de sa mère. Elles s'étaient eu au téléphone quelques jours plus tôt. Et en dehors des reproches et piques habituels, leur conversation avait été plutôt banale. Comme elle s'y était attendue, nulle excuse pour la venue impromptue de Mickaël n'avait été prononcée de la part de sa mère. Sophie, qui ne voyait pas l'intérêt d'un ultime affrontement maternel, n'avait pas renchéri non plus et l'incident avait été clos.

Une fois encore…

Posant en catastrophe sac et manteau, elle s'inquiéta qu'un évènement grave ne soit arrivé. Elle s'imaginait déjà ses parents malades, en plein divorce à couteaux tirés ou ruinés et bien décidés à venir vivre avec elle…

Quand elle se précipita dans le salon, sa mère était tranquillement installée dans le canapé en train de pérorer, un verre de vin en main. Sans surprise, Louise et Nina, elles, semblaient être en train de tirer mentalement à la courte paille pour savoir qui aurait la chance de sauter la première par la fenêtre.

— Ah Sophie, enfin tu es là, s'exclama Danielle en apercevant sa fille sur le pas de la porte du couloir. Je suis là depuis une heure et ma fille n'était même pas là pour m'accueillir.

Lui expliquer que la prévenir de sa venue aurait raisonnablement augmenté ses chances de la voir à l'appartement, ne servirait à rien. Alors Sophie préféra faire la bise à sa mère sans un mot, une grimace crispée en travers du visage.

— Maman, qu'est-ce que tu fais là ? Il y a un problème, papa va bien ?

— Ravie de voir que tu n'en as que pour ton père, asséna-t-elle, la bouche pincée. Je vais bien aussi, merci de demander. Nous allons bien tous les deux. J'ai quand même le droit de venir voir ma fille sur un coup de tête.

Oui, elle en avait le droit. Sauf que Sophie connaissait sa mère. Les coups de tête et la spontanéité, ce n'était jamais à l'ordre du jour avec elle. Danielle était plutôt du genre à décider de ses repas un mois à l'avance sans s'autoriser le moindre écart. Alors venir sur Paris sans avoir échangé une cinquantaine de mails avec sa fille et fait des recherches approfondies sur les accidents de train durant les trois dernières années, ça ne cadrait pas.

C'était même louche...

— Ta mère nous a dit qu'elle comptait rester quelques jours, dit Louise avec un enthousiasme qu'on aurait presque pu croire sincère.

Sophie connaissait suffisamment son amie pour savoir que derrière son regard souriant, se cachait le plus criant des appels à l'aide.

Qu'elle se rassure, elle non plus n'avait aucune envie de voir sa mère s'installer...

Mais elle ne pouvait quand même pas la mettre à la porte, au risque de voir maudire les dix prochaines générations de leur famille. Alors sans oser affronter le regard de ses colocataires, elle attrapa d'une main mal assurée la valise griffée de sa mère et se dirigea vers sa chambre.

— Maman, je te laisse mon lit, je dormirai dans le canapé. Viens, tu vas pouvoir sortir tes affaires si tu veux.

Et alors qu'elle la laissait défaire sa valise, en train de pester sur la décoration sans goût de sa chambre et sur ses trop nombreuses plantes qui allaient sûrement l'intoxiquer dans son sommeil, Sophie rejoignit ses amies dans la cuisine, occupées à se servir des mojitos bien tassés.

Louise lui tendit aussitôt un verre à ras bord où l'odeur du rhum ne laissait planer aucun doute sur la quantité d'alcool.

— Je te conseille de te l'enfiler cul sec, lui lança son amie en baissant la voix. Perso je vous préviens, je pense que je vais sûrement virer alcoolique d'ici à ce qu'elle parte.

Sophie attrapa le cocktail que lui tendait son amie, l'air ennuyée.

— Je suis désolée les filles, chuchota-t-elle à son tour. Je vous assure que je ne savais pas qu'elle comptait débarquer sans prévenir.

— Qu'est-ce qui lui prend de venir ? s'étonna Nina en grimaçant à chaque gorgée de son verre débordant plus d'alcool que de limonade.

— Aucune idée...

Louise termina son verre et empoigna fermement la bouteille de rhum pour servir une nouvelle tournée.

— Le plus important, ce n'est pas tellement pourquoi elle est venue que quand elle va repartir...

Sophie allait répondre quand elle entendit sa mère l'interpeller.

— Sophie, l'état de la salle de bains, c'est normal ? Vous ne nettoyez donc jamais dans cette maison ?

Les trois filles se jetèrent un coup d'œil. Louise versa une nouvelle dose de rhum dans leurs trois verres sans un mot.

Nina vit augmenter dangereusement le niveau de son mojito.

— Je t'assure que tu me remercieras plus tard, répondit Louise en levant son verre en guise de toast.

18.

Sophie venait de passer sa journée de repos avec sa mère. Et de repos, elle n'en avait guère eu. Alors que sa fille lui avait proposé une multitude de choses pour lui faire plaisir, Danielle n'avait fait que critiquer ou râler. Rien n'était jamais assez bien. Les jardins du Palais Royal étaient trop poussiéreux, la rue Montorgueil trop populaire et le Louvre trop touristique...

Quant à Sophie, il n'était même pas la peine d'en parler. Elle était une déception constante pour cette mère aussi rigide que glaciale. En la voyant habillée d'une énième salopette en denim, elle avait soupiré que Sophie ne parviendrait jamais à l'âge adulte avec ce genre d'habitudes.

La journée avait donc été particulièrement longue pour la jeune fleuriste et elle avait effectué moult sauts périlleux intérieurs quand sa mère lui avait annoncé qu'elle allait dîner avec une amie perdue de vue depuis des années. Elle avait la soirée de libre et elle était bien décidée à en profiter. Ce soir se déroulait la soirée Box de Marion et Laura et elle ne la manquerait pour rien au monde.

Même la perspective de croiser l'agaçant Léonard ne la décourageait pas...

Elle avait grand besoin d'évacuer la pression de la journée et une soirée autour du Vin semblait l'endroit tout indiqué. À chaque souvenir de cette journée riche en frustrations, elle sentait qu'un apéro (ou trente) ne serait pas de trop pour la détendre.

Louise et elle allaient vraiment rejoindre les Alcooliques Ano-

nymes à ce rythme-là...

Elle repassa à l'appartement pour se doucher et revêtir une tenue propre dans laquelle elle n'avait pas passé des heures à arpenter la Capitale. Histoire de faire mentir sa mère, elle se décida même à revêtir une robe qu'elle ne mettait qu'à des rares occasions. Verte d'eau et plutôt ajustée, elle se savait mise en valeur avec sa jupe patineuse et son décolleté flatteur. Les talons étant au-delà de ses capacités motrices, elle enfila une paire de tennis en toile avant de filer rejoindre sa soirée.

Elle se présenta dès l'ouverture et fila faire connaissance avec les producteurs de vins occupés à installer leurs bouteilles. Les odeurs entêtantes des différents cépages lui confirmèrent qu'elle était au bon endroit. Meursault, Pommard, Merlot, rouge profond, blanc minéral, pinot gris, tout était là pour ravir son palais en même temps que ses sens. En plus du reste, le fromager du coin avait apporté des plateaux fournis et alléchants dans lesquels elle n'allait pas tarder à taper.

Elle se voyait déjà jeter son dévolu sur ce petit Crottin de Chavignol qui n'attendait qu'elle...

Chaque commerçant du quartier qui voulait soutenir le projet de Marion et Laura, proposait souvent de mettre la main à la pâte. Sophie jeta d'ailleurs un coup d'œil à la dizaine de petits bouquets que Charly avait dû livrer dès la boutique fermée. Les tons pastel qu'elle avait sélectionné parmi les roses et les œillets de son stock faisaient leur petit effet.

Un jeune producteur venu faire la promotion de ses vins bourguignons lui tendit un verre de blanc aux senteurs de pain toasté. Ce breuvage n'allait pas faire long feu, elle s'en faisait un devoir. Armée de son verre, elle salua Laura qui organisait les boxs du mois sur une grande table centrale et alla à la rencontre de Marion en train d'ordonner ses derniers plateaux de petits fours. Benoît, jamais très loin, avait sorti les cartons de verre à pied et les distribua aux différents producteurs. Son amie, lumineuse dans sa chemise bleu ciel et son pantalon droit d'une teinte marine, faisait le tour du regard de son salon de thé pour vérifier chaque détail quand elle croisa celui de Sophie.

— Ah bichette, tu es déjà arrivée ! Super !

— Et tu as déjà fait la connaissance des vedettes de la soirée, la taquina Benoît à la vue de son verre bien rempli.

— Je fais honneur à la soirée de ma coloc, répondit Sophie en le levant en guise de toast improvisé.

— C'est beau cette implication à toute épreuve, lança Louise en les rejoignant avec Nina.

Les deux dernières colocataires venaient de pointer leur nez et la troupe était désormais au complet. À l'exception d'Antoine qui n'était pas dans les parages à première vue et qui avait promis de venir. Sophie demanda de ses nouvelles à Nina.

— Il m'a dit qu'il arriverait plus tard. Il avait un déplacement pro à Lyon aujourd'hui. Mais toute façon, il ne restera pas longtemps, il part demain au ski avec ses potes.

Sans plus s'attarder sur l'emploi du temps de son ex, la jeune blondinette se rapprocha du stand d'un couple de viticulteurs bordelais. Sophie et Marion échangèrent un regard sans avoir besoin d'ouvrir la bouche. Marion émit une petite grimace fataliste que Sophie s'efforça d'approuver. Il était vrai que leur amie était assez grande pour savoir ce qui était bon pour elle. Mais la jeune fleuriste ne pouvait s'empêcher de trouver que Nina aurait mieux fait de couper définitivement les ponts pour parvenir enfin à tourner la page.

Alors qu'elle allait boire une nouvelle gorgée de ce petit cru savoureux, elle vit Léonard franchir le seuil de la boutique. Sous un élégant manteau noir, il était vêtu d'une chemise ajustée d'un blanc éclatant et d'un jean brut qui, elle devait bien le reconnaître, était remarquablement flatteur... Le jeune homme ne tarda pas à la repérer à son tour mais à sa grande surprise, il se contenta d'un signe de tête amical et partit à la découverte des différents millésimes présentés.

Il allait peut-être enfin la laisser tranquille, se félicita Sophie en finissant son verre de vin.

19.

Deux heures plus tard, Sophie avait fait honneur à la majorité des vins proposés aux invités et elle pouvait dire sans mentir qu'elle avait apprécié chacun d'entre eux.

Plusieurs fois.

Les sens noyés dans un joyeux brouillard, elle déambulait, son verre en main et une expression niaise en plein visage.

Elle venait de s'avachir dans un fauteuil du salon de thé en fermant les yeux, sa jupe évasée autour d'elle, quand on lui toucha l'épaule avec douceur. Elle s'attendait à découvrir l'une de ses colocs armée d'une bassine mais ce fut Léonard qui s'offrit à son regard, accroupi près d'elle.

— Oh oubliez-moi, vous, râla-t-elle en fermant à nouveau les yeux.

Un léger rire se fit entendre à ses oreilles et elle se risqua à lui jeter un coup d'œil. Le jeune homme la regardait avec amusement. Ses cheveux brillants étaient coiffés en arrière comme à son habitude et sa barbe bien taillée.

— Je viens juste m'assurer que vous n'allez pas nous faire un coma éthylique en plein milieu de la soirée de votre amie. Avouez que ça ferait désordre, dit-il, l'œil rieur.

— Je vais très bien, répondit-elle en redressant ses lunettes sur son nez, avec l'impression d'avoir une patate dans la bouche.

— De toute évidence, vous êtes en grande forme, dit-il en l'observant à travers ses grands cils fournis.

Elle n'avait jamais remarqué à quel point ses cils étaient longs.

— Je suis sûre que vous mettez du mascara..., dit-elle en posant son menton dans sa main, ses yeux vitreux braqués sur lui.

Il écarquilla les siens et posa une main fraîche sur son front sans attendre avant de brandir trois doigts.

— Vous voyez combien de doigts là ?

Il lui donnait mal au cœur à force d'agiter sa main devant elle...

— Mais je vous en pose des questions, moi, répondit-elle en tentant de la repousser.

Elle ne rencontra que le vide et sentit que Léonard lui ôtait son verre des mains.

— Hey !

— Pas de panique, jolie poivrote. Votre verre est posé à côté mais vu votre motricité, vous allez finir par tout renverser sur votre robe.

Haussant les épaules, Sophie reprit sa position, menton dans la main et le regard dirigé vers son étrange client.

— Vous êtes bizarre comme type...

— Ah oui ?

— Ouais, vous cumulez plus de conquêtes que Dom Juan et Justin Bieber réunis mais vu le nombre de fois où je vous croise à ne rien faire, je me demande quand est-ce que vous trouvez le temps de draguer toutes ces filles... Vous savez, ce n'est pas parce que vous avez le quotient émotionnel d'un bigorneau que c'est aussi leur cas ! dit-elle en faisant les gros yeux face à son interlocuteur.

Léonard afficha un air amusé et posa ses bras sur ses genoux. Il était en équilibre sur la pointe des pieds et ne bougeait pas d'un pouce.

Ça avait l'air diablement inconfortable comme position...

— Donc, le secret pour vous faire parler, c'est juste que vous ayez trois grammes dans le sang. C'est intéressant...

— Je...n'ai pas... trois grammes dans le sang, baragouina-t-elle en lui enfonçant son index dans le torse.

Il attrapa sa main dans la sienne avec douceur et s'y accrocha. Leurs regards s'interceptèrent et la tension monta d'un coup. À travers son cerveau imbibé d'alcool, elle parvint à se rendre compte que l'ambiance avait changé. Cherchant aussitôt à désamorcer cette montée de température, elle rompit le contact et se leva si brusquement qu'elle faillit s'étaler. Ce qui serait sûrement arrivé si Léonard ne l'avait pas retenu contre lui.

Elle qui avait voulu s'éloigner de son énigmatique client, elle avait tout faux... Contre toute attente, il ne profita pas de la situation et la remit sur ses pieds, ne la lâchant que quand il fut certain qu'elle pouvait garder une station debout sans risque.

— Ça va aller ?

— Mais je vous dis que je vais très bien, dit-elle en véhémence en levant les mains pour assurer son équilibre.

Mieux valait rester prudente...

— Excusez-moi, dit-il en commençant à hausser les sourcils, mais j'ai comme l'impression que vous mettre minable à la soirée de votre amie, ce n'est pas le signe que vous allez bien, Sophie.

C'était bizarre de l'entendre prononcer son prénom pour la première fois. C'était doux et excitant à la fois. Elle se surprit à sentir un sourire idiot lui monter aux lèvres. Un brin de conscience persista et elle reprit une expression sérieuse. Elle alla même jusqu'à froncer les sourcils pour faire bonne mesure. Elle finit par croiser les bras sur sa poitrine, toisant comme elle pouvait Léonard qui faisait bien trente centimètres de plus qu'elle.

— Si vous aviez passé la journée avec ma mère, vous aussi vous vous serviriez un petit verre !

— Je n'ai pas eu ce plaisir mais sauf erreur, vous avez dépassé le stade du petit verre depuis longtemps. Ajouter une gueule de bois carabinée demain matin n'arrangera rien... Et je n'ai pas l'impression que votre mère soit là ce soir. Alors détendez-vous, ma petite fleuriste, dit-il en pressant rapidement son bras de sa large main avant de s'éloigner.

Elle le regarda saluer Marion et Benoît avant de franchir la porte quelques instants plus tard. Elle ne s'attarda pas sur le petit pincement au cœur qu'elle ressentit et rejoignit Louise et Nina qui avaient élu domicile au stand d'un producteur de vins rouges du bordelais.

Ce petit intermède avec Léonard l'avait presque fait dessoûlée d'un coup.

Nina avait juché ses fesses sur un des tonneaux servant de décoration et battait joyeusement des jambes au rythme de la bande-son de « La La Land » qui s'échappait des haut-parleurs. Louise, elle, entretenait un débat de haut-vol avec le producteur de vins sur la nocivité des blockbusters.

— Non, mais vous ne pouvez pas me comparer Iron-Man et le dernier Nolan...

— Bah ouais, je sais, l'autre c'est plutôt Batman mais...

Louise faillit s'étrangler avec sa dernière gorgée de bordeaux.

— Mais pas Christopher Nolan, abruti... Je vous parle de Xavier Nolan, un des cinéastes les plus talentueux de ces dix dernières années...

À voir ses yeux révulsés et la manière dont elle serrait le pied de son verre, Louise n'allait pas tarder à en venir aux mains. Le pauvre homme n'avait aucune chance. Et Marion allait voir sa soirée gâchée. Sophie décida qu'il était temps d'intervenir et à voir Nina sauter sur ses pieds, son amie avait eu la même idée.

— Hey pit-bull, tu vas le lâcher oui ! dit Nina en attrapant son bras.

— Mais attends, il confond Xavier Nolan avec un mec qui...

— Oui, oui, on a compris. Lui aussi, il mériterait de voir ses parties rôtir au barbecue, on sait, soupira Nina en l'entraînant plus loin.

Étant donné l'air choqué du producteur, l'idée ne le réjouissait pas. Sophie se rapprocha de ses deux amies et se planta devant Louise.

— Bichette, je sais que tu aimerais l'atomiser sur place mais respire un bon coup parce que là, on est chez Marion et distoi que c'est toi qui te feras réduire en miettes si tu crées un scandale...

Nina approuva d'un vigoureux hochement de tête.

— Ouais, Benoît va te faire ravaler ton sale caractère, espèce d'élitiste !

— Personnellement, je pensais plutôt à Marion, dit Sophie en penchant la tête vers la quatrième colocataire qui les regardait de loin, les sourcils froncés.

Les trois amies lui sourirent d'un air rassurant et sortirent prendre l'air. Louise se mit aussitôt à faire les cent pas.

— Non mais, vous vous rendez compte... la méprise est hallucinante... Les deux Nolan n'ont vraiment rien à voir. Zéro. Nada !

— Ah ouais ouais, c'est horrible, répondit Nina d'un air pénétré en regardant les deux côtés de la rue.

Son visage s'éclaira soudain et elle agita la main en direction d'une silhouette qui retrouva bientôt les traits d'Antoine. Il leur fit à chacune une bise.

— Salut les filles ! Alors ça va ? La soirée se passe bien ?

— On est sortie parce que Louise a failli sauter sur un pauvre bougre qui a confondu deux types qu'avaient le même nom...

— Il a confondu Christopher Nolan et Xavier Nolan... Ces deux réalisateurs n'ont rien à voir, s'époumona Louise en se plantant devant eux.

Antoine leva les mains en signe de reddition, le visage effrayé.

Apparemment, il n'avait jamais vu Louise dans une de ses périodes « Vous êtes tous des incultes ! ».

Nina leva les yeux au ciel en haussant les épaules et préféra se tourner vers Sophie.

— Au fait, c'était qui le grand brun qui est venu t'essuyer le front ?

— M'essuyer... ? Quoi ?

— Le barbu-là qui a l'air d'être un croisement entre Aragorn et Captain America..., continua Nina en tentant de le retrouver dans la salle.

— Il est parti, laissa-t-elle échapper.

Nina se retourna vers elle d'un air triomphant quand Antoine s'approcha de Louise.

— Dis, j'ai été voir le dernier Marvel ! Les effets spéciaux étaient tellement ouf, t'en as pensé quoi ?

Louise s'effondra sur une marche d'un perron voisin en gémissant.

— Sérieux, achevez-moi !

20.

Quand Sophie se réveilla le lendemain dans le canapé du salon, elle eut l'impression qu'un centre-aéré avait pris ses quartiers dans son crâne. Et à en croire le sang qui tambourinait à ses oreilles, sa fin était même proche. Elle commença à se redresser quand un étourdissement la saisit. Le salon habituellement plutôt calme se mit à tournoyer et la quantité de vin qu'elle avait ingurgité la veille menaça de venir faire un petit bonjour.

Elle se leva maladroitement, trébuchant sur les tennis qu'elle avait envoyé valdinguer en rentrant tôt ce matin. Elle passa à deux doigts de renverser le seau d'eau planté au milieu du salon et ne dut son salut qu'à un reste de réflexe bien enfoui.

Elle croisa Louise dans la cuisine, guère dans un meilleur état, et toutes deux se dirigèrent d'un même élan vers la bouilloire.

Tournée générale d'Earl Grey !

— J'aurai dû m'en tenir au blanc..., maugréa Louise, les doigts posés sur ses tempes. C'est son cabernet-sauvignon qui m'a retourné l'estomac...

Les mélanges, c'était toujours le piège ! Rien à voir avec la quantité...

Sophie savoura quelques gorgées de thé réconfortantes quand elle vit sa mère sortir de sa chambre, vêtue de sa mythique robe de chambre. Rose avec de grosses fleurs mauves, l'habit devait avoir au bas mot l'âge de Sophie. Et malgré cet attirail ridicule, l'air revêche qu'arborait Danielle en permanence suffisait à imposer son autorité.

— Dis-moi Sophie, tu es rentrée à pas d'heure... Passé minuit, j'ai arrêté de t'attendre et je me suis couchée mais tu aurais pu prévenir. Je me suis fait un sang d'encre.

Culpabilisant comme quand elle était petite, Sophie sentit ses joues s'échauffer.

— Hum désolée, la soirée s'est finie assez tard. Je ne pensais pas que tu m'attendais.

— Et bien, tu pensais mal ma fille. Tu verras quand tu seras mère. Enfin, à ce train-là, je vais m'en remettre au Seigneur, dit-elle en attrapant à son tour un mug propre.

Pas un mot ne fusa jusqu'à ce que Danielle ne regagna sa chambre pour boire son thé. Sophie sentait le poids du regard de Louise entre ses omoplates mais elle n'osa pas l'affronter. Elle savait ce qu'elle pensait. Comment pouvait-elle se laisser parler sur ce ton alors qu'elle allait bientôt avoir trente ans ? Ç'en était risible. Elle s'était aplatie une fois encore.

Si jamais un jour elle cherchait une reconversion professionnelle, elle avait un vrai potentiel de carpette !

— Et donc, intervint soudain Louise, ta mère a réussi à vivre toutes ses années sans que personne ne tente de l'étrangler ? Tu m'étonnes qu'elle croit en Dieu...

Quelques secondes plus tard, toute tension envolée, elles s'écroulaient de rire en se tenant les côtes.

Sur un coup de tête, Sophie se dit que vu son état de décrépitude avancée, un bon jogging lui ferait le plus grand bien pour retrouver quelques capacités physiques et mentales.

Ce qui était un indice suffisant pour attester de la mauvaise irrigation de son cerveau...

Elle retrouva dans un repli de son portefeuille sa carte de sport qu'elle n'utilisait qu'à de très rares occasions. Elle avait souscrit à un abonnement quelques mois plus tôt dans une salle située tout à côté de la boutique avec des résultats extrêmement relatifs.

À raison d'une séance toutes les six semaines, ça n'avait rien d'étonnant.

Mais ce matin, elle se sentait comme une envie de se défouler. Et cela n'avait rien à voir avec sa mère qui lui avait annoncé qu'elle comptait venir visiter « son petit bouiboui » le lendemain.

Traduction la boutique dans laquelle elle investissait sang et eau depuis des années.

Un footing dans lequel elle pourrait mettre une bonne dose d'agacement et de frustration avait donc toutes les chances d'être salvateur.

Quand elle arriva dans la salle de cardio, habillée d'un legging noir un tantinet délavé et d'un vieux tee-shirt qui arborait fièrement « Foire aux plantes de la Fierté Saint-Sauveur », elle en menait déjà moins large. Elle hésita entre le tapis de course et l'elliptique, se demandant sur lequel elle risquait moins la crise cardiaque. Les tapis étant tous pris, elle se tourna vers le premier elliptique libre et mit quelques secondes à activer sa coordination. Au bout de deux minutes, elle était déjà en nage, les lunettes pleine de buée et le teint rougeaud.

À défaut d'évacuer son énervement, elle pouvait aussi décider de décéder…

Elle se convainquit qu'elle devait tenir au moins vingt minutes supplémentaires. Histoire que cela justifie la perte de trois litres d'eau…

Au bout de cinq, elle se demanda ce qui lui avait pris.

Au bout de dix, elle se dit que la mort n'était pas un sort si terrible.

Afin de détourner un peu son attention de ses articulations en feu, elle avisa l'espace musculation situé juste devant elle. Les hommes baraqués et les femmes toniques se mélangeaient entre les poids et les bancs de musculation. Il y en avait bien un ou deux qui détonnaient dans le paysage mais la majorité ferait pâlir des champions de bodybuldisme. Il y avait surtout cet homme superbement bâti, occupé à faire des tractions, que Sophie ne voyait que de dos. Il portait un short un peu long et un tee-shirt suffisamment tendu pour qu'elle puisse voir jouer ses muscles dorsaux.

Le short, lui, lui permettait d'admirer tout autre chose...

Oubliant un instant sa douleur, Sophie se perdit dans la contemplation de ce canon. Même la sueur qui coulait depuis sa nuque et qui menaçait de créer une mare autour de son elliptique ne détournait pas son attention. Elle admira ses cheveux bruns remontés en un minuscule chignon un peu haut qui lui donnait un petit air canaille. Elle sentait déjà l'effet que cela provoquait au niveau de son bas-ventre...

Traversée par un éclair de lucidité, elle se dit que si une coupe de cheveux commençait à l'émoustiller, elle ne tournait définitivement plus rond. Mais, le mal étant fait, elle continua d'observer son mystérieux sportif.

Tout plutôt que de penser à la torture qu'elle était en train d'infliger à son corps...

Alors que l'augmentation de son rythme cardiaque n'avait plus grand chose à voir avec sa tentative d'activité sportive, ce superbe spécimen masculin termina son exercice et se retourna. Et là, il eut la désagréable idée d'arborer le visage (et le corps donc) de Léonard, si bien qu'elle en perdit toute coordination. Bras et jambes ne surent plus comment se mouvoir et elle se mit à ressembler à une marionnette en pleine crise d'épilepsie.

Évidemment, il fallait qu'elle fantasme sur le seul énergumène qui lui sortait par les yeux !

Paniquée à l'idée qu'il la reconnaisse dans son accoutrement de sportive du dimanche, elle réunit ses dernières forces et descendit en catastrophe de sa monture. Elle se précipita dans le couloir le plus proche, faillit renverser une mamie largement plus en forme qu'elle, étant donné la masse musculaire qu'elle venait de percuter et arriva tant bien que mal à se réfugier dans les premières toilettes venues. Le lieu était désert mais à la vue des urinoirs qui s'étalaient le long du mur, elle s'était (peut-être) un brin précipitée... Elle n'eut pas le temps de réfléchir. Quelqu'un venait de pousser la porte derrière elle et elle fonça dans la première cabine venue.

L'inconnu entra dans la cabine voisine à la sienne et se mit à faire plus de bruits que les scènes de reconstitution du film « Dunkerque ». Ajouté à cela l'odeur qui venait d'envahir la pièce et Sophie fut à deux doigts de rendre l'Earl Grey du matin. Refusant de mourir d'asphyxie, elle sortit sur la pointe des pieds et franchit la porte des toilettes pour finir par tomber nez à nez avec la personne qu'elle cherchait à tout prix à éviter.

Léonard.

Qui la regardait d'un air étonné, prouvant bien que si elle avait eu une once de discrétion ou si elle avait su simplement lire le logo sur la porte des toilettes, elle aurait pu fuir sans se faire remarquer.

— Vous êtes perdue ? demanda-t-il, goguenard.

— Non, je me suis trompée de porte. Ça ne vous arrive jamais peut-être ?

— Ah non, je ne parlais pas des toilettes. Je faisais plutôt référence à la salle de sport, railla-t-il en désignant les lieux du doigt.

Ces biceps croisés sur ses pectoraux, ce mec était une pub vivante pour les hormones de croissance !

Elle essaya tant bien que mal de faire abstraction de l'ensemble (muscles, tee-shirt moulant, chignon...) et s'éloigna de la porte où les relents de son compagnon d'infortune commençait à pointer.

Il ne manquerait plus que Léonard pense qu'elle en était la responsable...

— J'ai une carte de cette salle depuis plusieurs mois, je vous signale, dit-elle pour clore la conversation.

Manque de bol, il la suivit.

Note à elle-même : quand on voulait clore une conversation, la meilleure méthode était encore de la fermer !

— Et c'est la première fois que vous l'utilisez ? Non parce que je viens plusieurs fois par semaine et je m'en souviendrais si je vous avais déjà croisé ici...

Arrivant devant la porte du vestiaire des femmes, elle se retourna face à son interlocuteur.

— Vous savez qu'une pratique intensive du sport peut avoir un effet sur les neurones ? Sur ce,...

— Votre taux d'alcoolémie doit être revenu à la normale si vous êtes à nouveau désagréable, dit-il en refaisant distraitement son chignon.

Plus troublée qu'elle ne voulait bien l'admettre, elle détourna aussitôt son regard qui tomba sur une affiche vantant la pratique du sport en duo.

« Monsieur 100 kilos de muscles » corrigeait obligeamment la position de squat de « Madame 40 kilos tout mouillés »... Un vrai conte de fée moderne !

— Vous voulez tenter le sport à deux ? chuchota-t-il à son oreille d'un air aguicheur.

Elle leva les yeux au ciel en soupirant et poussa enfin la porte du vestiaire des femmes.

Ce qu'elle aurait fait depuis le début s'il n'avait pas eu l'outrecuidance d'avoir des biceps plus larges que ses cuisses !

Après une douche revigorante dans les vestiaires du club, elle enfila un tee-shirt blanc et une salopette jaune moutarde qui lui donnerait presque l'air d'avoir bonne mine, à défaut que cela soit une réalité. Enfilant ses Stan Smith, elle repensa à son entrevue avec Léonard. Quoiqu'elle fasse, il semblait que cet homme était toujours sur son chemin ! C'était un cauchemar...

Pour ses nerfs plus que pour ses yeux, mais c'était tout de même un cauchemar !

Peu désireuse de le croiser à nouveau, elle enfila une paire de lunettes de soleil (totalement inutile en intérieur) et son trench dont elle remonta le col dans une parfaite imitation du Commissaire Maigret. Elle longea chaque couloir jusqu'à retrouver la sortie. Elle allait franchir la porte vitrée quand elle remarqua Léonard, accoudé au comptoir et parlant à l'employée chargée des inscriptions, qui devait passer au bas mot douze heures par jour sur leurs machines de torture pour afficher un tel corps.

Mais Léonard ne regardait pas la jeune coach sportive. Bien au contraire. Il n'avait apparemment rien raté de sa pâle imitation d'agent double et un immense sourire barrait son visage. Il la salua d'un petit signe de tête. Sophie agita à peine la tête pour lui répondre et s'enfuit aussi vite que ses jambes transformés en poteaux le lui permettaient.

21.

Une fois son sixième bouquet de roses terminé en moins de trente minutes, Sophie s'accorda quelques instants de répit. Elle avait fait un aller-retour à Rungis aux aurores ce matin et sa mère n'allait pas tarder à débarquer dans sa boutique. Cinq minutes de relaxation ne seraient donc pas de trop pour poursuivre cette journée.

Même Charly était sur les nerfs depuis qu'elle lui avait annoncé l'heureuse nouvelle. Elle revoyait encore à quelle vitesse sa mâchoire avait failli se décrocher. Elle lui avait bien proposé de prendre sa pause déjeuner au même moment mais il avait refusé. Il ne s'était juste pas aperçu que si sa bouche disait non, sa tête, elle, indiquait clairement autre chose.

Mais le problème se réglerait tout seul puisque sa mère avait un don pour couper l'appétit.

L'esprit ailleurs, elle attrapa son balai et s'occupa d'évacuer le monceau de feuilles qui s'était accumulé au fil de la matinée. Elle terminait sa tâche quand elle vit sa mère devant sa vitrine. Danielle observait la devanture, ne laissant rien paraître. Quelques secondes plus tard, elle les rejoignit à l'intérieur de la boutique.

— Bonjour maman, c'est gentil de passer nous voir, s'exclama Sophie.

À défaut de ressentir de l'enthousiasme, rien ne l'empêchait de le simuler.

— Je t'avais prévenu, non ? Il fait un froid de canard, ici.

Ou au moins d'opérer une vaine tentative de le simuler…

Danielle arpenta la boutique qu'elle voyait pour la première fois. Si son père était déjà passé lors de déplacements professionnels, sa mère n'avait jamais eu le temps de venir voir la concrétisation des rêves de sa fille.

Ce qui en disait long sur leur relation.

Au bout d'un quart d'heure, Sophie put s'estimer heureuse de ne déplorer aucune victime. Sa mère, fidèle à elle-même, était parvenue à trouver un aspect négatif à chaque chose.

Sophie lui apprenait que son nombre d'habitués avait bien augmenté depuis cinq ans ? Elle répondait que ce petit local ne pourrait pas accueillir grand monde de plus. Elle lui faisait admirer ses dernières confections ? Elle reculait en arguant que toutes ces fleurs allaient sûrement réveiller son allergie. Sa fille lui montrait la carte postale de la Place du Tertre qu'elle avait mis là en hommage à sa grand-mère ? Elle levait les yeux au ciel en répliquant que ça ne servait à rien de vivre dans le passé.

Charly lançait des regards assassins dans leur direction et trois lisianthus avaient déjà faits les frais de son énervement. Histoire de ne pas voir son stock partir en fumée, elle proposa à sa mère d'aller découvrir le salon de thé de Marion. Charly se retint d'applaudir et approuva d'un vigoureux hochement de tête.

Haussant les épaules, Danielle répondit qu'avec un peu de chance Marion aurait allumé sa lumière et son chauffage, elle. Se mordant la langue, Sophie se retint d'expliquer le principe du refroidissement et d'expositions des fleurs et désigna la porte avec un grand sourire. Avant de rejoindre sa mère dans la rue, elle échangea rapidement quelques consignes avec Charly qui ne cacha pas son soulagement.

— Merci, tu es passée à ça d'être orpheline, dit-il en faisant claquer son sécateur. Et fais gaffe, à sourire comme ça, tu vas finir coincée !

Quelques instants plus tard, mère et fille rentrèrent dans le salon de thé de Marion qui afficha un immense sourire à la vue de Sophie.

À celle de sa mère, le sourire se fit un brin plus crispé.

— Que puis-je vous servir, mesdames ? dit Marion en s'approchant du fauteuil à oreilles où Sophie s'était écroulée à sa dernière soirée.

Danielle s'installa sur le fauteuil voisin et lissa du plat de la main sa jupe en laine.

— J'aimerai un thé Darjeeling avec un soupçon de miel, s'il te plaît, Marion.

Sophie commanda son habituel Chaï Tea Latte et rejoignit sa mère.

— Tu vois, Sophie, c'est ce genre de température que tu dois avoir quand tu reçois des clients. Ton local est une vraie congère, dit-elle en mimant un frisson.

— Tu veux une petite pâtisserie ? se contenta de répondre Sophie. Le cheesecake de Marion est divin !

— Non, merci. Tu sais que je n'apprécie pas les sucreries...

— Moi, je vais me chercher un petit quelque chose, dit-elle en se levant précipitamment.

— Fais comme tu veux mais tu ferais bien de surveiller ta ligne, entendit-elle dans son dos.

En arrivant au comptoir de Marion qui finissait de préparer leurs boissons, Sophie enfouit sa tête dans ses mains.

— Pitié, dis-moi qu'il te reste un brownie au beurre de cacahuètes...

— Depuis que ta mère est à l'appartement, j'en ai préparé un stock, répondit Marion avec un air entendu.

— Tu es une sainte, mets-moi une part indécente !

— Indécente, vraiment ? dit une voix bien connue derrière elle.

Elle n'eut même pas besoin de se retourner qu'elle savait déjà que Léonard était là.

— Vous savez que je vais finir par croire que vous me suivez, dit-elle en l'affrontant du regard.

— C'est plutôt moi qui devrait dire ça ! Vous avez été jusqu'à me poursuivre jusqu'à ma salle de sport, s'exclama-t-il, faussement outré.

Marion releva subitement la tête et interrogea Sophie du

regard. Celle-ci nia aussi vite que le lui permettaient ses cervicales et attrapa son assiette de brownies.

— Excusez-moi mais je vais rejoindre ma mère.

— Ah la fameuse, dit Léonard en dirigeant son regard perçant sur sa mère, plongée dans un magazine trouvé sur une table voisine. Elle n'a pas l'air si terrible !

— Vous ne la connaissez pas... Elle ferait chuter les statistiques de SOS Amitiés à elle toute seule.

Il se mit à rire, son poing devant sa bouche.

— Vous êtes sa fille donc j'ai quelques doutes sur votre impartialité, dit-il en attrapant le mug de café à emporter que venait de lui préparer Marion.

Il n'avait même plus besoin d'annoncer sa commande...

— Au contraire, j'ai une vision très objective de ma chère maman. Vous ne savez pas de quoi vous parlez.

— Les mères m'adorent, vous savez.

— Pas la mienne.

— Ça, c'est uniquement parce qu'elle ne me connait pas encore, dit-il avec un clin d'œil en se dirigeant d'un pas tranquille vers leur table.

Pris d'un élan de panique, Sophie jeta un regard désespéré à Marion qui haussa les épaules, fataliste. Léonard, lui, tendit la main à Danielle qui sortit de sa lecture et se mit à sourire en cinq secondes chrono.

What the fuck ??

22.

— Ma mère vient de sourire là, on est d'accord ?

— Apparemment...

— C'est louche...

— Oui, je ne savais pas qu'elle avait des dents !

Sophie ne perdit pas un instant et fila les rejoindre.

— Ah Sophie, je disais justement à votre charmante mère que j'étais un de vos plus fidèles clients, annonça-t-il en approchant une chaise de leur table. Danielle m'a gentiment proposé de me joindre à vous.

Danielle ?? Depuis quand sa mère sympathisait avec des gens en moins de cinq minutes ? Depuis quand sa mère "sympathisait" ?

Sophie afficha un mince sourire sans répondre et reprit sa place. Marion apporta leurs thés et ne s'attarda pas.

Si seulement, elle aussi aurait pu déguerpir.

— Eh bien, tu en auras assez, Sophie, s'exclama Danielle à la vue de son brownie riche en beurre de cacahuète et qui tenait à peine dans son assiette à dessert.

Sophie était sur le point de demander à Marion une portion supplémentaire quand Léonard intervint.

— Voyons Danielle, ne dites pas ça. C'est tellement agréable de voir une femme manger sans compter la moindre calorie !

Le magazine de Danielle, ouvert sur la page vantant le dernier régime à la mode, se referma brusquement.

— Oui, vous n'avez pas tout à fait tort, répondit-elle d'un air suave. De ce point de vue-là, je peux vous garantir que Sophie n'a *jamais* compté les calories...

La meilleure méthode pour retenir ses réflexions était

encore d'avoir la bouche pleine en permanence. Sophie engouffra donc une nouvelle bouchée bien que la précédente n'ait pas été complètement ingérée.

— Je dois dire que la boutique de votre fille est ce qui se fait de mieux à plusieurs kilomètres à la ronde. Vous pouvez me faire confiance, je suis un grand consommateur de fleurs, dit Léonard en jetant un coup d'œil amusé à Sophie, à deux doigts de s'étouffer.

Sa mère sourit poliment sans répondre et but une gorgée de thé avant de grimacer en reposant sa tasse.

— C'est ce que ton amie appelle un « soupçon » de miel ? dit-elle en se relevant pour ramener sa tasse au comptoir.

Se retrouvant seule avec Léonard, Sophie ne perdit pas une seconde.

— À quoi vous jouez ? dit-elle la bouche à moitié pleine.

— Quel est le problème ? répondit innocemment Léonard. Je fais connaissance avec votre mère. Avec un peu de chance, elle me confiera une ou deux histoires croustillantes sur votre enfance.

— Qu'est-ce que ça peut bien vous faire ?

— Je meurs d'envie de savoir d'où vous vient cet adorable caractère...

Elle n'eut pas le temps de répondre que sa mère se pointait déjà avec une nouvelle tasse de thé et une Marion en arrière-plan qui manipulait ses mugs avec un chouia plus d'agacement. Danielle reprit sa place et sourit aimablement à Léonard tout en jetant un regard déçu à l'assiette déjà vide de sa fille.

Ou comment être à la fois avenante et peau de vache !

— Et donc vous êtes venue visiter la boutique de votre fille ? Vous devez être particulièrement fière. Ce n'est pas évident de tenir une boutique dans ce genre de quartier ultra-touristique, enchaîna-t-il en buvant une nouvelle gorgée de son café.

Mais ne pouvait-il pas rejoindre sa cohorte de petites amies ? Jusqu'à preuve du contraire, son café était « à emporter ».

Il avait du mal avec ce concept, semble-t-il.

— Oui, Sophie a beaucoup insisté, répondit Danielle en redressant sa tasse d'un quart de millimètre. Je dois vous avouez que je m'attendais à quelque chose d'un peu plus grand. Ta boutique tient plus d'un grand cagibi, ma chérie... Et puis, toutes ces fleurs, tu en as vraiment partout, on dirait la Foire-Fouille !

Pris d'un élan subit de recommander une cargaison indécente de brownies, Sophie reposa sa tasse avec plus de brusquerie que nécessaire. Mais exploser son mug de thé ne résoudrait rien.

En dehors du fait de soulager le trente-six tonnes qui venait d'élire domicile dans son estomac.

Et alors qu'elle aurait dû raisonnablement s'empêcher de s'enfoncer davantage, elle ne parvint à se taire.

— Justement, je souhaiterai réduire mon stock. Je réfléchis à une reconversion.

— Une reconversion ? demanda Léonard, surpris.

— Qu'est-ce que tu as inventé encore ?

Sa mère pestait dans la vide. Si elle avait su que sa fille bluffait, elle aurait pu faire l'économie de la multitude de piques qu'elle s'apprêtait sûrement à sortir.

Sophie ne savait pas pourquoi elle avait balancé ce sujet.

Sans y réfléchir, ça c'était un fait avéré.

Mais les critiques de Danielle avait réveillé en elle un vieux réflexe hérité de son enfance : celle d'arriver enfin à satisfaire sa mère. Et il était maintenant trop tard pour revenir en arrière. Elle devait assumer jusqu'au bout sa soi-disant reconversion.

— J'ai envie de renouer avec la base de mon métier, finit-elle par articuler. J'envisage de me lancer dans les fleurs éco-responsables. Ça signifie donc revoir ma façon de travailler pour être plus en adéquation avec la protection de l'environnement et mes valeurs.

Danielle soupira bruyamment en levant les yeux au ciel.

— Toi et ton idéalisme…

— Maman, je…

— Sophie, il serait temps que tu grandisses, coupa Danielle. Tu penses qu'acheter tes fleurs chez le producteur du coin va sauver le monde ? Tu vas plutôt finir ruinée alors que ton père et moi t'avons donné beaucoup d'argent pour te lancer. Tu devrais prendre exemple sur nous plutôt que de vouloir tout révolutionner sans penser aux conséquences.

Sophie sentit les premiers signes d'un état familier se déclencher chez elle. La gorge serrée, les yeux humides, les mains tremblantes. Elle était redevenue la Sophie adolescente qui confiait ses rêves à sa mère et qui se voyait rejeter à pleine vitesse.

Comment avait-elle pu croire qu'elle l'impressionnerait avec cette idée de reconversion ? Elle le savait pourtant qu'il ne servait à rien de parler de ce genre de sujets avec elle.

— Je pense au contraire que chaque action individuelle peut avoir un impact insoupçonné, intervint Léonard en posant sa cheville sur sa cuisse et en basculant sa chaise en arrière. Qui sait le nombre de consciences que votre fille éveillera en mettant en avant ses convictions ? Et même si le chiffre est dérisoire, il permettra au moins de rattraper une infime partie de l'immense gâchis laissé par les générations précédentes.

Il termina son petit discours avec un sourire désarmant. Danielle, ne sachant sur quel pied danser, se contenta de sourire poliment, le rouge aux joues.

C'était ce qu'on devait appeler « une frappe chirurgicale ».

Le jeune homme finit par se lever et tendit la main à sa mère qui lui serra à son tour, l'esprit toujours un peu perturbé.

— Je vais devoir y aller, mon travail m'attend. Bonne journée !

Il se tourna alors vers elle et elle crut voir passer une lueur de compassion dans son regard habituellement moqueur.

— Ma chère fleuriste, à très vite ! J'ai hâte que vous m'en disiez plus sur votre projet, termina-t-il en lui tendant la main.

Elle se sentit obligée de lui rendre son geste et inséra sa main dans la sienne. Celle de Léonard était chaude et rassurante et lui faisait presque oublier la nouvelle déception que lui avait infligée sa mère.

Son geste amical lui fit tant de bien qu'elle parvint même à esquisser le début d'un sourire.

Une grande première dans l'histoire de leurs chamailleries.

— Une bonne journée à vous aussi, cher client, dit-elle.

Il la regarda un instant, un air indéchiffrable sur le visage et finit par hocher la tête. Il salua Marion de la main sur le chemin et franchit la porte.

— Et en plus du reste, tes clients sont d'un bizarre, émit Danielle en reprenant la lecture de son magazine.

Bizarre, c'était le moins qu'on puisse dire…

23.

Quand le thé fut terminé, mère et fille se séparèrent. Danielle annonça qu'elle avait quelques courses à faire et qu'elle n'avait pas encore pris le temps de s'en occuper. Sa fille lui proposa de l'accompagner une petite heure pendant que Charly s'occupait de la boutique mais elle refusa tout net.

— Va travailler. Ce n'est pas en désertant ta boutique que tu vas faire grossir ton commerce, chérie, dit-elle en lui envoyant une bise de loin.

Sophie serra les poings et pivota sur un pied en direction de sa boutique. Elle s'en voulait un peu mais elle ne pouvait s'empêcher de ressentir du soulagement à l'idée de passer plusieurs heures d'affilée sans aucune présence maternelle.

Ça s'apparentait presque à la définition du bonheur !

Vers seize heures, elle annonça à Charly qu'il pouvait rentrer chez lui et qu'elle allait fermer ce soir.

— Mais c'est mon tour, s'étonna-t-il. Non pas que je rechigne à regagner mon canapé et la nouvelle saison de Narcos mais d'habitude, je dois te passer sur le corps pour partir plus tôt...

— Et d'une, tu es un menteur, je suis une patronne extrêmement compréhensive.

Charly agita sa main pour tempérer son propos et s'éloigna d'un bond du balai que Sophie venait de brandir.

— Et de deux, reprit-elle, si je rentre maintenant, je vais tomber sur ma mère, qui a sûrement fini ses courses et qui vient de passer plusieurs heures dans Paris et qui aura donc un millier d'anecdotes à me raconter sur cette « ville complètement folle ». Elle finira sûrement par me lister les innombrables raisons qui font que je devrai déménager et…

— Temps mort, dit-il en faisant un T avec ses mains. Arrête ou tu vas finir par lui ressembler…

Sophie ouvrit grand les yeux et la bouche et entreprit d'attaquer son apprenti mort de rire à coups de balai.

Pour la patronne compréhensive, on repassera !

Une fois Charly calmé et déguerpi, Sophie put retrouver un peu de calme. Cet après-midi, les clients se faisaient rare et elle en profita pour trier quelques mails derrière son comptoir. Au bout d'une vingtaine de minutes, elle laissa son regard errer dans sa boutique et celui-ci atterrit automatiquement sur la carte postale vieillotte qu'elle adorait. La place du Tertre ne ressemblait plus du tout à ça aujourd'hui mais grâce à toutes les histoires que sa grand-mère lui avait raconté, elle n'avait aucun mal à l'imaginer avant qu'elle ne devienne cet attrape-touristes mondialement connu.

Sa grand-mère Lucie avait toujours eu un don pour la faire voyager dans ses souvenirs. Toute son enfance, Sophie avait entendu le récit de ses années de jeunesse où elle avait vécu dans ce Paris d'avant-guerre, jeune fille insouciante mais au caractère déjà bien affirmé.

Son histoire préférée restait néanmoins sa rencontre avec son grand-père Pierre que Lucie se faisait un plaisir de lui raconter à chaque fois qu'elle la réclamait.

Jeune vendeuse dans une épicerie de la Place, Lucie travaillait pour un vieil acariâtre qui s'obstinait à critiquer la moindre de ses initiatives. Rien n'était jamais assez bien. Et même si la jeune Lucie rêvait d'un métier autrement plus intéressant, elle ne pouvait renoncer à ce travail qui lui permettait de participer à la subsistance de sa famille. Au début des années 30, la Grande Dépression venait de frapper la France de plein fouet et chacun devait mettre la main à la pâte pour qu'ils puissent manger à leur faim. Le chômage s'installait petit à petit et il ne fallait pas faire la fine bouche quand on avait la chance d'avoir un travail bien payé.

Elle charriait donc boîtes de haricots et sacs de pomme de terre chaque jour de la semaine et ne disposait que du dimanche pour se reposer un peu.

Mais il était hors de question pour Lucie de rester chez elle à dormir. Le dimanche, c'était aussi le jour de la guinguette et elle ne l'aurait raté pour rien au monde. Elle revêtait sa plus belle robe (la seule dont elle disposait qui ne soit pas rapiécée) et partait retrouver ses amis pour enchaîner les valses et les javas pendant des heures.

Ce dimanche-là, elle en était à son dixième tour de piste quand elle s'aperçut qu'un jeune homme qu'elle n'avait jamais vu ne la quittait pas des yeux. Avec son pantalon taille haute et sa cravate parfaitement mise sur sa chemise bleue, il était d'une élégance rare comparé à leur bande habituelle. Il avait posé sur ses cheveux gominés un canotier qui était du plus bel effet. Ses vêtements semblaient de bonne facture et Lucie était flattée qu'un homme, visiblement plus aisé qu'elle et ses amies, l'ait remarqué.

Consciente de sa jeunesse et de son charme, elle joua avec lui pendant l'heure qui suivit. Il ne la quittait toujours pas du regard mais à présent, Lucie s'amusait à lui jeter de fréquents coups d'œil. Au grand désespoir de son flirt du moment qui s'aperçut bien vite qu'elle ne lui prêtait plus la moindre attention.

Certaine que le mystérieux jeune homme allait la rejoindre, elle partit à la recherche d'un verre d'eau au stand de la buvette. Au bout d'à peine quelques secondes, elle sentit l'incroyable présence de son admirateur à ses côtés. D'une belle voix posée, il lui proposa de lui offrir une limonade. Et ce fut ainsi que Lucie et Pierre commencèrent une histoire qui dura plus de cinquante ans.

Les deux jeunes gens parlèrent sans discontinuer ce jour-là et chaque dimanche dans les semaines qui suivirent, ils se retrouvaient à la guinguette et dansaient pendant des heures.

Lucie ne tarda pas à tomber éperdument amoureuse de ce jeune créateur de chaussures qui avait déjà ouvert sa première boutique et qui commençait à chausser les gens fortunés de la capitale. Pierre était plein d'assurance et ne manquait jamais une occasion de la gâter. Gants, foulards, parfums, il ne venait jamais à leur rendez-vous sans un présent pour sa belle.

Aux yeux de la jeune Sophie, l'histoire d'amour de ces grands-parents était le comble du romantisme et elle regrettait de n'avoir jamais connu ce grand-père si attentionné. Il était vrai que comparé au spectacle de ses parents qui ne s'adressaient la parole qu'à de rares occasions, le récit de la rencontre de Pierre et Lucie prenait des airs de conte de fées...

24.

Prise dans ses souvenirs, Sophie entendit vaguement la sonnette de la boutique retentir. Prête à accueillir un nouveau client, elle se retourna et tomba nez à nez avec *la* personne qu'elle n'aurait jamais imaginé dans son magasin un jour : Mickaël.

Comme chez ses parents, elle ne trouva rien à lui dire et resta plantée là à le regarder.

Il avait coupé ses cheveux courts depuis la dernière fois. Elle se voyait encore des années auparavant, passer sa main dans ses cheveux en brosse et s'amuser du fait qu'ils reprenaient leur place instantanément. Il détestait cela et s'agaçait qu'elle puisse le décoiffer.

Comme si une coupe en brosse pouvait être décoiffée…

Il s'éclaircit la gorge et s'approcha d'un pas. Il n'en fallut pas plus à Sophie pour reprendre ses esprits.

— Qu'est-ce que tu fais là ?

Il passa d'un pied sur l'autre, le regard baissé avant de respirer un bon coup et de l'affronter.

— Je suis venu te parler, Sophie.

Elle sortit de derrière son comptoir, bien décidée à garder ses mains occupées.

Histoire qu'elles ne se mettent pas à l'étrangler.

Elle attrapa un arrosoir et s'occupa de quelques pots tout en tentant de garder son calme.

— Je crois avoir été claire à ce sujet. Je n'ai aucune envie de te parler.

— C'est ta mère qui…, commença-t-il avant de s'interrompre.

Il venait de poser son pied dans une petite flaque et sa chaussure en daim n'avait pas eu l'air d'apprécier.

De son côté, elle se fichait pas mal que sa chaussure soit foutue à jamais. Il avait parlé de sa mère et cela avait suffi à allumer tous ses signaux d'alerte.

— Quoi, ma mère ?

— C'est elle qui m'a dit de venir te voir. Elle m'a donné l'adresse de ta boutique, elle m'a dit que tu accepterais de me parler.

— Pardon ?

Sa mère n'avait tout de même pas osé. En matière de couteau dans le dos, c'était un sans-faute. Sophie se retint de hurler et préféra poser bruyamment son arrosoir sur le sol, arrosant au passage la deuxième chaussure de Mickaël.

Il recula subitement et leva les mains en signe d'apaisement.

— Nous sommes venus ensemble de Reims, expliqua-t-il, un œil rivé sur sa paire de chaussures ruinées. Pour tout te dire, on a même dîné ensemble il y a quelques jours. Elle voulait me donner quelques conseils. Elle m'a dit d'attendre un peu, qu'elle allait te prévenir de ma visite. Ce qu'elle n'a pas fait à priori...

Ainsi donc, Mickaël était la copine perdue de vue depuis longtemps !

Première nouvelle...

Sophie croisa ses bras sur sa poitrine et toisa son ancien compagnon. Dans quel monde parallèle avait-il pu penser que prendre des conseils de sa mère la concernant était une bonne idée ? Elle avait passé des années à se plaindre d'elle auprès de lui... Il était parfaitement au courant de leur relation exécrable.

— Écoute Sophie, je suis vraiment venu te parler.

Elle, n'avait aucune envie de l'entendre. Mais si elle comprenait bien, il continuerait à la poursuivre encore et encore tant qu'elle ne céderait pas. Autant en finir tout de suite. Elle pourrait ensuite lui désigner la porte qu'il n'aurait jamais dû franchir.

— Fais vite.

Il allait se faire un plaisir de lui faire la liste de ses innombrables qualités et elle lui répondrait qu'elle préférerait encore se rouler nue dans un champ d'orties.

Vite fait bien fait.

— Je sais que ta mère veut qu'on se remette ensemble mais je ne suis pas là pour ça.

Hum... ou pas.

Il n'était pas censé se prosterner à ses pieds pour retrouver son amour perdu ? À priori, ce n'était pas ce qu'il avait prévu...

Même en tentative de reconquête, ce type était décevant !

— Depuis que Virginie et moi avons rompu, ta mère m'appelle à peu près tous les jours.

S'il s'attendait à ce qu'elle s'excuse pour ça, il allait pouvoir attendre longtemps.

Un coup de fil quotidien de sa mère, c'était une manière de se venger du passé plutôt satisfaisante.

— Je sais qu'elle s'attend à ce que je tente de te reconquérir, mais je ne suis pas là pour ça, dit-il d'un air penaud. En fait, je viens m'excuser.

Sophie releva brusquement la tête. S'excuser ? C'était bien la première fois qu'il avait ces mots à la bouche.

— J'ai rencontré quelqu'un il y a quelques semaines et...

Il n'avait pas perdu de temps...

— Et on a énormément parlé. Elle m'a dit que si je voulais repartir sur des bonnes bases, je devais faire table rase du passé. Et depuis toutes ces années, je me suis rendu compte que je ne t'avais jamais vraiment demandé pardon...

Tu l'as dit, mon kiki !

Sophie resta silencieuse et se contenta de le regarder. Il lui raconta à quel point il n'avait pas vu son histoire avec Virginie arriver à l'époque. Que quand il l'avait trompé pour la première fois, il s'en était presque rendu compte après coup, quand le mal avait déjà été fait. Que son histoire avec elle,

Sophie, avait été superbe mais qu'elle n'aurait jamais pu aller plus loin.

— Pourquoi ? demanda-t-elle soudain.

C'était ce qu'elle avait toujours voulu savoir. Pourquoi ? Pourquoi l'avoir trompé, pourquoi ne pas tout simplement la quitter ? Pourquoi cet homme qui s'était dit fou amoureux d'elle si souvent, avait-il préféré coucher avec une autre femme en lui faisant croire que leur histoire était au beau fixe ?

Il la regarda tristement et haussa les épaules.

— On était jeunes. Je voulais m'amuser. On habitait déjà ensemble, nos parents commençaient à parler mariage... Ça m'a fait paniquer !

— Tu m'as trompé, termina-t-elle. Me quitter aurait été plus simple, non ? Plus courageux en tout cas.

Il rougit et détourna le regard. La vérité faisait mal parfois.

— Oui, comme je te le disais, j'étais jeune. Je ne voulais pas vraiment te tromper. Ça s'est fait presque malgré moi...

Le silence se fit dans la pièce. Aucun d'eux ne sut comment enchaîner après ça. Quand soudain, Sophie sentit un rire monter dans son ventre. Elle laissa échapper un gloussement, avant de s'effondrer de rire et de sentir ses yeux pleurer sous l'effet de son hilarité.

— Euh..., dit-il, perplexe.

Elle se tint les côtes et leva une main dans sa direction.

— Désolée, j'essaie d'imaginer comment tu as pu coucher avec une femme malgré toi... Tu as dû trébucher ou on t'a fait un croche-pied. C'est quand même pas de bol, explosa-t-elle de rire.

Mickaël la contempla, à deux doigts sûrement de la prendre pour une folle. Grand bien lui fasse, le temps où elle s'occupait un tant soit peu de son avis était bien révolu. Elle laissa son fou-rire se calmer et attrapa un vieux chiffon pour essuyer ses lunettes qui avaient souffert pendant sa crise inopinée. Elle fit partir les traces de mascara et reposa la paire sur son nez. Mickaël était toujours planté là, ne sachant quoi faire.

D'un coup, elle eut pitié de lui.

Il avait raison sur un point. À l'époque, il n'était qu'un gamin. Qui n'avait pas beaucoup grandi depuis. Il se cachait toujours derrière des prétextes bidons et ses excuses n'en étaient pas vraiment. Mais aujourd'hui, tout cela passait bien au-dessus de la tête de Sophie. Mickaël ne faisait plus partie de sa vie et il lui appartenait désormais de tourner définitivement cette page de son histoire.

Si elle n'avait pas fui cette confrontation, elle aurait pu clôturer ce chapitre des semaines plus tôt et s'épargner même la venue de sa mère...

Sa mère qui ne perdait d'ailleurs rien pour attendre. Mais pour l'heure, elle devait terminer cette conversation avec son ex.

— Merci d'être venu mais je pense qu'il est temps que nous mettions tout ça derrière nous, toi et moi, dit-elle s'adossant à son comptoir.

Mickaël hocha la tête avec enthousiasme et partit dans une de ses grandes envolées.

— Exactement. On doit passer à autre chose. C'est ce que m'a dit Johanna. Tu devrais la rencontrer, Sophie. Je suis sûr que vous vous entendriez super bien !

Et pourquoi pas partir en vacances ensemble ?

— Une rupture franche et nette serait préférable, à mon avis, se contenta-t-elle de répondre.

— Elle est tellement intelligente, c'est la première fois que je suis avec quelqu'un comme ça.

Ce mec avait la délicatesse d'une enclume...

Il était plus que temps qu'il prenne congé. Il allait bientôt lui proposer qu'ils organisent un pique-nique champêtre tous ensemble.

Sophie lui annonça qu'elle allait devoir fermer et heureusement, il comprit le message.

— Je vais y aller alors. Ça m'a fait plaisir de te voir, vraiment.

Il commença à s'approcher pour lui faire la bise ou la prendre dans ses bras. Sophie ne sut pas trop dans quoi il comptait s'embarquer mais elle ne perdit pas de temps et lui tapa un grand coup dans la dos.

— Eh bien bonne soirée hein !

— Toi aussi. Maintenant, prochaines excuses : Virginie, termina-t-il avec un petit salut de la main avant de disparaître.

Sophie secoua la tête. Il était irrécupérable et elle se demanda quelles phrases toutes faites allaient recevoir celle qu'elle avait si longtemps détesté. Probablement les mêmes que les siennes.

Au mot près.

25.

Sophie se traita intérieurement de tous les noms.

Andouille, triple buse, débile profonde, ersatz d'abruti… tout y passa !

En fuyant cette conversation avec Mickaël, elle s'était empêchée de tirer un trait définitif sur ce pan misérable de sa vie sentimentale. Elle avait refusé d'affronter la réalité et celle-ci venait de lui revenir en pleine face. Avec les années, c'était devenu une habitude chez elle, cette manie de ne rien provoquer, de ne faire aucune vague. À se demander comment elle avait pu un jour tout quitter pour venir s'installer à Paris…

Elle était en train de devenir une peureuse qui s'enfuyait devant chaque obstacle. Sa zone de confort n'en finissait pas de rapetisser.

Mais c'était fini tout ça. Elle allait se réveiller et se donner une avalanche de coups de pied au cul.

Le premier d'entre eux concernerait d'ailleurs sa chère mère…

Sophie ne perdit pas un instant et ferma la boutique. C'était peut-être la première fois qu'elle se permettait de fermer avant l'horaire annoncé. Mais ce qu'elle avait à faire ne pouvait attendre.

Quand elle arriva devant la porte de sa coloc, elle inspira un grand coup et se jeta dans l'arène. Elle ouvrit et tomba nez à nez avec Louise. Son amie avait décidé d'aller toquer une nouvelle fois chez leur voisin du dessus.

— Je te jure que s'il ne répare pas sa fuite, je lui fais avaler son paillasson, tempêta-t-elle en montant à grandes enjambées l'escalier.

Sophie ne proposa pas de l'accompagner. Pour l'heure, elle avait mieux à faire. Elle prit le temps de se débarrasser de sa veste et laissa son sac dans un coin du hall.

Autant avoir les mains libres.

Tranquillement, elle avança jusqu'à sa chambre où elle trouva sa mère, allongée sur son lit, un magazine à la main. Celle-ci releva les yeux au-dessus de ses lunettes en demi-lune et sourit victorieusement.

— Alors, tu peux remercier ta vieille mère, n'est-ce pas ?

Sophie ne répondit rien et balaya la pièce du regard.

— Quand je pense que tu ne voulais pas lui parler depuis des semaines. Tu veux savoir ce qui se serait passé si je n'étais pas intervenue ? Eh bien, tu aurais persisté dans ton erreur, comme d'habitude. Et tu serais passée à côté d'une belle opportunité, ça c'est moi qui te le dis, ma chérie !

Toujours murée dans son silence, Sophie avait fini par trouver ce qu'elle cherchait. Elle attrapa d'une main le sac de voyage vide de sa mère et le déposa au pied du lit. Elle l'ouvrit calmement et commença à plier les affaires de Danielle.

Sans même attention à sa fille, Danielle continuait son monologue, en tournant distraitement les pages de sa revue.

— Mickaël est un garçon plein d'avenir. Vous avez été ensemble pendant des années... Vraiment je t'assure que tu seras très heureuse. Alors bien sûr, cela va probablement sonner le glas de tes aventures montmartroises mais nous savions tous que ce n'était que temporaire tout ça.

Sophie s'absenta quelques instants pour récupérer les quelques produits de salle de bains que sa mère avait laissé traîner et déposa la trousse de toilette sur la pile de vêtements. Il ne lui restait plus qu'à faire un dernier tour pour vérifier qu'elle n'avait rien oublié.

— Enfin, l'expérience aura été coûteuse, surtout pour ton père et moi mais après tout, nous nous sacrifions depuis des années pour toi, alors un peu plus ou un peu moins !... Mais que fais-tu ? s'exclama-t-elle quand elle avisa sa fille à quatre pattes en train de regarder sous le lit.

— Je vérifie que tu n'as rien oublié.

— Que je… Pardon ? répondit-elle sans comprendre en reposant son magazine sur la table de chevet.

Sophie se remit sur ses pieds et avisa la revue de papier glacé.

— Ah si, tu vas en avoir besoin pour le train, dit-elle en l'attrapant et en la balançant dans le grand cabas.

Sa mère la regardait avec de grands yeux étonnés. Apparemment, elle n'avait toujours pas compris où sa fille voulait en venir. Sophie ne perdit pas de temps en explication et tapota sur son téléphone.

— Voilà, conclua-t-elle, je t'ai commandé un chauffeur. Il sera là dans cinq minutes, tu ferais bien de ne pas traîner. Je te laisse voir à la gare quels sont les horaires pour le train.

— Mais enfin…

Sophie leva aussitôt la main pour la faire taire. Ses doigts tremblaient quelque peu mais elle parvint à garder le contrôle malgré la colère qui la rongeait.

— Maman, on va s'arrêter là pour le moment. Je n'ai aucune envie de te parler. Tu n'as jamais écouté ce que j'avais à te dire, ce n'est pas aujourd'hui que tu vas commencer. Alors, tu vas rentrer chez toi, tu vas reprendre ta vie et moi je vais rester ici et je vais essayer de te pardonner, termina-t-elle en braquant ses yeux à la lueur déterminée dans ceux épouvantés de sa mère.

— Mais Sophie…

Elle ne répondit rien et chargea le cabas sur son épaule, obligeant de fait sa mère à la suivre. Elle ouvrit la porte et déposa le sac sur le palier avant de rentrer dans l'appartement, laissant le battant ouvert derrière elle.

Entre temps, sa mère avait repris du poil de la bête.

— Tu oses me mettre dehors ? Moi, ta mère ? Alors que j'ai fait tout ça pour toi ! s'écria-t-elle, le rouge aux joues.

— Arrête, tu l'as fait pour toi. Pas pour moi. Tu voulais un gendre avec une belle situation. Un gendre qui avait suffisamment d'argent pour m'entretenir et me faire revenir à Reims. Point. Mes sentiments, mon avis, tout ça c'était accessoire, comme toujours. Et tu sais quoi ? Ton plan était voué à l'échec. Mickaël n'a jamais eu l'intention de revenir avec moi, il voulait juste me faire ses excuses. Pitoyables au demeurant mais ce n'est pas le problème. Je t'ai dit des dizaines de fois que je ne voulais pas le voir mais qu'est-ce que mon avis à côté de ton bon vouloir, hein ?

Danielle ne trouva rien à répondre et Sophie put même voir les joues de sa mère se colorer un peu.

Un semblant de honte peut-être.

— Et comme je n'ai aucune envie de te parler maintenant, je te souhaite un bon voyage, maman, dit Sophie en lui présentant la porte.

Réduite au silence par la colère de sa fille, Danielle finit par franchir le seuil. Quand elle se retourna, elle sembla avoir repris un peu du poil de la bête. Son visage avait repris sa dureté habituelle et le pli de sa bouche était pincé.

— Quoiqu'il en soit, on en reparlera, tu peux en être sûre. Mettre ta mère à la rue, je ne te dis pas brav…

Sophie ne lui laissa pas finir sa phrase et claqua la porte.

Elle allait sûrement payer son coup d'éclat pendant des années et il n'était même pas sûr que sa mère et elle arrivent à se parler à nouveau mais elle ne regrettait en rien sa décision. Elle n'avait que trop attendu. Elle aurait dû se rebeller face à l'autoritarisme de sa mère depuis longtemps.

Avec quelques années de retard, c'était désormais chose faite !

26.

Elle avait à peine tourné les talons avec en tête la perspective d'un bon bain chaud qu'elle entendit la porte de l'appartement s'ouvrir derrière elle.

Allons bon, sa mère avait une clé maintenant ?!

Mais à la place de Danielle, ce fut Louise qui franchit le sol.

— Le voisin n'est pas là. Je vais finir par croire qu'il a déménagé pour ne pas avoir à réparer sa putain de fuite ! s'écria-t-elle en envoyant valser ses tennis au beau milieu du salon. Hey, dis c'est pas ta mère que j'ai vu descendre l'escalier ?

— Si. Elle rentre chez elle.

Sophie alla jusqu'à la salle de bains et ouvrit le grand robinet de la baignoire avant de se pencher sur la cargaison de sels de bains qu'elles avaient toutes accumulée au fil des années.

Hum Lavande sauvage semblait un bon choix…

Louise n'avait pas été longue à suivre et s'était appuyée sur leur lavabo.

— Alors non pas que je n'envisage pas très sérieusement de faire péter une bouteille de champagne à l'idée que ta mère ait quitté les lieux mais…

— Mais ? reprit Sophie en passant la main sous l'eau pour en vérifier la température.

— J'imagine que si elle est partie en catastrophe comme ça, elle doit avoir une bonne raison. Elle a confondu un mouton de poussière pour un rat de trois kilos et elle a préféré fuir pour sa vie ou quoi ?

— Non. C'est moi qui l'ait mise dehors.

Louise, qui était en train de replier une serviette, laissa son geste en suspens.

— Tu as quoi ?

— Je lui ai demandé de partir. Poliment. J'ai même fait sa valise.

— Je me doute bien que tu ne l'as pas foutu dehors à coups de pompes dans le cul, s'écria Louise en la tournant vers elle. Quoique l'idée n'était pas mauvaise en soi… Mais étant donné ta capacité à avaler chaque couleuvre avec le même sourire que Kate Middleton, permets-moi d'être un peu surprise…

Sophie regarda son amie, plus sereine que jamais.

— Pour toute te dire, je rêve de faire ça depuis plus de vingt ans alors je t'assure que tout va bien ! D'ailleurs, si ton idée de champagne tient toujours, une petite coupe me dirait bien après mon bain, dit-elle en faisant sauter une basket.

Louise l'observa sans rien dire, les sourcils levés. Un air amusé flottait sur ses traits.

— Vos désirs sont des ordres, madame, dit-elle en s'éclipsant.

Une fois son bain longuement savouré, elle put reprendre possession de sa chambre. Après avoir enfilé un vieux jogging ultra confortable, elle changea les draps pour une jolie parure à rayures blanches et bleues. Elle prit soin de ses plantes, l'esprit aussi léger que possible. Histoire de conserver cet état le plus longtemps possible, elle ferma son téléphone. Elle comptait bien savourer cette soirée.

Quand elle regagna le salon, un vrai festin attendait sur la table basse. Une bouteille de champagne Moët attendait dans un seau à glace. Des olives et des petits cubes de fromage avaient même été mis dans des ramequins, à côté d'une avalanche de tartines de houmous. Elle s'extasiait sur cet apéro grandiose quand elle entendit un cri dans la cuisine. Elle se précipita vers le comptoir et aperçut Louise en train de se battre avec la porte du four. La jeune femme la ferma violemment d'un coup de manique et posa en catastrophe une plaque de petits fours à peine noircis.

— Que personne ne me dise que je ne sais pas cuisiner, dit-elle en balançant sa paire de maniques derrière elle. Marion et Nina seront là dans cinq minutes mais si tu veux, je peux te servir une petite coupette tout de suite !

— Non, je peux encore me retenir pendant quelques minutes, rit Sophie en attrapant un plat pour les petits fours.

Louise le lui prit des mains et la tourna vers le salon.

— Je ne veux pas te voir dans cette cuisine. Ce soir, on fête ta crise d'adolescence à retardement donc, tu fais comme tout ado qui se respecte, c'est-à-dire rien !

Sans chercher à discuter, Sophie regagna le séjour et lança de la musique via leur enceinte. Le dernier album de Taylor Swift se fit alors entendre dans l'appartement.

Confortablement vautrée dans leur canapé, elle percevait quelques jurons en provenance de la cuisine.

À tous les coups, sa coloc n'avait pas voulu attendre que les feuilletés soient moins chauds pour les présenter sur le plat.

Mais elle ne bougea pas, elle savait que Louise se faisait un devoir d'encourager sa rébellion par ce petit apéro surprise.

Quelques instants plus tard, Marion et Nina arrivèrent à leur tour. La première avait un carton prometteur entre les mains. Sûrement une cargaison de ses merveilleux brownies. La seconde tenait un sac qui laissait échapper un joyeux tintement.

Les bouteilles n'allaient pas manquer ce soir…

Les quatre amies se retrouvèrent dans le salon, chacune reprenant sa place habituelle. Marion, Sophie dans le canapé. Louise et Nina dans les deux fauteuils qui lui faisaient face.

— Tu nous racontes tout en détail ! Je veux savoir, étape par étape, comment tu as réussi l'exploit de nous débarrasser de ta chère maman. Que j'adore, par ailleurs, s'écria Nina, les jambes en tailleur.

Louise avait déjà attrapé la bouteille de champagne et le bouchon n'avait pas tardé à sauter. Elle remplit leurs quatre coupes avec une habileté qui frôlait l'habitude.

Sophie en profita pour raconter à ses trois colocataires tout ce qui s'était passé ces dernières heures : la confrontation avec Mickaël, sa décision de ne plus subir et enfin le départ de sa mère.

— Franchement, c'est net, précis, efficace, la félicita Louise. Je n'aurai pas fait mieux.

Marion éclata de rire avant de se tourner vers Sophie, la mine plus sérieuse.

— Mais la rencontre avec Mickaël, ça été ?

— Oui, au final, c'était plutôt une bonne chose, la rassura Sophie. Ça m'a permis de me rendre compte que toute cette histoire était bien derrière moi. Le fait que j'ai découvert sa tromperie m'a probablement permis d'échapper à une vie pleine de mensonges et de déceptions.

— Bien dit, sister, s'exclama Louise en levant son verre dans sa direction.

Les quatre amies discutèrent à bâtons rompus pendant plus d'une heure, riant aux larmes au récit des pitoyables excuses de Mickaël.

— Mais du coup, tu devrais remercier ta mère en fait, intervint Nina en s'essuyant les yeux. Sans elle, tu serais encore en train de te poser plein de questions et de t'imaginer plein de trucs. Maintenant, tu vas pouvoir aller de l'avant.

— Ne commence pas, toi ! Pour une fois qu'elle lui a dit ce qu'elle pensait, contra Louise en lui faisant les gros yeux.

Sophie réfléchit un instant à la situation. En un sens, ni l'une ni l'autre n'avaient tout à fait tort.

— Oui, on peut le voir comme ça, Nina. Ces retrouvailles ont agi comme un déclic et sans ma mère, il y avait peu de chances que cela arrive.

— Ah tu vois, dit Nina avant de tirer la langue à Louise.

— Mais, reprit Sophie, le problème n'était pas là. Je lui avais dit que je ne voulais pas le voir. Et comme d'habitude, elle est passée outre. Elle n'avait aucune manière de connaître à l'avance le résultat. Elle a joué avec mes sentiments et ça, depuis trop longtemps. C'était la fois de trop !

— Ah tu vois, répliqua Louise en levant la main pour appuyer son propos.

— Tu penses que ça finira par se régler ? intervint Marion autant par intérêt que pour détourner l'attention du match de ping-pong qui se jouait à côté d'elle.

Sophie haussa les épaules.

— Un jour peut-être. Mais j'ai besoin de temps pour digérer ce qu'elle a fait. Et je vais en profiter pour réfléchir à ma vie.

— Comment ça ? demanda Nina, arrêtant un instant de se chamailler avec sa complice. Oh bon sang, elle va se prendre pour Julia Roberts dans « Mange, prie, aime »... Elle va partir nous faire un périple dans un ashram dans le fin fond d'un village indien !

— De quoi tu te plains, entre nous toutes c'est toi l'adepte de la salutation du chien perché, répliqua Louise en buvant une gorgée de champagne.

Nina haussa ses délicats sourcils en même temps que ses yeux excédés.

— Très drôle ! Ça ne te ferait pas de mal de t'y mettre si tu veux mon avis...

— Je ne te l'ai pas demandé !

— Ouais, bah je te le donne quand même... T'as la souplesse d'un manche à balai !

Et le match reprit. Sophie et Marion étaient écroulées de rire en regardant la bataille rangée de leurs deux amies. La jeune fleuriste regardait le spectacle de leurs chamailleries sans se lasser. Ce soir, c'était détente.

Demain par contre, ça serait différent.

Demain, ce serait le moment de changer de vie.

27.

— Mais bordel, tu vas sortir de la salle de bains, oui ? tonna Louise en tapant sur le battant, toujours en pyjama et ses affreuses pantoufles licorne aux pieds.

Sophie qui avait fini de se préparer depuis un moment, observait la scène depuis le seuil de la cuisine. Comme d'habitude, Nina et Louise avaient décidé de se préparer au même moment. En règle générale, le dimanche n'était pas le jour le plus compliqué de la semaine en terme de partage de leur unique salle de bains, mais cette fois-ci manque de bol, Nina avait un brunch avec Antoine et Louise devait passer à son journal.

— Je t'ai dit que j'en avais pour cinq minutes, tu peux patienter quand même, s'écria Nina derrière la porte.

— Ça fait quinze minutes que tu en as pour cinq minutes, achète-toi une montre ! Le boulot est prioritaire par rapport à tes galipettes avec Antoine ! Je dois être à la rédaction dans une heure.

— Combien de fois faudra que je vous dise que je ne couche plus avec Antoine ! Et puis « galipettes » ? Mais t'as quel âge franchement ??

Sophie préféra délaisser les pièces communes et partit s'isoler dans sa chambre. Les prises de becs quotidiennes entre Louise et Nina ne lui posaient d'ordinaire aucun problème mais aujourd'hui, elle avait beaucoup à réfléchir et un peu de calme ne serait pas superflu.

Elle attrapa un carnet dans lequel elle croquait régulièrement des idées de bouquets et s'installa sur son lit, le dos appuyé contre une avalanche de coussins. Mordillant son bouchon de stylo, elle se mit à penser sérieusement à son projet.

Le fait de mettre sa mère dehors n'était que le premier pas de sa révolution intérieure. Dorénavant, il fallait qu'elle s'attache à ce qui lui tenait véritablement à cœur.

La reconversion de sa boutique.

Le bluff était terminé. Elle était bien décidée à entrer dans le monde des fleurs écoresponsables !

Pour de vrai !

Comme sa mère le lui avait gentiment fait remarqué, son projet était risqué tant financièrement que commercialement mais elle avait besoin de se lancer dans ce type d'aventure. Elle le savait, si elle ne sautait pas le pas maintenant, elle allait le regretter et la petite pointe de courage qu'elle sentait pointer dans ses veines ne tarderait pas à s'évanouir.

Aussi rapidement que toute volonté de faire du sport.

Elle commença à lister les démarches qu'elle allait devoir mettre en place. Trouver de nouveaux producteurs était la priorité. En fonction de leurs prix et de leurs conditions, elle pourrait voir avec son comptable quel risque financier cette reconversion allait entraîner pour sa boutique. Elle était prête à tout pour que le résultat soit un succès mais il y avait un sacrifice qu'elle n'était pas prête à accepter. Réduire sa charge salariale. Ce qui équivaudrait à renoncer à l'embauche de Charly à la fin de ses études. Elle savait déjà que son comptable allait la pousser dans cette voie.

Après tout, c'était la plus facile !

Mais il était hors de question qu'elle sacrifie Charly sur le chemin de ses bonnes résolutions. Ils allaient passer un cap difficile mais ils le passeraient ensemble.

Ou ils ne le passeraient pas du tout.

Elle commençait à écrire quelques notes sur le plan de communication qu'elle allait devoir mettre en place pour prévenir sa clientèle quand Nina débarqua dans sa chambre, une serviette minuscule nouée autour de son corps longiligne.

— Tu l'as entendu gueuler comme un putois ? Elle aurait mérité que je prenne un bain…

— Je travaille, *moi* ! vociféra Louise depuis le couloir avant de claquer la porte de la salle de bains.

— Je croyais que t'étais pressée, cria Nina en réponse, le rouge aux joues.

Sophie reposa son carnet sur la table de chevet. L'instant de solitude semblait terminé.

— Vous n'en avez pas marre de vous chamailler à longueur de journée ?

Nina la regarda comme si elle venait de sortir une énormité.

— On se taquine, c'est tout !

Sophie émit un ricanement dubitatif. Donc, Louise et Nina ne se chamaillaient pas.

Soit ! Sa myopie devait juste être plus costaude qu'elle ne le croyait !

***

Quand elle arriva à sa boutique le mardi matin, Charly s'était chargé de l'ouverture et il s'occupait d'une vieille mamie qui venait acheter un petit bouquet chaque semaine pour égayer sa cuisine. Il encaissa leur cliente et lui fit son petit clin d'œil charmeur en guise d'au revoir, ce qui eut pour effet de voir se colorer le visage parcheminé de la vieille dame. Celle-ci repartit le sourire aux lèvres et le cœur joyeux.

— Espèce de tombeur, il te les faut toutes, le taquina Sophie.

— Oui, surtout celles qui ont dépassé les soixante-dix printemps… Mes préférés, soupira Charly en mimant l'extase.

Sophie lui montra alors le sac portant le nom de la boutique de Marion et qui était rempli de mini-brownies.

— Si tu rajoutes à ça, un café noir, tu es définitivement ma personne préférée sur terre.

Elle brandit alors le grand mug en carton avec un sourire. Il balança un « yes » victorieux dans le silence de la boutique et attrapa les précieuses denrées amenées par sa patronne.

— Bon, en fait, ma personne préférée c'est Marion parce que c'est elle qui prépare ces délicieuses petites choses...

— Hey !

— Désolé mais jusqu'à ce que tu manies aussi bien le verre doseur que le sécateur, Marion est indétrônable.

Il ne perdit pas un instant pour plonger son nez dans le sac et pour humer les arômes de sa boisson. Elle aurait bien voulu le laisser déguster les délicieuses pâtisseries mais elle avait une idée derrière la tête avec son offrande calorique.

— Je t'ai amené ce petit déjeuner gargantuesque parce qu'il faut qu'on parle sérieusement ce matin.

Charly qui avait déjà fait rentrer trois brownies dans sa bouche, se tourna vers elle avec inquiétude.

— Quoi ? Ce n'est pas pour mes beaux yeux que tu tentes de faire exploser mon taux de glucides ??

Elle le connaissait. Sous couvert de blaguer, il était loin d'être serein. Son regard avait une lueur d'inquiétude qui ne trompait pas. Il avait la même avant chaque phase d'examens. Elle n'attendit pas pour le rassurer.

— Non, j'ai trop besoin de tes talents. Et ne t'en fais pas, ce n'est rien de grave. C'est juste une petite révolution pour la boutique...

Elle lui exposa alors son projet pour la transformation de son commerce. Il passa par toutes les émotions : surprise, excitation, joie. Il tapa des mains avec enthousiasme.

— Okay, finalement, c'est peut-être bien toi ma personne préférée sur la terre.

Il la serra rapidement dans ses bras et s'installa sur le tabouret derrière le comptoir.

— Bon raconte-moi tout ! D'où te vient ce courage tout nouveau tout beau ??

— Merci...

— Sophie, je t'apprends rien... En temps normal, tu es plus du genre à te la jouer autruche avec tout ce qui ressemble de près ou de loin à un risque.

Elle se tourna vers lui, un brin vexée.

— Pourquoi dis-tu ça ? Je tiens ma propre boutique. Des risques, j'en prends tous les jours.

— Ma Soso, tu prends des risques calculés. Il y a cinq ans, oui tu as pris un sacré risque en te lançant à ton compte. Mais depuis...

— Je réfléchissais à la meilleure manière de mettre tout ça en place. Ça ne va pas être facile, Charly. Loin de là. Je pourrai aussi tout perdre...

— Je le sais, patronne. C'est pourquoi je suis aussi surpris. Tu m'as habitué à une Sophie plus frileuse. Regarde, avec les mecs, c'est pareil !

Elle croisa les bras sur sa poitrine. Elle sautait à pieds joints dans l'attitude défensive mais c'était plus fort qu'elle. La conversation ne prenait pas du tout le tour qu'elle avait imaginé.

Il était censé se traîner à ses pieds, rempli de gratitude !

— Écoute Charly, tu sais que je t'adore mais je ne t'ai pas demandé d'analyser ma vie privée.

— Loin de moi cette idée. Juste une petite question. C'est quand la dernière fois que tu as permis à quelqu'un de passer la tranchée que tu as creusé autour de toi ?

— La tranchée...? N'importe quoi ! Je te rappelle juste l'épisode avec Eddy. Niveau tranchée, on était plus proche d'un minuscule fossé...

— Ah oui, Eddy. Le fameux. Alors détrompe-moi mais c'est celle qui a pris des risques c'est plutôt Marion, non ? Non parce que pour toi, c'était rien d'autre qu'un plan cul si mes souvenirs sont bons. Alors oui, ça a mal tourné mais ne me dis pas que tu as été triste de le perdre ?

En proie à la plus parfaite mauvaise foi, Sophie haussa les épaules sans trouver de répartie. Charly, lui, s'approcha d'elle avec un air sincèrement ennuyé en travers du visage.

— Patronne, ne te méprends pas. Je suis super content qu'on se lance dans tout ça. Et tu peux compter sur moi pour m'investir à 2000%. Mais j'aimerai juste que tu expérimentes ce tout nouveau courage dans d'autres domaines de ta vie...

Il reprit son travail comme si de rien n'était alors que Sophie tentait de se remettre de cette conversation. Son regard tomba sur la carte postale jaunie.

Sa grand-mère Lucie aurait abondé dans le sens de Charly. Elle, qui avait tout envoyé balader pour vivre son histoire d'amour avec le grand-père de Sophie, n'aurait pas compris que sa petite-fille vive à ce point recluse sur elle-même.

Sophie tenta bien de se convaincre que l'époque était différente. Que les hommes comme son grand-père n'existaient plus. Mais même à ses oreilles, le discours ne fonctionnait plus. Elle se rendait compte à présent qu'elle avait effectivement érigé une forteresse autour d'elle pour s'éviter toute désillusion. Elle avait maintenu son cœur à l'abri et le reconnaître était difficile.

Mais, si elle était prête à admettre ses erreurs et ses défauts, elle savait aussi qu'elle se lançait dans une aventure plus que périlleuse avec cette reconversion professionnelle.

Elle ne se sentait pas le courage de risquer en plus son avenir sentimental dans la même période. Son éternel célibat jouait peut-être la carte de la facilité mais elle n'avait pas besoin de questionnements supplémentaires en ce moment.

Elle aurait bien assez à faire ces prochaines semaines.

Et quand Sophie vit passer Léonard dans la rue et que celui-ci lui fit un petit geste amical de la main, elle se répéta une nouvelle fois que ce n'était vraiment pas le moment pour se prendre à rêver aux contes de fées.

Quant à savoir d'où son cerveau avait fait le rapprochement avec Léonard...

Alors là, aucune idée...!

28.

Un mois plus tard…

En plein après-midi, alors que l'activité avait bien ralenti en ce début du mois de novembre, Sophie se rendit chez Marion pour une petite pause bien méritée. Elle sentait qu'une part de cheesecake fondant l'appelait, à égalité avec un thé Chaï bien chaud. Son amie n'était pas présente dans la salle mais au son de sa petite sonnette, elle débarqua rapidement, un plateau de cupcakes tout frais en mains.

Sophie sentit son estomac se réveiller à la vue des muffins moelleux surmontés d'une cream-cheese aérienne. Elle le savait pourtant que sauter le déjeuner n'était pas une bonne idée quand elle décidait de rendre visite à sa colocataire !

En voyant sa tête digne d'un personnage de Tex Avery, Marion se dépêcha d'intervenir.

— Ah désolée, ces cupcakes sont pour Benoît !

Elle attrapa alors une jolie boîte d'un délicat ton rose pastel et se mit à les disposer avec délicatesse. Il y avait au bas mot deux douzaines de cupcakes.

De quoi faire basculer le pauvre chéri dans un diabète irrémédiable…

— Ça fait combien de temps qu'il ne s'est pas nourri au juste ?

— Ils ne sont pas pour lui. Il a une réunion avec son équipe de développeurs et il doit leur annoncer le début d'un gros projet. Avec beaucoup d'heures supplémentaires à la clé alors il espère adoucir un peu la nouvelle…

— À coup de calories et de décoration en sucres ?

— Apparemment…

Sophie mit son menton dans sa main, le coude en faction sur le comptoir.

— Arrête-moi si je me trompe mais il était plutôt du genre à hurler sur tout le monde à la moindre réflexion, non ? Où est passé l'ancien patron exécrable ?

— Je l'ai noyé sous la cream-cheese, répondit Marion avec un air vicieux en déposant le dernier cupcake devant son amie.

— Bien fait ! dit-elle en croquant à belles dents dans le savoureux gâteau.

La crème lui faisait une moustache digne des Aristochats mais elle s'en fichait bien. Le muffin fondait dans sa bouche et la petite touche de fleur d'oranger qu'elle sentait pointer la faisait décoller au septième ciel. Aussi, elle ferma les yeux pour mieux profiter.

Se lécher les babines serait sa dernière étape sur le chemin du Nirvana.

— Ma nièce de quatre ans mange plus proprement.

Elle ouvrit subitement les yeux et vit Léonard accoudé devant elle, l'air goguenard. Elle passa d'un coup la langue sur sa lèvre supérieure, tout envie de savourer sa pâtisserie disparue.

— Quoi ? Vous n'avez jamais pris le temps de déguster quelque chose ?

— Ah si, ça m'est déjà arrivé, dit-il en braquant son regard sur elle, la voix soudain plus grave.

Elle le regarda avec condescendance en secouant la tête.

— C'est comme ça que vous les faites succomber ? Je comprends que vous ayez besoin de mes bouquets…

Même si depuis quelques semaines, ses commandes s'étaient faites plus rares, il fallait bien l'avouer.

Il se redressa avec un sourire et attrapa le gobelet que lui tendait Marion.

— Ne vous inquiétez pas pour moi, je me débrouille. Mesdames, bonne fin de journée !

Sophie le regarda passer la porte avant de se tourner vers Marion qui n'avait rien manqué de leur petite scène. Elle l'observait d'un air entendu, bien planquée derrière son comptoir.

— Quoi ?

— Non, non, rien, dit-elle en repartant d'un pas léger vers sa cuisine.

Occupée à rempoter quelques buis, Sophie ne put s'empêcher de s'attarder sur la réaction de son amie. Elle savait pertinemment ce que celle-ci pensait. Marion s'imaginait qu'elle était en train de succomber au charme (totalement illusoire) de Léonard.

Rien n'était plus faux ! Elle essayait juste d'être cordiale et ça n'avait rien d'évident avec un type qui s'obstinait à la tourner en ridicule à la moindre occasion.

Franchement, tout le monde devrait être épaté qu'elle se soit retenue de lui infliger tout châtiment corporel...

Elle savait que Léonard n'était pas un monstre sans cœur comme elle l'avait si longtemps cru et qu'à ses heures perdues, il pouvait même s'avérer sympathique. Mais il enchaînait les conquêtes, ça c'était un fait avéré et elle n'avait aucun besoin d'un coureur de jupons dans son entourage.

Fut-il comme ami...

Il avait beau avoir réduit le rythme en terme de bouquet, elle n'était pas dupe. Il ne changerait pas de comportement de sitôt.

Il devait avoir tout au plus une petite baisse de régime !

Elle en était à son sixième scénario mental pour tenter de convaincre Marion qu'elle n'avait pas le plus petit intérêt pour Léonard quand elle vit Charly agiter les bras devant elle.

— Tu fais un AVC ? demanda-t-elle par acquis de conscience.

— Moi, non. Mais toi tu m'as tout l'air dans les vapes. Ça fait dix minutes que je t'appelle.

Son jeune apprenti se tourna vers l'ordinateur et lui fit signe d'approcher.

— Regarde, on a reçu un mail super intéressant des producteurs que tu as contacté.

Elle lut à son tour le courriel qu'ils avaient reçu et sentit l'enthousiasme la gagner. Elle avait contacté quelques jours plus tôt un couple de producteurs dans le Var qui s'étaient spécialisés dans les fleurs françaises écoresponsables avec dans l'idée de débuter une collaboration. Elle n'attendait pas de réponse avant plusieurs jours, aussi fut-elle ravie de voir que le couple semblait très intéressé à l'idée de travailler ensemble. Ils lui proposaient même de venir visiter leur domaine aux dates de son choix. Ils lui conseillaient d'ailleurs de venir en voiture vu que leur petit hameau était perdu au milieu des champs.

— Tu pourrais y aller un week-end, émit Charly. Je peux tenir un samedi tout seul si on s'y prend à l'avance. Et comme nous sommes fermés le dimanche et le lundi, ça sera parfait !

Sophie réfléchit rapidement. Charly n'avait pas tort. Elle serait de retour à temps pour aller à Rungis le mardi et la forte journée de samedi pouvait être anticipée en préparant un maximum de bouquets les jours précédents. En revanche, les heures de route lui faisaient un peu peur, elle qui ne conduisait sa petite camionnette que sur des distances relativement courtes. Mais si elle partait dès le vendredi soir, elle pourrait peut-être faire la route en deux fois en s'arrêtant vers Lyon.

Elle répondit alors aux deux producteurs qu'elle était ravie de découvrir leur domaine et proposa de débarquer dans une dizaine de jours, à partir du samedi après-midi.

— Génial, ça prend forme, lança Charly avec enthousiasme avant de reprendre ses tâches.

Effectivement, son projet, qui se contentait plus jusque-là de quelques notes lancées sur du papier, commençait à ressembler à quelque chose. Avec des propositions concrètes de producteurs, elle pourrait préparer un plan avec son comptable pour que la transition se fasse en douceur.

Maintenant, il n'y avait plus qu'à...

29.

Quelques jours plus tard, Sophie se délassait dans son canapé après une semaine ultra-chargée où elle avait dû travailler deux fois plus que d'habitude, pour que la journée du samedi qui se profilait deux jours plus tard puisse se dérouler sans accroc pour Charly.

Elle venait de poser ses lunettes sur la table basse du salon et comptait bien ne rien faire durant les trente prochaines minutes. Elle se frotta les yeux avec lassitude et s'avachit un peu plus dans le confortable sofa.

Elle entendait Marion s'activer dans sa chambre mais elle n'eut pas le courage d'aller voir ce que son amie fabriquait. Pour une fois, elles étaient seules dans l'appartement et rien qu'à l'idée que leurs deux autres colocs ne se chamailleraient pas en continu, elle sentit déjà les tensions de son dos se détendre.

Avec un effort inouï, elle attrapa du bout des doigts la télécommande qui se baladait sur le fauteuil voisin et laissa diffuser en fond sonore un épisode de Secrets d'Histoire.

Elle écoutait d'une oreille les histoire de cœur de Louis XIV quand elle vit arriver Marion avec une pile de livres.

— Attention, s'exclama Sophie en la voyant se diriger droit sur le saut d'eau qui trônait désormais dans leur salon.

La jeune femme fit aussitôt un pas de côté et posa sa pile sur leur table basse.

— Merci ! Louise compte nous laisser ce truc au milieu du salon pendant longtemps ?

— Si ça ne tenait qu'à elle, elle irait elle-même réparer la fuite du voisin mais il est toujours aux abonnés absents.

Les deux amies levèrent le nez vers le plafond de l'appartement où l'auréole ne cessait de s'agrandir. Le voisin du dessus se refusait à donner signe de vie, le syndic les renvoyait vers l'assurance et l'assurance leur répondait une fois toutes les trois semaines...

Autant dire que Louise n'avait que des amabilités à la bouche pour tout ce beau monde.

— Qu'est-ce que c'est que tous ces bouquins, demanda Sophie en attrapant un poche sur le sommet de la pile.

— Je fais un peu de tri, je commence à ne plus avoir de place, grimaça la jeune femme en avisant la pile d'une douzaine de livres qu'elle venait de déposer.

— Tu *commences* ? sourit Sophie.

Selon ses propres critères, Marion avait dépassé le stade du manque de place depuis au bas mot une centaine de livres.

— Mais tu comprends, c'est tellement dur de choisir ceux que je veux donner... Et si jamais, je voulais le relire dans quelques temps, dit-elle en récupérant son bien des mains de Sophie.

— Étant donné qu'il s'agit d'un tome des Aventures de Fantômette, je pense que tu peux être tranquille...

Marion ne parut pas convaincue mais repartit avec courage terminer son tri. Sophie jeta un œil distrait sur la pile mais rien ne lui disait. Elle était plus branchée classiques et romans graphiques.

Au bout d'une bonne heure, Marion avait accumulé une multitude de piles sur le canapé, la table basse et à peu près chaque centimètre carré qui l'entourait.

Apparemment, elle ne plaisantait pas avec son tri.

Sophie en était à se demander pourquoi c'était leur salon commun qui était envahi quand elle entendit derrière elle un cri étranglé.

— C'est quoi tout ce bordel ? lança Louise, au bord de la syncope.

Sophie lui tapota la main dans un souci d'apaisement.

— Marion fait un peu de tri alors ne t'inquiète pas, ce n'est que temporaire.

La trieuse en herbe débarqua alors avec une nouvelle cargaison qu'elle posa en un équilibre précaire sur une autre pile.

— Désolée, je vais mettre tout ça dans des tote-bags et les emmener chez Emmaüs mais ça me permet d'y voir plus clair.

— Par quel miracle ? demanda Louise, dubitative, à la vue de son salon envahi par les romances et les romans young-adult.

Elle suivit Marion dans sa chambre et en ressortit comme si elle avait surpris ses parents dans une position compromettante.

— Ne rentre plus dans cette chambre, la prévint Louise. Elle est en train de créer un véritable chaos. Tu savais qu'elle avait autant de livres, toi ?

— Vu les jurons que balance Benoît à chaque fois qu'il renverse une des piles autour de son lit, je me doutais que la situation avait quelque peu échappé à son contrôle.

— Mais c'est pour la box, se défendit Marion en tenant de nouveaux livres à l'état quasi-neuf.

— Excuse-moi si je me trompe, émit Louise en s'asseyant sur un accoudoir du canapé, mais ce n'est pas Laura qui s'occupe de la partie livres dans votre box ?

— J'essaie de l'aider, c'est tout, répondit Marion du bout des lèvres, la mine boudeuse.

Elle posa alors ses derniers romans triés par-dessus une pile de romans qui menaçait déjà de s'effondrer. Et évidemment, ce qui devait arriver arriva. Le tout s'écroula plus sûrement que la tour de Pise. Elles aidèrent leur amie à remettre un peu d'ordre dans ce capharnaüm quand un bruit suspect se fit entendre.

Marion se tourna vers Sophie avec un air contrit, tentant d'améliorer le tout avec un sourire crispé.

— Oups, dit-elle en brandissant la paire de lunettes de la jeune femme.

Ses lunettes avait pris de plein fouet l'avalanche de livres et avaient maintenant piètre allure. Une des branches était complètement tordue et il faudrait un miracle pour qu'elles parviennent à tenir sur son nez.

— Ah ouais, tu les as pas raté, dit Louise en rattrapant d'une main des livres qui menaçaient de se faire la malle.

— Mais pourquoi tu dis ça, je l'ai pas fait exprès ! s'exclama Marion avec une expression catastrophée.

— Je sais, rassure-toi, dit Sophie en examinant ses lunettes.

Elle n'échapperait pas à un passage chez l'opticien demain à la première heure. En temps normal, la situation n'aurait pas été dramatique mais elle devait partir le surlendemain chez ses possibles futurs producteurs dans le Var et elle avait besoin de ses lunettes pour conduire. Elle pouvait se satisfaire de sa myopie au quotidien mais pour mener sa camionnette à bon port, elle ne partait jamais sans ses précieuses binocles.

Ce n'était qu'un malheureux concours de circonstance et il fallait juste croiser les doigts pour que son opticien soit plus rapide que Flash Gordon.

Et plus délicat que Hulk !

Elle se leva pour tenter de voir ce qu'elle pouvait faire pour les redresser dans le calme de sa chambre et se mit à enjamber les livres en travers de son chemin. Elle était presque arrivée en zone sécurisée quand Louise donna malencontreusement un coup de coude dans une pile qui dégringola sur les pieds de Sophie. Tentant d'échapper au désastre, celle-ci recula à l'aveugle sans s'apercevoir qu'elle allait percuter le seau plein d'eau installé au beau milieu du salon. Quand elle sentit la paroi du seau, il était déjà trop tard. Son équilibre définitivement disparu, elle trébucha en arrière, tombant lourdement. En tentant de se rattraper dans sa chute, elle sentit son poignet faire un mouvement auquel il n'était pas habitué.

Et pour lequel, il protesta vigoureusement !

Au-delà de son coccyx contusionné et trempé, elle sentit la douleur irradier de son articulation. Elle était si forte que les larmes lui montèrent aux yeux.

Louise et Marion se précipitèrent vers elle, se fichant bien que le seau renversé inonde à présent le tapis du salon.

— Mon dieu, Sophie, ça va ?

— Tu t'es fait mal ?

En la voyant tenir son poignet, elles n'eurent que peu de doutes et Marion fila aussitôt attraper un paquet de petits pois surgelés dans le congélateur.

Le froid du sachet la fit tiquer quelque peu mais elle apprécia le répit qu'il lui apporta plusieurs minutes plus tard.

Louise lui fit tourner délicatement le poignet et si la douleur était toujours là, le tout restait supportable.

— Bon, ça n'a pas l'air cassé. Juste une entorse, si tu veux mon avis.

Sophie la regarda, la mine fermée.

Le « juste une entorse » lui restait un peu en travers.

— Si tu gardes bien le froid, je pense que demain, ça sera déjà quasiment fini, émit Marion d'une toute petite voix. Mets juste une torchon ou une serviette pour éviter de te brûler avec le surgelé.

Sophie s'adossa contre le mur de la télé, en fermant les yeux. Ce n'était vraiment pas le moment pour se blesser. Conduire sans ses lunettes était déjà une hérésie mais avec un poignet en moins ?

Son excursion commençait à virer au cauchemar avant même d'avoir commencée !

30.

Le lendemain, elle se réveilla avec une douleur sourde dans son articulation. Son poignet était enflé et avait pris une jolie teinte bleu violacée.

Quasiment fini, hein ? Marion n'était pas prête de rejoindre les rangs de Grey's Anatomy !

De toute évidence, Sophie était loin d'en avoir terminé avec cette entorse.

Elle repoussa sa couette avec ses pieds et se traîna jusqu'au bout du lit. Elle soutint son poignet avec son autre main et finit par se lever avec de multiples grimaces de douleur. En arrivant dans le salon, elle tomba sur Louise qui s'escrimait sur un article depuis un moment au vu du nombre de tasses sales qui l'entourait.

Elle s'arrêta néanmoins en la voyant débarquer.

— Hey, ça va comment ce matin ?

— Pas franchement, dit Sophie en lui montrant son poignet contusionné.

— Ah ouais, c'est moche, grimaça la jeune journaliste. Tu devrais aller voir le médecin. Tu as prévenu Charly ?

— Oui, je lui ai dit que je ne serai pas là ce matin. Il gère mais il va falloir que j'y aille cet après-midi. Bon, je vais aller me doucher.

— Tu as besoin d'aide ?

— Sans façon.

Une fois seule dans la salle de bains, Sophie baissa son bas de pyjama avec une main, se tortilla dans tous les sens pour le faire descendre. Elle fit de même pour sa culotte et le tout lui prit pas loin d'un quart d'heure. Elle était déjà crevée alors que sa journée venait à peine de commencer. Ça promettait pour la suite. Elle avisa son tee-shirt et se demanda si le découper aux ciseaux était une si mauvaise idée. Elle se contorsionna en serrant les dents et finit par passer son haut par-dessus sa tête. Mais dans la main d'œuvre, un panier plein de produits de beauté valdingua par terre avec fracas.

Quelques secondes plus tard, elle entendit frapper à la porte.

— Soph', ça va ? Toujours pas besoin d'un coup de main ?

— Je maîtrise !

— Mouais, vu les bruits que j'entends, ça m'a pas l'air de quelqu'un qui maîtrise mais si tu le dis...

— Je le dis !

— Okay, okay.

— Ça va Sophie ? intervint Nina à travers la porte.

— Elle maîtrise...

— Ah bon ? C'était quoi ce bruit ?

— Je vous dis que tout va bien !

— Tu vois, elle maîtrise...

— Mouais...

— Les filles, si vous êtes encore là dans les trente prochaines secondes, je vous fais avaler l'ensemble des produits que j'ai fait tomber. Et je ne sais pas vous mais je ne crois pas que le fond de teint Dior de Nina soit comestible.

— Mais Sophie..., commença Louise.

— Tais-toi, elle a mon fond de teint en otage !

Elle entendit ses deux amies s'éloigner et put enfin pénétrer dans la cabine de douche.

En sortant du cabinet médical, Sophie n'était pas de meilleure humeur. Le médecin avait confirmé sans surprise son entorse et lui avait fortement conseillé de rester tranquille pendant les deux prochaines semaines.

Deux semaines ? Dans quel monde pouvait-on « rester tranquille » pendant DEUX semaines ??

Quant à conduire, il avait aussitôt éliminé cette possibilité d'un revers de la main.

— Même avec un bandage bien serré ? avait-elle tenté.

— Écoutez ma petite demoiselle, ici le médecin c'est moi. Je vous déconseille fortement de prendre le volant sinon vous risquez de ne plus pouvoir faire vos petits bouquets de sitôt.

Sophie s'était mordue les lèvres en se demandant si faire avaler son stéthoscope à un praticien risquait d'accentuer son entorse ou pas.

Sur le chemin de la boutique, elle appela ses colocs à la rescousse afin de voir si l'une d'elle pouvait la remplacer au volant de sa camionnette et l'accompagner pour son périple dans le Var. Elle était gênée d'avoir à leur demander cela mais elle n'avait pas d'autre choix.

Mais là encore, le destin se faisait un malin plaisir de lui mettre des bâtons dans les roues.

Nina travaillait tout le week-end dans une petite brasserie où elle servait souvent d'extra. Louise devait rendre un article extrêmement important dès lundi et elle n'aurait pas de trop de tout le week-end pour le terminer.

Et ce n'était même pas la peine de solliciter Marion. Étant elle-même dans le commerce, elle savait que fermer un samedi était impossible surtout avec une entreprise qui avait moins d'un an.

Elle aurait aussi pu appeler ses parents mais depuis qu'elle avait mis sa mère à la porte, leurs relations étaient pour le moins tendues. Son père avait bien tenté de rabibocher mère et fille mais il s'était retrouvé face à deux murs en béton armé.

Quand elles le voulaient, elles pouvaient être très semblables !

31.

Arrivée dans la petite rue pavée qui accueillait sa boutique, elle fit un premier arrêt au salon de thé. Marion servait une bande de copines qui venait de faire une razzia sur les pâtisseries. Les deux amies se retrouvèrent au comptoir.

— Alors, tu as été voir le médecin ?

— Oui, entorse, répondit-elle en brandissant son poignet bandé.

— Je suis vraiment désolée... Si je n'avais pas décidée de faire le vide dans mes bibliothèques, rien de tout ça ne serait arrivé. Je savais que c'était une mauvaise idée de faire ce tri ! Et tes lunettes ?

— Je suis passée chez l'opticien en venant, il va tenter de faire le maximum d'ici demain. Avec un peu de chance, je ne serais pas aveugle, juste estropiée.

— Et pour le trajet, que vas-tu faire ?

— Nina et Louise ne sont pas dispos. Et je ne peux pas te demander de fermer un samedi.

— Si je pouvais, tu sais que je le ferais, répondit Marion, désolée. Je t'aurais bien proposé Benoît mais il est à New-York jusqu'à dimanche.

Sophie s'assit sur un tabouret à proximité et posa son front sur le comptoir.

— Il va falloir que j'annule. Les trains ne vont pas jusqu'à chez eux et pas moyen de conduire même pour une heure sinon apparemment je risque l'amputation.

— Quoi ??

— Je plaisante, Marion.

— Ah... Effectivement, ça paraissait excessif... Bon, pour ton voyage, attends un peu, je vais voir avec Thibaut, peut-être qu'il sera dispo...

— Je ne vais pas demander à ton frère, on ne se connait quasiment pas.

— Mais si. En plus, depuis que je suis en couple, il ne sait plus quoi faire de tout ce temps libre, dit-elle avec un clin d'œil.

Sophie s'éclipsa quelques instants plus tard et regagna sa boutique retrouver Charly.

Ils passèrent la journée à préparer celle du lendemain. Charly fut le plus utile des deux puisque Sophie n'était presque d'aucune efficacité avec une seule main. Elle répondit à quelques mails en attente en tapant touche après touche et passa la journée à déplacer les ustensiles et fleurs dont son apprenti avait besoin avec sa main valide.

La fin d'après-midi arriva quand Marion débarqua dans sa boutique avec un air guilleret.

— J'ai résolu ton problème pour le trajet en voiture !

Charly et Sophie s'arrêtèrent net dans leur bouquet, avides de connaître la solution de dernière minute.

— Bon, commença Marion, tu ne vas pas trouver ça idéal mais s'il te plaît, garde l'esprit ouvert !

— Oh, ça pue ça, émit Charly en reprenant son travail.

Sophie s'interdit de renchérir mais elle partageait totalement son avis.

Là tout de suite, son amie ne lui vendait pas du rêve !

Mais vu la situation, elle n'avait pas trop le choix.

— Tu as appelé ton frère ?

— Oui mais ils sont dans notre maison de famille pour quelques jours, ils ont été voir les parents de Rachel. Je l'avais complètement oublié.

Sophie glissa son sécateur dans la poche de sa salopette et s'approcha de son amie.

— Okay... Mais du coup, c'est quoi ta solution miracle ?

— En fait, j'étais justement au téléphone avec mon frère

quand il est rentré dans la boutique…

— Qui ça « il » ? demanda Sophie en fronçant les sourcils.

Et alors qu'elle relevait la tête, elle aperçut Léonard planté devant sa vitrine, les mains dans les poches et le regard perdu dans le tumulte de la rue. En un instant, son cerveau fit les additions qui s'imposaient.

— Oh non, non, non et non !

Elle fit volte-face et se dirigea vers son arrière-boutique. Elle balança sa tête de gauche à droite sans discontinuer.

— Mais c'est la meilleure solution. Il n'a rien de prévu ce week-end et il s'est proposé !

— Ça ne m'intéresse pas, je préfère annuler !

— Ne dis pas de bêtises. En plus, il a une voiture super confortable…

— Oh génial, je vais devoir rester assise à côté de lui pendant des heures mais au moins, mes fesses seront sur un siège chauffant !

— Et tu pourras même renverser le siège en position allongée si ça te tente. Très pratique…, lança une voix grave qu'elle ne connaissait que trop bien.

Sophie se retourna et découvrit Léonard, planté à côté de Marion, tout sourire. Pour une fois, il était en costume et en temps normal, rien que cela aurait suffi à lui faire perdre ses moyens. Le vêtement anthracite parfaitement coupé et sa chemise bleu ciel mettaient en valeur sa carrure athlétique.

Mais l'heure n'étant pas au reluquage, elle finit par détourner les yeux de son torse.

— Ah parce qu'on se tutoie maintenant ?

— De quoi as-tu peur ? Que je sois un chauffard ou qu'à force d'être enfermé avec moi dans une voiture, tu finisses par m'apprécier ?

Sophie ne détacha pas ses yeux de lui. Il avait croisé les bras et lui non plus ne cilla pas.

— Franchement ? Il y a plus de chances que je me mette à remanger de la viande que j'en vienne à vous apprécier…

Elle allait en rajouter une couche quand elle sentit qu'on

l'entraînait à l'écart. Charly avait saisi son bras et ne semblait pas vouloir la lâcher.

— Charly, arrête !

— Patronne, je t'adore et je sais que tu as autant envie de passer une dizaine d'heures en voiture avec ce type que d'emménager chez ta mère mais tu dois y aller !

— Charly...

— Sophie, contra-t-il en l'imitant. On a besoin de ces producteurs pour se lancer et tu sais que nous n'aurons pas des dizaines de choix pour les remplacer. Alors prends toi une paire de boule-quiès ou ta meilleure playlist de chansons Disney et prends ton mal en patience. On a besoin des producteurs, ce qui fait qu'on a aussi besoin de lui, dit-il en désignant Léonard.

En jetant un œil vers son client, elle le vit en train de hausser les sourcils et lui faire un petit signe de la main, au comble de l'amusement. Elle leva les yeux au ciel et s'approcha en soupirant.

— Okay, maugréa-t-elle, j'accepte de partir avec vous. Mais on prend ma voiture !

— La camionnette vert fluo qui n'a sûrement pas passé un contrôle technique depuis dix ans ?

— Vert pomme, corrigea-t-elle avec un sourire pincé. Et elle est en parfait état de marche.

Léonard la toisa de toute sa hauteur avec un air de sérieux doute sur le visage.

— Je vais faire semblant de vous croire sur ce coup-là. Mais il y a un autre problème...

— Lequel ?

— Je ne sais pas si vous avez remarqué mais il y a assez peu de chance que je rentre dans votre voiture. Alors quant à la conduire pendant des heures...

À ces mots, Sophie empêcha son regard d'errer à nouveau sur le corps en parfaite croissance de son interlocuteur. Il était vrai que sa petite camionnette serait un peu juste pour un gabarit de ce type.

Mais quelle idée aussi de lui passer de la soupe en intraveineuse !

Elle était bien forcée de reconnaître que sur ce coup-là, il n'avait pas tort.

— Bon, très bien, on prend votre voiture, accepta-t-elle du bout des lèvres.

— C'est un vrai plaisir de te rendre service… Et vu qu'on va passer un moment ensemble, tu peux même m'appeler Léo si tu veux, dit-il avec un grand sourire.

En apercevant ses yeux étinceler de colère, Charly se pencha vers elle pour qu'elle soit la seule à l'entendre.

— Là, tout de suite, je sais que tu as envie de lui faire avaler notre stock d'engrais mais pense à la boutique.

Elle prit une grande inspiration et remercia son apprenti d'un sourire.

— Et puis, reprit-il, arrête de le dévisager comme ça, il ne te restera rien pour le trajet.

— Charly ?

— Hum ?

— La ferme.

32.

Ils avaient convenu de partir le lendemain en début d'après-midi pour éviter le gros des bouchons parisiens du week-end. Léonard avait proposé de passer la prendre directement à la boutique ce qui lui permettait de ne pas perdre de temps et d'aider Charly au maximum.

Elle avait pris son sac avec elle et avait revêtu une salopette en jean encore plus large que d'habitude pour être à l'aise en voiture. Elle avait associé à ça un tee-shirt à manches longues à l'effigie de Gryffondor dont elle ne pouvait se résoudre à se séparer.

Malgré toutes les tentatives maternelles.

En dehors de son souci de confort, elle avait aussi choisi cette tenue pour décourager d'éventuelles manœuvres d'approche de Léonard. Avec son look de gamine attardée, elle n'allait certainement pas correspondre à ses goûts et elle espérait que cela mettrait fin à ce petit jeu qu'il semblait vouloir instituer entre eux.

En début de matinée, elle avait pris le temps de faire un saut chez son opticien pour voir où en était la réparation de ses lunettes. Et pour une fois, la chance fut avec elle. L'opticien avait accompli un petit miracle et avait redressé sa pauvre paire de lunettes toutes tordues.

Finis les contours flous et les visages approximatifs !

Elle faisait un dernier point avec Charly quand elle vit son jeune apprenti ouvrir des yeux ronds en direction de la vitrine. Se demandant ce qui suscitait une telle réaction, elle se retourna. Léonard se tenait à côté d'une voiture rutilante qu'il venait à priori de garer devant sa boutique. Son apprenti se précipitait déjà à sa rencontre.

Oui, bon il avait une jolie voiture. Il n'y avait pas de quoi en faire un cake !

À contre cœur, elle attrapa son sac et les rejoignit.

— Une Tesla ! s'égosilla Charly en tournant autour du bolide. C'est pas vrai, vous avez une Tesla ! Model S non ?

— Effectivement, répondit Léonard en prenant des mains le sac de Sophie avant de se diriger vers son coffre.

Son chien était déjà allongé sur une couverture sur la banquette arrière et battait tranquillement de la queue.

Sophie allait demander si ça ne posait pas de problème que son toutou fasse des heures de route quand Charly se tourna vers elle et lui secoua le bras jusqu'à risquer de lui détacher.

Elle pouvait s'estimer heureuse que dans l'euphorie il n'ait pas choisi celui avec son poignet blessé !

— Sophie, c'est une Tesla !!!

— Super, c'est une voiture qui a quatre roues et qui a priori va nous emmener d'un point A à un point B. Tu m'en voies ravie.

— Rho mon dieu, c'est la chose la plus déprimante que tu n'aies jamais dite. C'est une Tesla ! Les meilleures voitures électriques jamais inventées. Tu sais, les voitures autonomes qui se conduisent toutes seules.

Se rappelant subitement que c'était aussi les voitures où des conducteurs s'étaient mortellement crachés, elle se tourna aussitôt vers son futur chauffeur.

— Vous ne comptez pas utiliser cette option au moins ?

— Non sauf si ta conversation devient mortellement ennuyeuse et que j'ai besoin de faire un somme. Donc en contre partie de la sauvegarde de ta personne, il faudra me faire une conversation vive et enjouée…

Vive et enjouée ? Dommage, elle était plutôt versée dans le registre désagréable et cinglante…

Il s'était adossé à sa voiture et l'observait, impassible.

— Remarquez, à bien y réfléchir, avec ce truc de conduite automatique, je n'ai même plus besoin de vous, répondit Sophie en tournant autour de la superbe berline noire avant de s'arrêter côté conducteur.

— Ma chère fleuriste, la personne à qui je prêterai cette voiture n'est pas encore née, dit-il en lui désignant le siège passager.

Les hommes et leurs voitures... Plus cliché, c'était impossible !

Après quelques informations de dernière minute pour Charly, Sophie et Léonard s'installèrent en voiture. Le chien jappa et tenta de se redresser de sa place.

— Riley, couché mon chien, dit-il en lui tapotant la tête.

Le dénommé Riley se recoucha gentiment et posa son museau entre ses deux pattes avant.

— Ce n'est pas un problème qu'il soit en voiture aussi longtemps ?

— Non, il est habitué, je l'emmène partout.

Léonard désactiva ses feux de stationnement et sortit de sa place. Il posa sa main à plat sur le volant et le fit tourner tout en souplesse pour regagner la chaussée. Sophie, elle, s'obstinait à regarder droit devant elle. Elle avait toujours trouvé ce geste particulièrement sexy chez un homme et elle n'avait aucune envie qu'il s'en rende compte. D'où cela lui venait-il ? Aucune idée.

Probablement de la même partie du cerveau qui faisaient que toutes les femmes trouvaient Hugh Grant craquant alors que l'autre moitié de l'humanité n'y comprenait rien.

Léonard s'inséra en douceur dans la circulation de ce début de week-end et resta concentré sur son itinéraire pendant les premières minutes. Il était si silencieux que Sophie commença à se dire que son joujou à moteur était peut-être le meilleur moyen de l'empêcher de parler.

En une vingtaine de minutes, ils avaient regagné le périphérique et Léonard sembla se détendre un peu.

— Désolé, les gens conduisent n'importe comment en ville

et je préfère garder mes yeux sur la route.

— Pas de problème et je vous propose même de conserver cette pratique pour l'ensemble du trajet.

Léonard actionna son clignotant pour déborder une voiture sur la gauche et malgré tous les contrôles visuels qu'il effectua, il n'oublia pas pour autant de sourire.

— Dis-moi, tu comptes me vouvoyer pendant tout le week-end ? Non parce que tu me donnes l'impression d'être un vieux grabataire...

— Vous êtes mon client, c'est tout. Je préfère que nous gardions nos places respectives, dit Sophie en croisant les bras.

Léonard jeta un œil sur son GPS et prit la bretelle indiquée. Il conduisait extrêmement bien, c'était un fait. Avec Mickaël, elle avait du plus d'une fois agrippé l'accoudoir de sa porte ou supplier de ralentir. Son ex avait toujours aimé se prendre pour un pilote de rallye mais il était loin d'avoir le talent de Sébastien Loeb et ils étaient passés plus d'une fois à deux doigts de la catastrophe.

— Tu as beaucoup de clients qui font plus de 800km pour t'emmener quelque part ? Non ? Du coup, je pense que je peux avoir un petit traitement de faveur, non ? dit-il en lui jetant un coup d'œil.

Sophie se mordit les lèvres, gênée. Il n'avait pas tort. Ça la tuait de le reconnaître mais peu de personnes aurait renoncé à un week-end de farniente pour passer des heures sur la route et pour le seul bénéfice d'une quasi-étrangère.

— Très bien, grommela-t-elle dans sa barbe.

Il se pencha vers elle.

— Pardon, je n'ai pas très bien entendu.

— Je vais te tutoyer mais tiens-toi correctement sur ton siège ! dit-elle précipitamment en désignant la route.

— Oui, maman, dit-il en regagnant sa place.

— Sale gosse, murmura-t-elle pour elle-même.

Au vu du sourire qu'il affichait, il avait parfaitement entendu.

Deux heures plus tard, ils faisaient une petite pause dans une aire d'autoroute pour que Riley puisse se détendre les pattes. Histoire de passer le temps, Sophie avait été cherché une gamelle d'eau pour leur compagnon de route et des boissons chaudes pour eux à un distributeur automatique.

Chocolat chaud à base de sucre concentré pour elle et café à base d'eau de vaisselle pour lui.

— Ton amie m'a définitivement mal habitué avec son succulent café, dit-il en buvant une nouvelle gorgée avec une grimace avant de jeter son gobelet dans une poubelle.

— Je croirai entendre Charly. Vous savez que la caféine est une addiction ?

— Je croyais qu'on se tutoyait.

— Oui bon, tu sais que la caféine est une véritable addiction ?

Léonard attendit qu'elle ait elle-même terminé son chocolat chaud dix fois trop sucré avant de repartir tranquillement vers la voiture.

— Je suis au courant mais un peu comme le brownie, non ?

Il avait les yeux fixés sur son chien en train de gambader mais elle avait tout à fait saisi où il voulait en venir.

Oui, le brownie était son petit pêché mignon mais elle était sûre que médicalement parlant, c'était beaucoup moins nocif que des litres de café noir !

Il lui ouvrit la portière sans un mot et s'installa quelques instants plus tard derrière son volant après avoir installé Riley.

Ils avaient encore une bonne heure et demie de route avant d'atteindre Beaune qui était leur étape pour la nuit. Sophie, pensant qu'elle effectuerait elle-même le trajet, avait préféré faire une partie de la route avant de s'arrêter dans un petit hôtel pour une bonne nuit de sommeil. Elle avait donc réservé une chambre d'hôtel sitôt que le rendez-vous dans le Var avait été pris.

Dès qu'elle avait su que Léonard serait son chauffeur, elle

avait rappelé l'hôtel pour réserver une seconde chambre mais la ville de Beaune accueillait au même moment la Vente des Vins, évènement annuel où la ville doublait sa population l'espace de quelques jours. Les propriétaires de l'hôtel n'avaient pu lui trouver de solution. L'air de rien, ils avaient même laissé entendre que trouver la première chambre était un petit miracle dont elle devait se satisfaire.

Facile à dire, ce n'était pas eux qui allait devoir partager un lit avec la doublure de Chris Evans...

33.

À leur arrivée à Beaune, ils se perdirent au milieu de toutes les rues pavées du centre-ville historique de la ville avant de localiser leur hôtel. Léonard s'engagea dans le parking pour se garer.

Quelques instants plus tard, ils pénétraient dans l'hôtel en pierre de taille que Sophie avait trouvé sur internet. Elle détestait les grandes chaînes impersonnelles et elle préférait largement réserver dans des petits hôtels de charme dès que cela était possible.

Le hall d'accueil était propre et accueillant. Les murs peints dans une délicate teinte lin accueillaient quelques photos en sépia que Sophie imaginait être de la ville. Un joli parquet en bois blond était recouvert d'un tapis berbère, amenant une touche de modernité à la pièce. En bref, elle était sous le charme et ne regrettait pas son choix. Pendant que Léonard restait sur le seuil avec Riley en laisse, elle se dirigea vers le comptoir où une dame d'une soixantaine d'année au brushing impeccable les attendait.

— Bonsoir madame, j'ai une réservation au nom de Vergnier. Pour une chambre avec un lit double.

L'hôtelière redressa ses lunettes demi-lunes sur son nez d'un geste délicat et attrapa son stylo d'un mouvement léger. Elle fit défiler calmement la liste de ses réservations avant de tomber sur celle de Sophie.

— Oui exactement, madame Vergnier. Ou mademoiselle peut-être ? demanda-t-elle en haussant légèrement les sourcils en direction de Léonard.

— Euh peu importe, bafouilla Sophie. Je vous ai appelé il y a quelques jours pour savoir si vous aviez une deuxième chambre ?

La dame sourit sans répondre et se tourna vers son grand placard vitré qui contenait toutes ses clés. Elle attrapa la fine chaîne qu'elle portait autour du cou et inséra la toute petite clé qui y était attachée dans la serrure du placard pour récupérer celle de Sophie.

— Oui, mon mari m'a parlé de votre appel. Malheureusement, c'est le week-end de la Vente des Vins et tout est complet en ville. Nous n'aurons pas d'autre chambre à vous proposer. Cela peut-il poser un problème,... mademoiselle ? demanda-t-elle.

La dame était un peu de la vieille école. Sans beaucoup de subtilité, à la façon d'un semi-remorque, elle cherchait à savoir si Léonard était son époux. Que faire ? Lui dire la vérité au risque qu'elle appelle la police des mœurs locale ? Ou lui mentir et lui faire croire qu'elle et Léonard vivaient dans le bonheur marital depuis les dix dernières années ?

L'hôtelière n'aurait pu être plus rassurée pour la décence de son hôtel, elle n'avait pas prévu autre chose qu'une nuit parfaitement chaste avec son compagnon de route.

Sophie tendit la main pour avoir sa clé, histoire de couper court à la conversation mais l'hôtelière ne semblait pas vouloir répondre à son geste. Elle regardait à présent Riley avec un air impassible un peu moins prononcé.

Le chien n'était donc pas le meilleur ami de cette humaine...

— Hum, j'ai vu sur votre site que vous acceptiez les animaux, énonça Sophie d'une voix faible.

L'hôtelière se redressa et sourit faiblement.

— Oui, une idée de mon mari. Et donc, vous ne restez qu'une seule nuit avec monsieur ?

Sophie était ennuyée. De toute évidence, la femme n'allait pas leur donner leur clé avant de connaître l'intégralité de la nature de leur relation.

— Chérie, je pense que Riley aimerait se dégourdir les

pattes. Il faudrait qu'on aille poser nos affaires avant d'aller se balader, je n'aimerais pas qu'il y ait un accident comme la dernière fois, balança tranquillement Léonard en tapotant la tête de son chien, sagement assis à côté de lui.

L'hôtelière et Sophie se tournèrent d'un même mouvement vers lui, l'une avec une inquiétude manifeste pour son tapis et l'autre en état de choc.

Chérie ?

Néanmoins, cela fut redoutablement efficace puisqu'en l'espace de deux minutes, l'hôtelière les avait amené à leur chambre avant de s'éclipser.

— Enfin, soupira Léonard en fermant la porte derrière leur hôte. Elle ne manque pas d'air… Je suis étonné d'ailleurs que tu ne l'aies pas menacé de tout un tas de représailles.

Sophie haussa les épaules en secouant la tête. Elle n'agressait pas chaque personne qu'elle rencontrait…

Il ne devait pas prendre son cas particulier comme une généralité !

Afin de se donner une contenance, elle fit le tour de la chambre, passant sans s'attarder sur le minuscule lit qui aurait le plus grand mal à les accueillir tous les deux. La salle de bains, en carrelage blanc et bleu ciel, était très propre et proposait l'essentiel sans perte de place. La chambre était mignonne avec un petit bureau ancien qui avait été visiblement restauré. Leur fenêtre donnait sur la cour intérieure de l'hôtel et sur un mur de vigne vierge.

— Qu'avais-tu prévu pour ce soir ? questionna Léonard, assis dans une causeuse en velours vert bouteille.

Sophie se tenait le plus loin possible de lui mais dans une pièce d'une quinzaine de mètres carrés, ça ne voulait pas dire grand-chose. C'était plus fort qu'elle, elle sentait la panique l'envahir à l'idée de partager son lit avec lui.

Refusant de réfléchir à ça pour le moment, elle secoua la tête et se tourna vers lui.

— Je pensais me balader dans la ville et trouver un petit resto sympa.

— Vendu ! dit-il en se levant pour attraper son blouson.

Il siffla légèrement et Riley se leva à son tour, la queue déjà en action. Il ouvrit la porte avant de s'effacer pour lui laisser le passage.

— Après toi !

Sophie enfila à son tour son bomber et sortit de la chambre.

N'importe quel prétexte était bon pour s'éloigner de ce lit !

34.

Pendant une demi-heure, ils déambulèrent dans les rues piétonnes du centre-ville. Le temps était frais mais avec leurs manteaux, ils ne souffrirent pas du froid et découvrirent cette ville pleine de charme qu'ils ne connaissaient ni l'un ni l'autre.

Les rues pavées avaient conservé leurs bâtiments d'époque. Les commerces animés se succédaient mais le nombre de boutiques de vins emportaient le morceau haut la main. Quel que soit l'endroit où elle regardait, Sophie ne voyait que des magasins en rapport avec le breuvage si renommé de la région bourguignonne.

Au fil de leur balade, ils arrivèrent sur la place des Halles. Les fameux Hospices de Beaune se dressaient face à eux.

Même sans avoir visité la ville, ils savaient que la cour intérieure cachait un véritable trésor avec sa toiture ouvragée et colorée, typique des riches demeures de la région. Pourtant rien dans la façade extérieure ne laissait présager cette richesse. D'un aspect plutôt froid, un mur immense se dressait pour dissimuler aux étrangers les magnificences qu'elle abritait. S'approchant pour tenter d'en voir un peu plus, Sophie et Léonard jetèrent un coup d'œil au travers d'une grille qui laissait entrevoir un petit bout de la cour intérieure. Pas de quoi étancher leur curiosité mais les Hospices étaient fermés à la visite.

Ils finirent par s'éloigner pour poursuivre leur découverte de la ville. Léonard tenait Riley en laisse et avait mis son autre main dans sa poche de blouson. Il ne semblait pas pressé de se mettre à table et s'il avait faim, il le cachait bien. Il se baladait à ses côtés, prenant son temps tout comme elle. Ils avaient bien observé quelques cartes de restaurant mais aucune ne l'avait emporté.

Contre toute attente, Sophie aimait cette balade insouciante et calme qui lui permettait d'admirer cette ville magnifique où l'ambiance conviviale de la province semblait avoir imprégnée les rues.

Au détour d'une ruelle, ils croisèrent un couple d'hommes promenant eux aussi un gros chien. Riley se redressa aussitôt. Il tenta de se précipiter sur son congénère mais Léonard le retint d'une main sûre et l'éloigna du couple. Le couple fit de même sans oublier de leur souhaiter une bonne soirée.

Pas d'erreur possible, ils avaient bien quitté Paris…

Sophie rejoignit ses compagnons en deux enjambées.

— D'habitude, vous ne le tenez pas en laisse…

— Sophie…

— Quoi ?

— Tutoiement, soupira-t-il en la regardant en coin.

— Rho oui, désolée. Ça ne me vient pas naturellement. Et donc, pour Riley ?

Celui-ci essayait d'ailleurs de les entraîner à son rythme et Léonard dut resserrer un peu la laisse pour ramener son chien vers lui.

— À Paris, il connaît le quartier par cœur et il m'écoute parfaitement. Mais dans une ville où tout lui est inconnu, je préfère le garder en laisse. Il se laisse distraire par n'importe quoi.

À ce moment-là, Riley bloqua sur un coin de bâtiment quelconque qu'il renifla pendant plusieurs secondes sans vouloir s'en détacher.

— Effectivement, sourit Sophie en caressant le chien du bout des doigts.

Quelques mètres plus tard, ils tombèrent devant une petite chaumière qui abritait quelques tables. L'enseigne « Au paradis du Vin » d'une jolie teinte rouge foncé se devinait à travers la façade recouverte de vigne vierge. La lumière tamisée qu'ils voyaient à travers les vitres promettait une ambiance chaleureuse.

Ils se penchèrent d'un même élan sur la carte et leurs épaules se frôlèrent. Sophie s'écarta discrètement et tenta de se concentrer sur la liste de plats. La cuisine paraissait du terroir et quelques spécialités lui mettaient déjà l'eau à la bouche.

— Ça te dit ? demanda Léonard. Ils ont plusieurs plats végétariens.

Surprise qu'il ait noté son régime alimentaire, elle se contenta de hocher la tête avant de suivre le reste de la troupe.

Une vieille matrone qui devait avoir passé l'âge de la retraite depuis un bail les accueillit, un grand tablier bleu marine noué autour de sa taille épaisse. Ses mains larges et fortes semblaient habituées à manier les ustensiles de cuisine sans effort. Sa mine était avenante et elle leur proposa une table en quelques secondes.

— Alors les gamins, j'vous propose cette p'tite table près d'la fenêtre. Elle est parfaite pour les dîners en tourtereaux. Et vot' chien, y peut se mett'e dans l'allée, ça'm'gêne pas. J'suis une amie des bêtes, moi.

Sophie allait intervenir en disant qu'ils n'avaient rien d'un couple quand Léonard sourit à la patronne en la remerciant pour la table, coupant court à toute tentative de rétablir la vérité. Renfrognée, Sophie s'installa sur la chaise à l'assise en osier qui lui faisait face.

Léonard venait de faire coucher son chien à ses pieds quand la vieille dame leur ramena une gamelle d'eau accompagnée d'un petit ramequin plein de croquettes.

— J'en ai toujours au cas où. Pauv' bête, faut bien qu'y mange pendant qu'vous dînez. Il a faim aussi le 'tiot père, dit-elle en tapotant la tête du brave Riley.

« Le 'tiot père » se précipita dans le bol de croquettes et ne releva pas la tête avant d'avoir tout avalé.

Léonard la remercia avec chaleur avant d'attraper le menu posé sur son assiette. Sophie se saisit à son tour du sien et les minutes suivantes furent consacrées au choix des plats. Elle avait aussitôt jeté son dévolu sur les œufs en meurette qu'elle demanderait sans lardons mais Léonard semblait plus indécis.

— Désolé. J'ai du mal à choisir entre le jambon persillé et le coq au vin... Mais au fait, ça te dérange peut-être que je mange de la viande devant toi ?

— Pas du tout. Mes colocs en mangent souvent. L'odeur de cuisson me dérange parfois mais c'est tout.

Léonard hocha la tête, rassuré et se replongea dans sa lecture. Elle fut surprise qu'il se soit soucié de son confort sur ce point. En général, les gens la regardaient toujours de travers au moment où elle annonçait qu'elle était végétarienne. Les remarques habituelles ne tardaient pas « Du coup tu manges quoi ? », « Mais le poisson, tu peux non ? » et le fameux « Moi, je pourrais jamais, j'aime trop la bonne bidoche ».

La réaction naturelle et délicate de Léonard ne pouvait donc que l'étonner.

Quelques instants plus tard, ils passèrent commande et après une hésitation de dernière minute, il arrêta son choix sur le coq au vin. Il proposa ensuite d'accompagner le tout d'un verre de Bourgogne et Sophie ne vit aucune raison pour refuser.

Elle n'avait pas prévu de liquider la cave de toute façon...

Le repas était déjà bien entamé quand la gérante passa par leur table.

— Alors, ça s'passe comment le repas, vous deux ?

Sophie était en train de saucer son assiette avec son troisième morceau de baguette et Léonard n'était pas loin de lécher la sienne. Le dîner avait été succulent et ils ne tarirent pas d'éloges face à la cuisinière.

Le repas était terminé, ils avaient englouti plat et dessert. Ils avaient même terminé par un café. Sophie ne savait plus comment prolonger ce dîner. Si à sa grande surprise, la conversation s'était déroulée de manière naturelle et sans blancs, le retour à l'hôtel recommençait à la faire paniquer.

Elle cherchait à reculer le moment fatidique où ils se retrouveraient tous deux face à ce lit minuscule. Mais rien ne lui venait à l'esprit et ils finirent par quitter leur table. En passant près de la caisse, Sophie insista pour payer et même si Léonard tenta de sortir son portefeuille, elle l'arrêta aussitôt.

— Tu me rends service alors c'est moi qui paie le repas. Tu ranges ton portefeuille tout de suite ou je te livre en pâture à la gérante de l'hôtel.

Il se mit à rire tout en remettant ses cartes bleues à leur place.

— Ok. Elle a l'air beaucoup trop redoutable, je préfère passer mon tour.

Une fois la note réglée, ils sortirent retrouver la ville dont l'animation n'avait fait que s'accentuer depuis leur arrivée. Les bars avaient installé des terrasses provisoires et les gens se massaient devant pour déguster de nombreux crus probablement délicieux.

D'un commun accord, ils se résolurent à rentrer dans l'hôtel sans participer à la liesse générale. Demain, plusieurs heures de voiture les attendaient.

Quand bien même seul Léonard serait derrière le volant, elle se voyait mal récidiver la gueule de bois de sa dernière soirée au tour du vin…

35.

Parvenus jusqu'à l'hôtel, ils se dirigèrent d'un même pas vers leur chambre. Sophie n'était plus qu'appréhension. Ils n'avaient pas échangé un mot depuis les dix dernières minutes et elle se tenait toute droite, les bras serrés autour d'elle comme s'il allait lui sauter dessus sitôt la porte de la chambre passée.

Elle savait bien qu'il n'en ferait rien. Il enchaînait les conquêtes, certes, mais de ce qu'elle avait pu en deviner, toutes ces dames avaient l'air plus que consentantes.

Au besoin, elle avait aussi sa bombe au poivre dans son sac...

Quand la porte fut franchie, elle se tint immobile à côté du lit pendant que lui détachait d'un air nonchalant la laisse de son chien avant d'étirer ses bras au-dessus de sa tête. Riley alla se coucher près de la causeuse, s'étendant de tout son long. Son maître lui prépara deux petites gamelles pour qu'il puisse boire et manger pendant la nuit. Sa tâche terminée, il se rapprocha d'elle.

— Tu comptes bouger à nouveau un jour ou je dois considérer que tu es définitivement coincée ?

Sophie le fusilla du regard. Il pouvait bien trouver ça drôle mais, ça ne faisait rire que lui. S'il avait l'habitude de partager son lit avec n'importe qui, ce n'était pas son cas à elle. Depuis Eddy, personne n'avait été aussi près d'elle. Et encore, ils n'avaient jamais passé toute une nuit ensemble. Elle s'y était toujours refusée puisque les sentiments n'avaient jamais été de la partie entre eux.

Alors dormir dans le même lit qu'un tombeur notoire ? C'était loin d'être dans sa bucket-list !

Léonard poursuivit sa boutade en la tapotant légèrement du doigt pour vérifier sa rigidité. Elle s'écarta d'un bond.

— Là, je bouge. Tu es content ?

— Je suis ravi, tu veux dire. En plus, tu viens de libérer le côté gauche du lit et c'est toujours là que je dors, dit-il en s'allongeant, les mains derrière la tête.

Elle ne trouva rien à répondre et préféra se précipiter dans la salle de bains, fermant la porte à clé derrière elle.

Elle ne prit jamais autant de temps que ce soir-là pour se préparer pour la nuit. Brossage de dents, démaquillage, nettoyage du visage, tout y passa. D'ordinaire, elle se contentait de passer un coton rapide sur sa peau mais elle fut presque à deux doigts de tout recommencer, histoire de gagner du temps. Avec une présence d'esprit qui l'étonna, elle avait même pensé à prendre son pyjama, ce qui lui éviterait un aller-retour sous le regard goguenard de son compagnon d'infortune.

Elle sortit enfin sur la pointe des pieds, priant pour qu'il se soit endormi et si possible pas en plein milieu du lit. Quand elle franchit la porte, elle faillit trébucher sur une grosse masse au sol et elle s'arrêta de justesse. Qu'est-ce que Léonard faisait par terre ? Il avait pris un des oreillers, une couverture dans l'armoire et s'était fait un lit de fortune sur la moquette de la chambre. Il était en train de lire un article sur son smartphone et il lui demanda si la salle de bains était libre.

Sophie acquiesça du bout des lèvres et le vit lever sa grande carcasse du sol avant d'entrer à son tour dans la petite salle de bains. Elle ne perdit pas une minute et alla se faufiler sous la couette moelleuse du lit, la remontant jusqu'à son menton dans l'éventualité où il serait venu à l'idée de son compagnon de route de venir jeter un coup d'œil à son pyjama à l'effigie de la Fée Clochette.

Pendant qu'il se préparait pour la nuit, elle contempla la mince couverture au sol. Il allait passer une nuit épouvantable sur ce sol ultra-dur. Il se lèverait à coup sûr avec un mal de dos carabiné alors qu'il n'était là que pour l'aider. Elle se mordit les lèvres, pleine de culpabilité. Elle avait l'impression d'être dans une mauvaise comédie romantique (celle qui passait l'après-midi sur la TNT) où l'homme tel un preux chevalier acceptait de se sacrifier pour passer la nuit par terre quand la pauvre jeune fille sans défense (et souvent très agaçante) prenait toute la place dans le lit en trouvant tout à fait normal que l'autre se tape le torticolis du siècle à son réveil.

Elle n'était pas comme ça. Certes, elle n'avait aucune envie de partager son lit avec un quasi-inconnu mais elle n'était pas immature au point de penser que la place de Léonard était par terre. Elle avait même de la peine pour Riley et l'aurait volontiers invité à la rejoindre sur la couette…

Mais le lit déjà minuscule n'aurait sûrement pas supporté un occupant supplémentaire…

Quand Léonard sortit de la salle de bains, revêtu d'un tee-shirt ample et d'un pantalon de jogging, la décision de Sophie était prise. Il venait de remettre sa trousse de toilette dans son sac quand elle osa ouvrir la bouche.

— Ce n'est pas nécessaire que tu dormes par terre…

Il leva la tête et la contempla sans mot dire pendant quelques instants.

— J'avais comme l'impression que l'idée qu'on dorme côte à côte ne t'enchantait pas vraiment.

— Ce n'est pas pour ça que je veux que tu te casses le dos.

Il s'approcha d'un pas.

— Si je m'allonge, tu ne vas pas essayer de m'étouffer dans mon sommeil, au prétexte que mon genou aurait frôlé ta jambe ?

— Probablement pas. Mais dans le doute, garde tes jambes de ton côté.

Léonard ne chercha pas à polémiquer davantage et se glissa sans attendre sous les draps. Dans la manœuvre, son pied effleura la jambe de Sophie qui s'éloigna en vitesse en direction de l'autre bord du lit. Son bond avait été si peu maîtrisé qu'elle se retrouva avec une fesse en dehors. Évidemment, Léonard n'avait rien perdu du spectacle.

Avec le peu de dignité qui lui restait, Sophie reprit sa place aussi rigide qu'un piquet et lissa du plat de la main le linge de lit.

— Tout va bien ? demanda-t-il.

Elle avait braqué son regard droit devant elle mais elle imaginait sans mal la tête qu'il arborait. Il avait sûrement ses sourcils haussés et une grimace moqueuse en plein visage. Tout cela en mimant la plus grande innocence.

Tu parles, Charles !

Elle savait à quoi s'en tenir avec lui. Par pur esprit de vengeance, elle rêva d'envoyer son pied dans le tibia de son voisin. Mais la prudence l'emporta. Ils leur restaient encore un paquet de kilomètres à parcourir et blesser son conducteur n'avancerait rien.

Quand bien même, cela la soulagerait...

— Ça va parfaitement, maugréa-t-elle entre ses dents.

Elle se tourna sur le côté, remonta ses jambes contre elle et tira la couette jusqu'à son menton. Elle se tenait le plus près du bord possible sans risquer pour autant de basculer. La position n'avait rien de confortable mais au moins, elle ne risquait pas de le toucher. De son côté, Léonard prenait ses aises. Elle le sentait allongé de tout son long à ses côtés et au bruit de sa respiration, elle savait qu'il était pleinement réveillé.

Comme par un fait exprès, elle entendit sa tête tourner sur l'oreiller.

— Bonne nuit Sophie.

— Hum... bonne nuit.

Comme si elle allait pouvoir fermer l'œil sans ce lit minuscule avec cette réplique de Dr Mamour à côté d'elle !

Au bout de longues minutes, elle entendit la respiration de Léonard ralentir alors que le sommeil continuait de la fuir avec application.

Elle tourna discrètement la tête et le découvrit endormi. Il avait le visage tourné vers elle et pour la première fois, elle le voyait sans son air perpétuellement idiot. Il était vraiment séduisant, elle ne pouvait pas le nier. Ses cheveux un peu longs lui tombaient sur la joue et à sa grande surprise, elle dut se retenir pour ne pas les dégager d'un doigt léger. Il avait passé un de ses bras par-dessus la couette et elle ne put s'empêcher d'admirer sa carrure, perceptible même ensevelie sous l'édredon. Il était musclé jusqu'aux avant-bras et plusieurs veines se laissaient deviner sous sa peau légèrement mate. Il semblait apaisé, pas le moins du monde stressé à l'idée de partager sa couche avec elle.

Alors que pour sa part, vu comme elle était tendue, elle était sûre de se réveiller complètement bloquée, avec plusieurs vertèbres déplacées.

Elle reprit sa position et tenta de s'endormir. La méditation, les moutons, tout y passa.

Enfin, vers deux heures du matin alors qu'elle avait énuméré tout ce qui était contenu dans la chambre, elle finit par rejoindre Morphée.

36.

Le lendemain, ce fut les rayons du soleil qui la réveillèrent. Ils avaient oublié de fermer le rideau en rentrant hier soir et un soleil radieux inondait la pièce en faisant danser quelques grains de poussière dans sa lumière chaleureuse. En ouvrant péniblement les yeux, elle s'adapta progressivement à la luminosité. Les membres engourdis d'avoir tenu la même position toute la nuit, elle se redressa avec difficulté. Alors qu'elle essayait de faire le moins de mouvements possibles, elle finit par s'apercevoir que ses précautions ne servaient à rien. Léonard avait déjà quitté leur lit. Riley, lui, dormait toujours sur la moquette, les quatre fers en l'air, la langue pendante et le ventre à découvert.

Sophie se demandait où avait pu passer son agaçant chauffeur quand elle entendit le bruit de la douche en provenance de la salle de bains. Le mystère était résolu. S'efforçant d'oublier tout image de Léonard nu et ruisselant dans la pièce d'à côté, elle se leva et alla ouvrir la fenêtre pour aérer un peu.

Autant la pièce que son esprit tendancieux.

Elle fit fonctionner doucement son poignet. Si la douleur avait régressé, elle n'avait pas encore retrouvé toute son amplitude habituelle. Elle rajusta son bandage et prépara ses affaires pour prendre la suite de Léonard. Elle sortit une jupe fluide en denim, une paire de collants et un chemisier délicatement fleurie. Elle avait été bien tentée d'amener d'autres tee-shirts enfantins dans la même lignée que son haut Gryffondor mais son week-end était avant tout professionnel. Elle devait donc apparaître comme une jeune femme sérieuse, mature et motivée envers ses possibles nouveaux producteurs.

Et si elle en croyait les remontrances de sa mère, son tee-shirt Lilo & Stitch n'envoyait pas le bon message…

Elle tentait de retrouver sa paire de fines tennis bleu marine dans son sac quand la porte de la salle de bains s'ouvrit. Léonard sortit, les cheveux encore mouillés et rabattus en arrière. Il avait revêtu un jean brut et un polo gris clair à manches courtes qui se tendait sur son torse. Il traversa la pièce les pieds nus, une serviette à la main pour finir de sécher sa tignasse. Quand il découvrit Sophie, la tête dans son sac, il s'arrêta à sa hauteur.

— Bonjour ! Besoin d'aide ?

— Non merci, répondit-elle en brandissant sa paire enfin retrouvée, et euh bonjour.

Léonard attrapa à son tour le sac de sport qui contenait ses affaires et le lança sur le lit. Il fouillait dedans pendant que Sophie hésitait, ses affaires dans les bras.

— Vous… Tu as fini ?

Il tourna la tête vers elle, une paire de chaussettes à la main.

— Ah oui, désolé. Vas-y, je t'en prie.

Craignant de pénétrer dans un champ de bataille, mélange de serviettes mouillées laissées au sol et de traces de dentifrice dans le lavabo, Sophie franchit la porte de la salle de bains avec appréhension.

Elle avait été mauvaise langue. La salle de bains était aussi immaculée que la veille au soir. Il avait même pris la peine d'ouvrir la petite fenêtre de la pièce pour évacuer l'humidité. Prise d'un élan de curiosité, elle laissa errer son regard vers sa trousse de toilettes. Petite trousse noire tout ce qu'il y avait de plus classique, elle ne laissait pas entrevoir grand-chose. Seul élément laissé en évidence sur la tablette du lavabo, son parfum : 1881 de Cerruti.

Elle l'avait imaginé plutôt avec un parfum au nom bien ridicule comme « L'Homme », « Le Tombeur » ou même « Testostérone »…

Une fois encore, elle était tombée complètement à côté.

Elle posa ses affaires en équilibre sur un coin du lavabo et se faufila sous la douche. Celle-ci n'était pas très grande et elle se demanda, l'espace d'un instant, comment il avait pu rentrer dans la cabine. Sortant cette image perturbante de son esprit, elle ouvrit le robinet et reçut un jet d'eau glacée sur la tête. Elle ne put s'empêcher de laisser échapper un cri strident.

— Ah oui, le démarrage est un peu froid, entendit-elle quelques instants plus tard derrière la porte.

Sans déconner ?

Elle tâtonna pour retrouver un semblant d'eau tiède.

Histoire de terminer sa douche sans finir en congère.

Au moins, cette entrée en matière glacée lui avait fait retrouver ses esprits. Fini l'imagination débordante, elle devait se concentrer sur son rendez-vous ! Après tout, c'était ça le but de ce week-end...

Elle finissait d'appliquer un peu de blush pour réveiller son teint moribond dû à une nuit loin d'être réparatrice quand on frappa à la porte.

— Oui ?

— Si ça te va, je vais sortir Riley cinq minutes et nous réserver une table pour le petit déjeuner. Je te commande quelque chose ?

— Un thé Earl Grey s'il te plaît avec un petit peu de lait.

— Rien d'autre ? s'étonna-t-il.

Elle leva les yeux au ciel.

On dirait sa mère, à commenter sa façon de s'alimenter.

— Je n'ai pas faim le matin de bonne heure. Le thé sera parfait.

— Ok.

Quelques secondes plus tard, Riley jappa joyeusement et la porte se ferma.

Enfin seule !

Elle termina tranquillement de se maquiller avant d'ouvrir la porte. La chambre était bien rangée. Léonard avait rabattu la couette et ranger les affaires de son chien. Même son sac était bien sagement posé au pied du lit. Pas une de ses affaires ne traînait et hormis sa trousse de toilettes, il avait sûrement déjà tout réuni. Être un célibataire endurci avait ses avantages, à priori.

À savoir, l'incroyable capacité de ranger soi-même ses affaires sans attendre qu'une réplique de sa mère le fasse.

37.

Elle termina de ranger à son tour les quelques vêtements qu'elle avait sorti et rapatria ses produits de la salle de bains. Elle fit un dernier tour d'horizon et finit par rejoindre Léonard dans la salle du petit-déjeuner, indiquée dans le hall par une élégante pancarte. Les tables en bois clair se tenaient les unes à côté des autres et la plupart accueillait déjà des clients de l'hôtel. Les deux patrons n'avaient pas menti en disant que la totalité des chambres était occupée.

Automatiquement, ses yeux se portèrent sur le grand brun barbu qui dégustait sa tasse de café. Riley était sagement posé à ses pieds, la tête posée sur une de ses chaussures. Elle allait le rejoindre quand elle aperçut les deux serveuses plantées derrière leur comptoir. Elles se chuchotaient à l'oreille en gloussant tout en couvant Léonard d'un œil gourmand. De toute évidence, il était à leur goût !

Il devait même être au goût de la quasi-totalité de la gente féminine présente dans cette salle…

Elle ressentit un profond agacement à les voir se pâmer devant le premier bellâtre venu alors qu'elles auraient tout aussi bien pu admirer un remake de Ted Bundy ! L'esprit furibond, elle traversa la salle et tira sa chaise d'un geste brusque. Elle vit Léonard hausser un sourcil sans faire de commentaire.

Une première !

Toujours de mauvaise humeur, elle ouvrit son sachet de thé et le plongea dans la théière d'eau chaude. Un petit pot de lait attendait à côté. Elle aurait dû le remercier. Ou au moins faire la conversation. Bouder dans son coin n'allait certainement pas améliorer le reste de leur voyage mais elle n'avait aucune envie d'ouvrir la bouche pendant que les deux pimbêches continuaient de le reluquer derrière elle.

Léonard, lui, continuait tranquillement de siroter son café noir. Un croissant encore intact était posé sur une assiette devant lui et au vu des miettes présentes sur son set, il avait été accompagné d'un congénère il n'y avait pas si longtemps.

Il posa sa tasse et croisa ses mains derrière sa tête. Il la regardait, son air amusé de nouveau fixé à son visage.

— Tu as bien dormi ?

— Comme un loir, dit-elle en commençant à verser son thé dans son mug. Et toi ?

— Ça peut aller. Tu n'as pas arrêté de me coller mais je suis arrivé à me dégager donc…

Sophie, qui allait boire une première gorgée, arrêta son geste en cours de route. Elle savait pertinemment qu'elle n'avait pas bougé d'un pouce. En témoignaient les courbatures qui parcouraient son corps endolori après une nuit passée dans la même position figée.

En avisant son air courroucé, Léonard sourit de plus belle.

— Je plaisante, détends-toi. Tu étais tellement recroquevillée dans ton coin que j'ai dû te ramener un peu plus au centre du lit sinon tu aurais fini par terre !

Abasourdie, elle ne trouva rien à répondre et se contenta d'ouvrir la bouche. Il en profita pour se lever.

— Je te laisse finir ton thé, je vais charger la voiture et laisser Riley se dégourdir un peu les pattes avant de repartir.

Il attrapa son croissant et s'éclipsa en quelques secondes, son chien sur les talons. Elle entendit presque les deux serveuses soupirer de déception sur son passage.

Il leur faudrait probablement une bonne semaine pour s'en remettre.

Un petit quart d'heure plus tard, elle se posta devant le comptoir où l'hôtelière se tenait, toujours aussi droite. Celle-ci leva les yeux de derrière ses lunettes en demi-lunes et lui sourit d'un air pincé.

— Bonjour madame. J'espère que la chambre vous a convenu.

— C'était parfait, répondit Sophie en ouvrant son sac à main. Je souhaiterai vous régler.

La dame fronça ses sourcils délicats et tourna une page de son registre.

— Votre ami s'est déjà occupé de la note, madame. Tout a été réglé.

Soufflée, Sophie remercia son interlocutrice du bout des lèvres et s'éloigna, son portefeuille encore en mains.

Il l'avait devancé pour payer la note.

La conduire en voiture n'était pas suffisant. Non ! Il fallait aussi que le preux chevalier règle l'addition.

Elle savait que son geste provenait probablement d'une gentille attention mais il devait comprendre qu'elle n'avait pas besoin de se faire entretenir et qu'une femme avait le droit de tenir à son indépendance. Elle se dirigea d'un pas décidé vers la voiture. Léonard était adossé à sa précieuse Tesla, lunettes de soleil en place et veste sur les épaules, pendant que Riley, tenu en laisse, reniflait le moindre centimètre carré.

— Pourquoi as-tu payé la note ? Tu te charges la route, c'est à moi régler le reste des frais. Donne-moi le montant, je vais te rembourser.

Il avait tourné la tête dans sa direction mais étant donné l'opacité de sa paire de lunettes, elle ne parvenait pas à décrypter son expression.

— Ça ne sert à rien que j'essaie de parlementer ? demanda-t-il enfin.

— Ça serait parfaitement inutile.

Il sortit alors de sa poche arrière un exemplaire de la facture qu'il lui tendit.

— C'est un vrai plaisir d'être galant avec toi, se moqua-t-il en ouvrant la portière pour Riley.

— Je sais… Moi et le XXIe siècle, on est vraiment chiants sur le sujet !

La facture en main, Sophie s'installa sur son siège.
Pour une fois, elle pouvait se vanter d'avoir eu le dernier mot !

Plusieurs heures plus tard, ils avaient bien avancé et le domaine des producteurs n'était plus qu'à une vingtaine de minutes de route. Ils avaient fait un arrêt deux heures plus tôt pour grignoter un sandwich et même si Sophie ne s'était pas totalement départie de sa réserve, elle devait reconnaître que Léonard était un compagnon de voyage agréable.

Il savait tout aussi bien discuter qu'écouter de la musique sans mot dire. Il avait bien tiqué quand Sophie avait lancé la bande-son de *Mamma-Mia* mais il n'avait pu s'empêcher d'être emporté à son tour par le rythme des chansons endiablées d'ABBA.

En témoignait son tapotage en rythme du volant qu'il avait lamentablement échoué à dissimuler...

Ils avaient aussi pris le temps de discuter longuement du projet de reconversion de la boutique de Sophie. Léonard avait posé nombre de questions pertinentes, prouvant qu'il s'intéressait au sujet. Il lui donna même quelques conseils fiscaux sur des aides qu'elle pourrait obtenir qu'elle s'empressa de noter dans son carnet. Elle le découvrait plus sérieux et réfléchi qu'elle ne se l'était imaginé et il avait tout à coup pris un charisme dont il ne disposait pas dans sa tête jusqu'à présent. Elle se rappela qu'après tout il était avocat et que somme toute, il devait avoir un ou deux neurones en fonction pour parvenir à faire son travail. De toute évidence, ses petites cellules grises n'étaient pas toujours au repos. Il avait noté nombres détails sur sa boutique qui avait sûrement échappé à tous ces autres clients : l'amplitude horaire de ses journées de travail, les services particuliers qu'elle ajoutait à ses bouquets comme les livraisons à domicile, tous ces petits plus qui augmentaient sa valeur ajoutée.

— Si tu veux mon avis, tu dois miser sur ce genre de services pour faire la différence avec tes concurrents. Tu ne pourras pas forcément les fournir en variétés toute l'année mais tu pourrais continuer à faire livrer leur bouquet par une société du quartier. Ou tu pourrais prévoir toute une gamme de prestations autour des fleurs écoresponsables pour les mariages. À Paris, ça pourrait faire un carton. Honnêtement, pour moi, si tu te débrouilles bien, tu peux en sortir gagnante !

Elle n'oserait jamais le lui avouer mais elle était touchée par ses encouragements. Ses colocs aussi avaient été enthousiastes à l'annonce de son projet mais elles étaient ses amies. Elle ne pouvait s'empêcher de penser qu'elles la soutiendraient pour n'importe quoi.

Quand bien même, elle aurait l'idée de grimper l'escalier de la Tour Eiffel à cloche-pied...

Léonard qui préférait en général la tourner en ridicule, l'avait soutenu comme le ferait un ami. Il était la plupart du temps insupportable mais il fallait bien lui reconnaître quelques qualités...

38.

Malgré la fraîcheur extérieure qui avoisinait à peine les quinze degrés, le soleil baignait de ses rayons dorés les vallées devant eux. Le paysage encore vert par endroit, laissait apparaître des grandes étendues d'arbres orangés, typiques des couleurs automnales. Au fil des kilomètres de campagne, la route disparaissait parfois sous les tombées de feuilles mortes et l'ensemble était étrangement apaisant. Bien installée dans son siège, Sophie avait resserré autour d'elle son épais gilet beige. Elle avait laissé aller sa tête contre le dossier et admirait en silence les sublimes paysages de la région.

Ils s'approchaient de leur destination finale et il leur fallait encore traverser un petit village perché à flanc de colline avant d'atterrir dans le hameau où on les accueillerait. Ils passèrent dans plusieurs petites rues pavées où des maisonnettes aux façades colorées égayaient leur champ de vision.

Quelques kilomètres plus tard, ils arrivèrent dans un minuscule village où à peine une dizaine de maisons se pressaient. Grâce aux indications qu'avait notées Sophie, ils trouvèrent sans peine leur chemin et Léonard s'engagea dans l'allée qui les mènerait à la demeure de leurs hôtes. Ils débouchèrent devant une grande bâtisse aux pierres apparentes et à la toiture en tuiles ondulés en terre cuite. Des grands volets verts peints dans une délicate teinte vert anis donnaient à l'ensemble ce charme si particulier des maisons du Sud.

Deux personnes arrivèrent aussitôt sur la large terrasse qui s'étalait au pied de la maison. Un homme et une femme, tous deux bruns et pas très grands leur firent des grands signes de bienvenue. Léonard se gara à côté d'une espèce de voiturette de golf et ils purent enfin descendre. Riley essaya de s'élancer dans le jardin environnant mais Léonard le retint d'une main ferme.

L'homme et la femme ne tardèrent pas à les rejoindre. Un sourire lumineux éclairait leurs deux visages et la ressemblance ne s'arrêtait pas là. Tous deux bruns aux yeux bleus, les deux ne pouvaient nier leur lien de parenté.

De toute évidence, ils partageaient un certain nombre de gènes...

Ce fut la femme qui tendit sa main en premier. Dépassant à peine le mètre soixante, elle présentait un physique plutôt généreux qui allait parfaitement avec son air avenant.

— Enchantée ! Vous devez être Sophie ? Moi, je suis Camille et voici, Thomas, mon frère.

Le dénommé Thomas leur serra à son tour la main. Légèrement plus grand que sa sœur, il avait une carrure plutôt trapue qui devait trouver son origine dans d'innombrables heures de travail. Sophie devina rien qu'au toucher de leurs nombreuses callosités que le frère et la sœur ne chômaient pas. Comme elle, ils ne devaient pas compter leurs heures pour faire prospérer leur entreprise.

Thomas et Camille les firent rentrer dans leur maison avant de les inviter à s'asseoir au salon. La demeure était meublée simplement. Une table en bois brut, deux vieux bancs de part et d'autre, un buffet d'un autre siècle et de grandes brassées de fleurs sauvages disséminées un peu partout.

De quoi se sentir comme à la maison dans cette ambiance chaleureuse et accueillante.

Au-dessus du canapé du salon, Sophie aperçut une grande photo représentant des champs de fleurs immenses qui appartenaient probablement à leurs hôtes.

Elle prit place dans un fauteuil en tissu vert sapin et Léonard s'assit à ses côtés dans le siège voisin. Il avait laissé Riley dehors, les propriétaires l'ayant rassuré sur la fermeture complète de cette partie du jardin.

Pendant que Camille prenait des nouvelles de son poignet malmené, Thomas venait d'apporter un généreux goûter composé de thé, café et d'un énorme gâteau au chocolat que Marion n'aurait pas renié. Sophie n'aurait pu rêver accueil plus agréable. De toute évidence, Camille et Thomas étaient des gens avenants et sympathiques qui avaient à cœur de lui faire découvrir leur domaine le mieux possible.

Pendant l'heure qui suivit, Camille lui présenta, grâce à un book photo, les innombrables variétés qu'ils pouvaient lui proposer tout au long de l'année : plantes grasses, vivaces, fleurs des champs… Les possibilités étaient infinies, contrairement à ce que Sophie avait pu craindre au départ. Il suffisait pour cela de respecter les saisons de Mère Nature et de ne pas réclamer n'importe quelle sorte de plantes à tout moment de l'année… Les frère et sœur étaient ravis à l'idée de travailler avec elle et ils lui proposèrent dès la fin de leur goûter de lui montrer leur domaine. Léonard se proposa pour décharger la voiture mais Thomas lui claqua une tape dans le dos en assurant que leur voiturette était suffisamment spacieuse pour les accueillir tous les quatre.

Ils se retrouvèrent donc à nouveau devant la maison et Camille et Thomas prirent place à l'avant de la voiturette électrique. Contraints de prendre les places restantes qui faisaient dos au conducteur, Sophie et Léonard s'installèrent. Même avec la meilleure volonté du monde, il leur était impossible de ne pas se toucher. Sophie essaya tant bien que mal de se coller sur le bord mais la cuisse de Léonard effleurait la sienne à chaque mouvement. Elle sentait la fermeté de ses jambes et préféra concentrer toute son attention sur le paysage qui s'étalait sous ses yeux. Léonard, lui, était si engoncé dans ce petit espace qu'il dut étendre son bras derrière elle pour que leurs épaules ne se percutent pas à chaque tournant.

Thomas conduisait d'une main agile et habituée. La voiturette fila sur les chemins de terre. Ils passèrent à travers des champs d'eucalyptus et de germini. À travers l'ouverture d'une serre, Sophie devina également une avalanche d'hortensias qui ravissaient son œil. Elle se tourna machinalement de l'autre côté de la route pour observer un autre aspect du domaine quand elle croisa le regard de Léonard braqué sur elle sans qu'elle s'en aperçoive.

Troublé qu'elle l'ait surpris, il toussota dans sa main, histoire de se donner une contenance et commença à échanger avec leur conducteur sur le nombre d'hectares qu'ils possédaient.

Comme si un avocat parisien pouvait avoir le plus petit intérêt pour des parcelles agricoles…

39.

Plus tard, quand ils se retrouvèrent autour de la table pour dîner, Léonard et Thomas semblaient pourtant s'être découvert une tonne de points communs. Tous deux fans de handball, ils avaient débattus pendant toute l'entrée sur leurs deux clubs fétiches. Sophie n'avait jamais vu Léonard aussi survolté. Lui qui d'ordinaire était maître de ses émotions et se moquait plutôt des déboires des autres, il avait laissé entrevoir un nouvel aspect de sa personnalité. Il faisait des grands gestes et ne tenait pas en place.

Elle était sûre que seule son éducation le retenait de basculer dans un langage de chartier…

Thomas n'était pas en reste. Il avait du mal à contrôler ses éclats de voix et il s'était fait foudroyer du regard plus d'une fois par sa frangine. Mais l'ambiance restait bon enfant et ils arrivèrent vite au plat principal. Une superbe moussaka végétarienne se dressa bientôt au milieu de la table.

Sophie avait préféré prévenir ses hôtes au moment de leurs premiers échanges qu'elle avait un régime végétarien. Elle savait d'expérience que peu de gens étaient habitués à cuisiner sans viande, aussi elle prenait toujours soin d'avertir. Camille lui avait gentiment répondu qu'il n'y avait aucun problème et qu'un régime végétarien pendant un week-end ne pourrait pas leur faire de mal.

Le plat grec était excellent et ni Sophie, ni Léonard ne tarirent d'éloge envers la cuisinière.

— Merci beaucoup mais c'est Thomas le chef chez nous, répondit Camille en levant son verre de vin en direction de son frère.

Il répondit à son toast avec un clin d'œil et rougit légèrement.

— C'est une passion depuis tout petit. À égalité avec les fleurs. Mais j'ai préféré garder ses expérimentations culinaires à une sphère familiale. Moins de risques de représailles...

— Je médite toujours ma vengeance pour ce plat de terreau que tu as essayé de me faire avaler quand on était petits, répliqua Camille en resservant les verres.

— Tu n'as aucun esprit d'aventure, ma pauvre !

Sa sœur lui tira la langue et la conversation continua de rouler sur les souvenirs d'enfance. Ils avaient toujours vécu dans la région, au milieu de la nature et cela leur avait permis de tenter mille bêtises. Léonard n'était pas en reste de son côté. Avec trois sœurs, il avait son lot d'anecdotes hilarantes faits de décapitations de poupée Barbie et de ballons de foot crevés.

Sophie préféra garder le silence. Son enfance en tant que fille unique n'avait pas eu la même saveur que celle de ses compagnons. Quand eux s'amusaient entre frère et sœur, elle avait dû au mieux subir les excès d'autorité de ses cousines, au pire rester en tête à tête avec ses parents qui ne s'entendaient déjà plus. Elle se mit donc en retrait et écouta avec un sourire les différentes histoires qui s'enchaînaient.

— Et vous deux, intervint soudain Camille. Comment vous êtes-vous rencontrés ?

Sophie et Léonard échangèrent un coup d'œil sans qu'aucun des deux ne se lance. Ce fut finalement Léonard qui prit la parole.

— Je suis le meilleur client de Sophie, dit-il avec un sourire en portant son verre de vin à ses lèvres.

Bah voyons !

— Disons que Léonard est très généreux quand il s'agit d'arroser de fleurs la population féminine du quartier, tempéra-t-elle.

Il sourit sans répondre et s'adossa confortablement sur sa

chaise. Thomas se leva pour débarrasser, aussitôt copiés par ses convives à qui il demanda de rester assis.

— Non vraiment, ne bougez pas. En tout cas, c'est super de parvenir à sympathiser avec ses clients, Sophie.

Elle ne put retenir une grimace.

Sympathiser n'était pas le premier terme qui lui venait à l'esprit quand elle pensait à Léonard...

— Et donc, vous êtes amis, c'est ça ? demanda Camille avec un air de ne pas y toucher.

Personne autour de la table ne fut dupe de sa question. Thomas leva les yeux au ciel, habitué sûrement aux indiscrétions de sa sœur.

— Excusez-la, notre village est trop petit pour satisfaire sa soif de ragots...

— N'importe quoi... Je m'intéresse à nos invités, c'est tout.

— Vous savez ce qu'on dit sur le pouvoir des fleurs, éluda Léonard, en posant ses coudes sur la table. Et donc, vous vivez ensemble ? Ce n'est pas trop dur pour des frères et sœurs ? Je serais incapable de vivre avec les miennes... Ça serait un carnage au bout d'une semaine.

Camille et Thomas se lancèrent alors dans une multitude d'anecdotes sur leur vie commune et Sophie le remercia silencieusement du bout des lèvres d'avoir détourné la conversation. Il lui fit un discret clin d'œil et se plongea activement dans le nouveau sujet qu'il avait lancé.

Au bout d'une bonne heure, le dîner prit fin et ils purent prendre le chemin de leurs chambres. Celles de Sophie et Léonard n'étaient pas à côté et elle prit avec soulagement l'escalier qui menait à la sienne. Au moment de souhaiter une bonne nuit à ses compagnons, elle se retrouva face à Léonard qui s'apprêtait à sortir Riley pour sa dernière balade nocturne. Le jeune homme avait revêtu son manteau et avait déjà sa main sur la poignée de la porte.

— Bon et bien, bonne nuit..., dit-elle brusquement intimidée.

— Bonne nuit Sophie, répondit-il avant d'ouvrir la porte.

Elle ne l'avait pas remarqué jusqu'ici mais le visage de Léonard était marqué en cette fin de journée. Il était vrai qu'il avait conduit de nombreuses heures sans qu'elle ne puisse prendre le relais. Il n'avait rien dit et n'avait jamais laissé échapper la moindre plainte mais la journée avait été longue pour lui.

— Léonard, dit-elle sans réfléchir.

Il s'arrêta dans son élan et se tourna vers elle, un air surpris sur le visage. Elle sentait déjà ses joues chauffer sous le coup de l'émotion mais elle lui devait au moins ça.

— Merci pour le trajet. Vraiment.

Il la regarda quelques instants sans mot dire alors que Riley tirait sur sa laisse pour pouvoir gambader à sa guise.

— De rien, dit-il enfin avant de refermer la porte derrière lui.

L'échange avait été laborieux mais Sophie se sentait soulagée de l'avoir officiellement remercié. Il n'était pas sans défaut, loin de là, mais elle ne pouvait rien lui reprocher en ce qui la concernait. Il lui avait tiré une belle épine du pied en se proposant d'être son chauffeur. Alors certes, c'était un séducteur notoire mais comme elle n'avait pas l'intention de rejoindre son tableau de chasse, elle pouvait faire quelques efforts pour se concentrer sur ses qualités.

Toute à ses pensées, elle se prépara pour la nuit et revêtit son pyjama-short. Elle se glissa avec bonheur sous la couette épaisse de son immense lit et ferma aussitôt les yeux.

Une bonne nuit de sommeil, c'était exactement ce qui lui fallait.

40.

Deux heures plus tard, elle était toujours parfaitement réveillé et ne faisait que se retourner dans son lit. Après un énième soupir de frustration, elle se redressa et s'adossa à ses nombreux oreillers. Une fois sa lampe de chevet allumée, elle tenta bien de s'évader dans son roman en cours mais rien n'y fit. Elle voyait les aiguilles du réveil défiler sans qu'un semblant de sommeil ne vint.

Elle se dit alors qu'une infusion l'aiderait peut-être. Elle attrapa le gilet beige qu'elle avait posé au bout du lit quand elle pensait encore que sa nuit serait sans nuage. Camille lui avait montré où tout était rangé pour le cas où ils ne seraient pas là à son réveil, Sophie se dirigea donc vers la cuisine.

Alors qu'elle allait pousser la porte, elle vit un rayon de lumière passer sur le seuil.

Elle n'était pas la seule à souffrir d'insomnie à priori.

Gênée à l'idée de déranger ses hôtes, elle poussa prudemment le battant, prête à rebrousser chemin. Mais ni Camille, ni Thomas n'étaient présents. Seul Léonard était attablé à la table de cuisine, derrière son ordinateur. Il ne l'avait pas vu arriver avec ses écouteurs dans ses oreilles. Elle l'observa quelques instants, s'attardant sur son air concentré fixant l'écran. Il tapait sans discontinuer, jetant un œil dans ses notes posées à côté de lui de temps à autre. Elle ne savait même pas qu'il avait emmené du travail avec lui. Elle se sentit d'un coup honteuse à l'idée de l'avoir empêché de travailler sur un dossier probablement important.

Il remarqua enfin sa présence en relevant la tête et retira

aussitôt ses écouteurs.

— Je t'ai réveillé ?

Sophie fronça les sourcils. Sa chambre était à l'autre bout de la maison et il ne tapait pas si fort sur son clavier.

— Non, pas du tout. Je n'arrive pas à dormir, c'est tout.

— Bienvenue au club, soupira Léonard en passant une main sur ses yeux pourtant fatigués. J'ai préféré descendre travailler un peu.

Sophie hocha la tête en silence. Elle se dirigea vers la bouilloire qu'elle fit chauffer et lui proposa une infusion qu'il accepta. En attendant que l'eau chauffe, elle prépara leurs deux tasses.

— Je ne savais pas que tu devais travailler ce week-end. Je suis désolée de t'avoir empêché d'avancer dans tes dossiers...

Il referma son ordinateur portable et réunit ses notes.

— Non, ne t'en fais pas. Comme je n'arrivais pas à dormir, je prenais juste de l'avance.

Il se leva et d'un coup la cuisine lui parut bien plus exiguë. Avec son tee-shirt étiré sur son torse, il remplissait tout l'espace vital de la pièce. Sans repérer son trouble, il s'approcha d'elle. La bouilloire choisit ce moment pour terminer son tour de chauffe et Sophie se dépêcha de verser l'eau bouillante pour s'échapper au plus vite. Elle n'avait pas oublié que sous son gilet, son pyjama de la Fée Clochette était plus que visible. La longueur du short ne l'avait jamais dérangé jusqu'à présent mais elle était brusquement conscience que le tissu ne couvrait qu'une petite partie de ses cuisses.

Elle resserra sur elle les pans de son gilet pendant que Léonard attrapa son mug. Il s'appuya sur le plan de travail en le posant tout à côté de lui en attendant qu'il refroidisse. Sophie, elle, n'avait qu'une idée : quitter cette pièce tant que son cerveau fonctionnait encore. Elle ne comprenait pas pourquoi elle réagissait aussi violemment à la présence de cet homme mais elle ne voulait pas aller plus loin dans sa réflexion. Un manque de sexe, c'était probablement tout. Mais céder avec lui, c'était céder à beaucoup de ses nouvelles résolutions.

Alors elle allait sucrer son infusion et repartir sagement se coucher !

Malheureusement pour attraper le sucrier, elle devait passer entre lui et la table. Cette dernière étape franchie, elle pourrait s'enfuir sans demander son reste.

Elle se faufila donc jusqu'au placard pour attraper le petit pot de sucre situé sur l'étagère du haut.

Mais même en se mettant sur la pointe des pieds, elle n'arrivait qu'à l'effleurer du bout des doigts. En temps normal, elle se serait servie de sa main valide pour s'appuyer sur le plan de travail pour se grandir de quelques centimètres mais elle n'avait pas très envie de tenter l'expérience. Alors qu'elle tentait par tous les moyens de se grandir un peu, elle vit un bras se brandir derrière elle et attraper sans effort le sucrier avant de le poser à côté d'elle. Elle n'osa pas se retourner. Il ne s'était pas collé à elle mais elle sentait sa présence dans son dos dans chaque fibre de son corps. Sa peau s'était recouverte de chair de poule et si elle en croyait le silence qui venait d'envahir la pièce, il ne bougeait pas plus qu'elle. L'ambiance s'était épaissie d'un seul coup et aucun d'eux ne paraissait savoir comment se sortir de là. Elle aurait voulu prendre ses jambes à son cou mais les traîtresses ne répondaient plus de rien. Quand il attrapa son bras avec délicatesse pour la tourner vers lui, l'ensemble de son corps se déclara aux abonnés absents. Elle se laissa faire, le regard braqué sur le sol où elle s'efforçait de ne pas regarder ses jambes puissantes recouvertes d'un jogging. Elle était tétanisée et lui ne disait toujours rien. Elle était à la fois terrifiée à l'idée de le regarder et terriblement curieuse de voir l'expression qu'il arborait.

— Sophie, dit-il doucement.

Elle n'eut aucune réaction.

— Sophie, répéta-t-il.

Elle secoua la tête. Non, c'était trop dur d'affronter son regard et cette situation. Elle savait que rien de bon ne pourrait en ressortir.

— Regarde-moi.

Elle n'osa pas et préféra resserrer à nouveau son gilet contre elle.

Comme si cela allait être d'une quelconque efficacité.

Elle s'attendait à ce qu'il tourne les talons devant son absence de réaction mais il se mit soudain à sa hauteur, cherchant à croiser son regard coûte que coûte. Il avait posé ses mains sur le plan de travail de part et d'autre d'elle et parvint enfin à faire leurs yeux se rencontrer. Si son air perpétuellement moqueur l'avait toujours agacé, son expression à l'instant lui coupa le souffle. Il la regardait intensément, toute expression amusée ayant disparu de son visage. Il était on ne peut plus sérieux et ne paraissait pas avoir la moindre envie de partir.

Il se redressa petit à petit, se rapprochant d'elle centimètre par centimètre. Leurs yeux ne se quittaient pas et même si elle l'avait voulu, elle aurait été parfaitement incapable de détourner le regard. Le monde avait disparu autour d'eux. Elle ne savait plus où ils étaient ni ce qu'ils faisaient là.

Bon sang, elle se souvenait à peine de son nom !

Il se pencha avec douceur vers elle, un de ses doigts commençant à caresser son bras à travers la laine de son gilet.

— Je vais t'embrasser, Sophie. Là. Maintenant, murmura-t-il en se rapprochant de ses lèvres. Alors si tu n'en as pas envie, il faut que tu me le dises parce qu...

Elle ne lui laissa pas finir sa phrase et se jeta sur sa bouche, telle une affamée. Le premier instant de surprise passé, il répondit aussitôt à son baiser et la souleva d'un geste, l'incitant à passer ses jambes autour de lui. Ce qu'elle fit sans réfléchir davantage. Ils se collaient l'un à l'autre et la tension prit une multitude de degrés en quelques secondes. Il l'installa sur la table, se collant à elle, ne lui laissant rien ignorer de l'état dans lequel il se trouvait. Il avait passé une main dans sa nuque et ses lèvres ne quittaient pas les siennes. Sophie n'était pas en reste non plus. Elle avait serré ses bras autour de son cou et enfouit ses mains dans sa masse de cheveux sans s'arrêter à l'élan de douleur qui traversa son poignet au même moment.

Elle n'oserait jamais l'avouer à voix haute mais elle avait rêvé de faire ce geste un nombre incalculable de fois. Comme elle se l'était imaginé, Léonard avait des cheveux épais et doux qui glissaient entre ses doigts.

Il repoussa d'un geste un pan de son gilet, lui dénudant l'épaule. Il plongea alors ses lèvres dans son cou, embrassant chaque centimètre carré qui passait sous sa bouche. Elle laissa échapper plus d'un gémissement et sans même s'en rendre compte, elle passa les mains sur le tee-shirt de Léonard qui eut soudain la peau recouverte d'une délicieuse chair de poule.

Elle n'était pas la seule à réagir !

Alors qu'elle s'apprêtait à poursuivre l'exploration de son corps, il la reprit contre lui et la souleva. Il s'apprêta à passer la porte de la cuisine quand il sentit la brusque tension qui venait de tendre le corps de Sophie à l'idée de se retrouver avec lui dans une chambre.

Accrochant son regard, il caressa sa joue du bout des doigts.

— Demain, nous pourrons y réfléchir autant que tu voudras. Mais ce soir… ce soir, on se contente de vivre l'instant présent.

Elle avisa son visage si séduisant, son regard voilé où un immense désir y dansait. Elle savait que si elle lui demandait de la poser, il le ferait dans la seconde. Mais en avait-elle envie ? Avait-elle envie de passer à côté de la nuit merveilleuse qui s'annonçait ? Il avait raison, il serait toujours temps demain de laisser sa raison reprendre le dessus.

Mais pour le moment, elle ne voulait pas être raisonnable. Elle l'embrassa alors avec toute la passion qu'elle éprouvait et il fallut toute la volonté de Léonard pour qu'ils ne terminent pas ce qu'ils avaient commencé contre la chambranle de la porte.

41.

Quand elle se réveilla le lendemain matin, elle étira son corps, pris d'une délicieuse langueur. Elle se sentait reposée et détendue. Même son poignet avait retrouvé quasiment tous ses mouvements. Elle s'enfouit un peu plus profondément sous sa couette, l'esprit encore embrumé.

Une fois davantage éveillée, il ne lui fallut que quelques secondes pour se rappeler à quoi son brusque bien-être était dû. Elle jeta un coup d'œil avec prudence sur l'autre côté du lit mais Léonard était parti. Compte tenu de la chaleur des draps, cela ne faisait pas longtemps qu'il avait quitté le lit.

Le rouge aux joues, elle repensa à ce qu'ils avaient fait pendant la nuit. À ce qu'il avait fait.

Et, Oh mon Dieu, à ce qu'elle avait fait !

Ils avaient à peine passé la porte de sa chambre qu'une tornade avait explosé entre eux. Rien n'aurait pu les arrêter et le reste de la nuit ne fut qu'une succession d'intermèdes passionnés.

Elle se redressa, tenant d'une main la couette contre sa poitrine dénudée. En temps normal, elle ne restait jamais nue très longtemps avec ses partenaires. Mais Léonard ne lui avait pas laissé l'occasion de retrouver le moindre vêtement…

Elle ne reconnaissait pas la Sophie qu'elle avait montré la nuit dernière. Elle s'était laissée totalement aller et cela ne lui arrivait jamais. Elle gardait toujours une part de contrôle sur la situation. Mais cette nuit, le moindre contrôle était illusoire. Elle avait vécu le moment sans réfléchir, avait profité de chaque seconde. Et en temps normal, elle aurait été horrifiée par son comportement. Elle l'aurait probablement regretté, cherchant à tout prix à s'enfuir pour ne plus jamais croiser le regard de son amant.

Mais cette nuit avait été si exceptionnelle qu'elle ne voyait pas comment elle pourrait jamais la regretter. Elle se découvrait sous un nouveau jour et s'en vouloir ou en vouloir à Léonard aurait été ridicule.

Restait à savoir maintenant comment lui avait vécu cette nuit. Si elle en croyait ses habitudes de Dom Juan, il allait probablement se tourner vers sa prochaine conquête. Elle ne pouvait le lui reprocher. Elle avait succombé en toute connaissance de cause et il ne lui avait jamais rien promis.

Encore sous le coup de l'émotion, elle se prépara dans un état second. Elle enfila sa salopette pour le voyage, regrettant presque d'enfiler cette tenue aussi sexy qu'un bleu de travail.

Elle devait reconnaître que si Léonard avait voulu poursuivre leur intermède quelques temps, elle n'aurait pas dit non…

Mais il fallait se rendre à l'évidence, il allait retrouver son quotidien de célibataire et elle allait devoir retrouver le sien. Cette nuit resterait unique et elle devait juste prendre cela comme le signal que sa vie ne pouvait plus être un désert sans nom. Elle avait beau avoir un quotidien chargé avec la reconversion de sa boutique, elle devrait bien trouver une nuit de temps en temps pour s'oublier à nouveau dans les bras d'un homme.

Son aventure avec Eddy s'était terminé de la pire des manières mais preuve était avec cette nouvelle aventure qu'elle pouvait avoir des histoires sans lendemain sans que le monde ne s'effondre autour d'elle.

Elle ne voulait toujours pas d'histoire sérieuse ou de sentiments, mais cela ne devait pas dire qu'elle devait supprimer tous les plaisirs charnels de sa vie de femme.

Ce fut dans cet état d'esprit qu'elle regagna le rez-de-chaussée pour prendre un petit déjeuner. Avec les activités de la nuit, elle était affamée et elle passa avec enthousiasme la porte de la cuisine pour se retrouver aussitôt face à ses hôtes et à Léonard qui dégustaient tranquillement leur café.

Surpris par son entrée fracassante, ils la regardèrent sans un mot. Léonard lui jeta un rapide coup d'œil sans oser s'attarder.

Le message était clair, il leur fallait passer tous deux à autre chose !

Thomas l'invita à s'asseoir à l'endroit pile où Léonard l'avait juchée la veille au soir. Elle ne put s'empêcher de rougir comme une écolière et s'installa sans un mot. Léonard ne perdit rien de son trouble mais ne paraissait pas beaucoup plus à l'aise. Pendant que Camille et Thomas s'activaient autour d'eux pour préparer le petit déjeuner, elle ne pouvait s'empêcher de jeter de fréquents coups d'œil à son compagnon assis de l'autre côté de la table. Il était impassible mais semblait plus renfermé qu'à son habitude. Quand enfin, elle parvint à accrocher son regard, elle ne put s'empêcher de lui sourire. Il parut surpris de ne pas se faire foudroyer du regard et après un instant d'hésitation, il lui sourit à son tour.

Se pouvait-il qu'il ne soit pas contre l'idée de poursuivre quelques temps leur relation sans lendemain ?

Autour d'eux, les deux frère et sœur continuaient de réunir tous les éléments du petit déjeuner. Assise sur sa chaise, Sophie était plantée sur leur chemin entre la table et les plans de travail.

— Je peux vous aider à quelque chose ? dit-elle en se levant.

— Non, non reste assise, lui assura Camille.

Ne voulant pas gêner leurs allers et retours, elle préféra faire le tour de la table et s'assit à côté de Léonard.

Cela, bien sûr, dans un but totalement pratique et pas du tout intéressé…

Celui-ci ne dit pas un mot et continua à boire son café à petites gorgées.

Alors qu'elle se demandait si sa manœuvre pas du tout subtile était une bonne idée, elle sentit que Léonard pressait sa cuisse contre la sienne. Elle lui jeta un coup d'œil, il discutait avec Thomas sans laisser transparaître la moindre émotion.

Elle était sur le point de penser qu'elle s'était trompée quand elle sentit sa jambe remonter contre la sienne dans un geste qui n'avait rien d'innocent.

Elle sentit déjà son estomac lui jouer des tours et son bas-ventre se tordre avec délice. Elle était sur le point de se lever pour se verser une tasse de thé, l'air de rien, quand un coup de klaxon retentit depuis la cour.

— Ah, ça doit être Vivien, notre employé agricole. Continuez votre petit déjeuner, on doit juste lui donner quelques instructions pour la journée, annonça Thomas avant de quitter la pièce avec sa sœur.

La tension monta encore d'un cran quand ils se retrouvèrent seuls dans la cuisine, précisément là où la situation avait commencé à déraper entre eux. Histoire de s'occuper, elle se leva en direction de la bouilloire quand Léonard lui attrapa une main pour mieux la précipiter sur ses genoux. Il ne lui laissa pas articuler le moindre mot et l'embrassa avec passion. Sa langue jouait déjà avec la sienne et elle était à deux doigts de perdre tout contrôle. Le fait qu'il ait passé une main sous son tee-shirt et effleurait sa lingerie du bout des doigts n'arrangeait rien...

— Léo, soupira-t-elle sans savoir si c'était pour l'arrêter ou au contraire pour le supplier de continuer.

Pourtant cela lui fit détacher ses lèvres.

— Redis-le...

— Léo, murmura-t-elle contre son oreille avant de lui embrasser délicatement le cou.

Il gémit avant de l'embrasser comme un damné, ayant complètement oublié que leurs hôtes pouvaient revenir d'un instant à l'autre. Heureusement, il restait un tout petit peu de sang-froid à Sophie et elle réussit à se lever malgré les tentatives de Léonard pour la ramener contre lui.

— Arrête, ils vont revenir d'un instant à l'autre !

— Et alors, ils sont déjà persuadés qu'on couche ensemble, contra-t-il en prenant sa main pour nouer ses doigts aux siens.

— Ce n'est pas pour ça qu'ils ont envie de nous voir en pleine action sur leur table de cuisine...

Il se mit alors debout contre elle, un bras passé autour d'elle, son autre main toujours dans la sienne.

— Ils ne savent pas ce qu'ils ratent, dit-il dans le creux de son oreille avant de quitter la pièce.

Encore chamboulée par les derniers instants, Sophie parvint néanmoins à faire bonne figure quand Camille et Thomas revinrent. Une fois le petit déjeuner terminé, bien que Sophie n'eut pu avaler qu'une tasse de thé, elle alla chercher son sac. Le départ n'allait pas tarder pour elle et Léonard. La route allait être longue jusqu'à Paris et plus vite ils se mettraient en route, mieux cela vaudrait.

42.

Quand ils se retrouvèrent tous devant la maison dans la cour, ils échangèrent de chaleureux au revoir. Les deux producteurs confirmèrent une nouvelle fois à Sophie qu'ils étaient ravis de travailler prochainement avec elle et elle les remercia avec chaleur de toutes les informations qu'ils avaient pu lui transmettre. Léonard tint son rôle de parfait gentleman jusqu'au bout et ne fit aucun geste déplacé avant qu'ils n'aient quitté le petit village.

Au bout d'une vingtaine de minutes pourtant, il se gara sur un petit chemin et arrêta la voiture. Il se tourna vers elle, le regard déjà embrumé.

— Soyons clair, tu ne veux quand même pas que je fasse huit heures de voiture sans te toucher une seule fois ?

Elle rit, amusée. Son côté moqueur ne la dérangeait plus autant maintenant qu'elle avait découvert une autre facette de sa personnalité…

— Léonard Lanvin, je t'interdis de détourner ton attention de la route ! Je ne tiens pas à avoir un accident. Une entorse me suffit amplement.

Sans écouter ce qu'elle avait à dire, il se pencha vers elle, embrassant avec douceur la peau derrière son oreille, la faisant frissonner de bas en haut.

— Tu disais ?

— Léonard, retourne à ta place de conducteur, dit-elle avec une voix moins assurée.

— Sans cœur, répondit-il néanmoins en reprenant sa place.

— Ce n'est que huit heures, tenta-t-elle de tempérer.

Il reprit la route avec souplesse et récupéra vite leur itinéraire.

— Facile à dire alors que je vais devoir résister à l'envie de t'arracher cette salopette, maugréa-t-il.

— Désolé qu'elle te fasse autant d'effet, dit-elle en riant.

— Ce n'est pas tant la salopette que ce qu'il a en dessous, dit-il en gardant son regard braqué sur la route.

Sophie ne trouva rien à répondre et sentit son visage s'échauffer.

De toute évidence, il était imbattable à ce jeu-là...

En même temps rien d'étonnant, il avait beaucoup plus d'expérience qu'elle.

Le trajet se déroula étonnement bien. Une nouvelle complicité s'était instaurée entre eux et même s'ils devaient résister à une frustration toute nouvelle, ils discutèrent sans effort pendant la majorité du trajet. Le seul moment où Léonard ne put se retenir de poser ses mains sur elle, fut pendant les courtes pauses qu'ils observèrent consciencieusement. Toutes les deux heures à un rythme d'orfèvre. Il répétait qu'il ne faisait que suivre les recommandations d'Autoroute Info mais compte tenu de la vitesse à laquelle il lui sautait dessus à chaque fois qu'ils sortaient de la voiture pour mieux la plaquer contre la portière, elle se dit que les recommandations avaient bon dos.

Pourtant, il ne lui serait pas venue à l'idée de se plaindre une seule fois. Elle avait tout autant de mal que lui à garder ses distances et elle se sentait à chaque pause plus impatiente que la voiture s'arrête enfin.

À leur dernier arrêt, ils avaient eu tant de mal à garder leur contrôle qu'ils s'étaient fait foudroyer par plus d'un parent qui tentait de cacher les yeux de sa progéniture du spectacle de deux dépravés incapables de se détacher l'un de l'autre.

Au troisième « Prenez-vous une chambre », Léonard s'écarta quelques secondes d'elle.

— Tu sais qu'ils n'ont pas tort, ça serait beaucoup plus

confortable dans une chambre, avec un lit…

Se retenant de céder à la tentation, Sophie secoua la tête.

— Hors de question. Si on va dans un hôtel maintenant, on ne repartira pas de sitôt…

Il reprit ses baisers, sans détacher son corps d'elle, la maintenant clouée sur place.

— Et alors ? On est dimanche, demain tu ne travailles pas. Moi je peux prendre une journée de congés… On pourrait passer la nuit à faire l'amour et rentrer tranquillement demain…

Elle faillit hésiter mais elle tint bon.

S'ils ne rentraient pas maintenant à Paris, elle était sûr qu'il lui ferait le même chantage demain…

— Allez, on sort un peu Riley et on reprend la route, dit-elle en parvenant à s'éloigner.

Léonard posa son front sur le toit de sa voiture, dépité.

— Très bien mais je te laisse faire pour la promenade de Riley.

Un peu surprise qu'il lui laisse gérer son chien alors qu'il s'en occupait toujours, elle s'apprêta à attraper la laisse quand il lui attrapa la main au passage.

— Si je me balade dans mon état actuel, tous les parents de l'aire d'autoroute vont faire une syncope…

Elle comprit alors où il voulait en venir. Rougissante, elle acquiesça avant de sortir Riley.

Une fois les pattes du chien dégourdies, ils purent reprendre la route. Deux heures plus tard, après une entrée dans Paris un peu laborieuse, ils arrivèrent enfin dans la ville.

— Je… hum, je te dépose chez toi, demanda-t-il avec innocence.

Sophie sourit, pas dupe une seconde. Elle savait très bien qu'il n'avait qu'une envie : reprendre les choses là où ils les avaient laissés sur l'aire d'autoroute. Et elle devait bien avouer qu'elle était dans le même état d'esprit. Mais quant à ramener Léonard chez elle, c'était impossible. Avec trois colocataires à proximité, elle ne voyait pas comment passer la nuit qu'ils avaient tous deux en tête.

Il n'y avait guère qu'une solution…

— Ou alors, on pourrait aller chez toi, suggéra-t-elle sans oser le regarder.

La voiture s'arrêta à un feu rouge et Léonard lui fit tourner la tête du bout des doigts.

— Je te préviens que je ne te laisserais pas sortir de chez moi avant demain. Et ça sera probablement à une heure indue…

Au sourire qu'elle lui fit, il n'eut pas besoin de demander si elle était d'accord et il redémarra dans la seconde où le feu passa au vert.

43.

Sophie rentra chez elle en fin d'après-midi le lundi. Au vu du silence qui régnait dans l'appartement, elle était presque certaine de ne croiser aucune de ses colocataires. Elle ne les évitait pas vraiment mais elle n'avait aucune envie d'expliquer son absence de la veille à la seconde où elle aurait passé la porte. Elle les avait évidemment prévenu qu'elle ne rentrerait pas à l'heure prévue...

Histoire qu'elles ne harcèlent pas tous les hôpitaux et commissariats dans un périmètre de deux cent kilomètres à la ronde !

Mais cela n'allait pas les empêcher de l'inonder de questions pour savoir où elle avait passé la nuit.

Et quelle nuit !

Sophie ne regrettait pas d'avoir suivi Léonard chez lui pour un nouveau moment d'extase. Outre le fait que leur frustration avait pu se libérer, elle avait aussi pu savourer sa soif de curiosité le concernant en découvrant son foyer. Il avait un appartement d'une bonne taille pour un célibataire et meublé avec beaucoup de goût. Les meubles en pin se mélangeaient à ceux en acier dans un mélange très urbain mais néanmoins chaleureux grâce aux nombreuses photos qui ornaient les murs. Quand il avait accepté de la lâcher plus de quelques secondes consécutives, elle avait aussi pu admirer l'immense bibliothèque qui recouvrait un mur entier de son salon. Il avait d'innombrables poches rangés dans un joyeux désordre à côté de codes juridiques, eux, consciencieusement alignés. Du reste de l'appartement, elle avait surtout découvert la chambre dans laquelle il l'avait entraînée sitôt leurs affaires posées. Le reste de la nuit, ils n'avait quasiment pas quitté le lit king-size et ses draps de lins où ils purent retrouver l'incroyable alchimie de la veille.

Sophie était percluse de courbatures mais l'esprit étrangement apaisé. Sa colère constante de ces derniers temps s'était tarie et elle se sentait presque flotter.

Ce matin, après une grasse matinée bien méritée, Léonard était parvenu à la retenir encore quelques heures avant qu'elle ne finisse par sortir de ce lit pour retrouver enfin son appartement.

Elle l'avait quitté, allongé, simplement recouvert d'un drap.

— Pourquoi ne pas rester ici cette nuit ?

— Parce qu'il va bien falloir que je rentre chez moi. Demain, je dois retourner au travail et j'ai besoin d'une vraie nuit de sommeil, avait-elle répondu en attachant une bretelle de sa salopette.

Il avait bien tenté d'attraper une de ses jambes mais elle s'était écartée d'un bond en riant.

Elle avait regroupé ses quelques affaires et il ne lui restait que ses chaussures à enfiler. Une fois ses tennis aux pieds, elle avait été prise d'une subite timidité. Une fois qu'elle aurait franchi cette porte, elle comptait bien tourner la page sur ce week-end riche en surprises.

Elle y avait bien réfléchi à son réveil pendant que Léonard dormait encore. Elle avait passé de merveilleux moments avec lui, elle ne pouvait le nier. Mais il n'était pas question qu'elle s'embarque dans une relation plus suivie. Elle savait bien qu'il était friand d'aventures mais elle se connaissait aussi. Si leurs intermèdes continuaient, elle n'était pas sûre cette fois-ci de pouvoir conserver son cœur à l'abri d'une désillusion. Il se lasserait bientôt et elle préférait prendre les devants. À quoi bon reculer davantage l'inéluctable ? Il était vrai qu'elle pourrait profiter quelques jours supplémentaires mais elle avait trop peur de ne pas réussir à contrôler ses élans du cœur.

Léonard n'avait jamais caché son côté coureur mais elle avait aussi découvert chez lui bon nombre de qualités qui ne la laissait pas indifférente. Elle se connaissait, un homme avec un charme comme le sien pourrait facilement lui faire oublier les barrières qu'elle avait péniblement érigé autour d'elle. Il n'était plus à prouver qu'elle avait un jugement catastrophique en matière d'histoires de cœur alors autant se protéger bien avant que le moindre risque soit pris.

Ayant rapidement enfilé un boxer, Léonard se leva pour la raccompagner jusqu'à la porte.

Coureur certes mais bien élevé quand même.

Il tenta bien de la prendre dans ses bras mais elle fit mine de passer son sac en bandoulière pour décourager son geste. Elle afficha un léger sourire pour ne pas le froisser tout à fait mais il fronçait déjà les sourcils.

— Bon et bien, merci encore pour le voyage et pour… enfin tu vois, bredouilla-t-elle en n'osant pas le regarder dans les yeux.

— Je t'en prie, répondit-il après un instant en croisant les bras.

Elle ouvrit la porte et après un rapide geste de la main, elle s'engouffra dans son escalier.

On avait connu plus délicat comme au revoir mais essayez de résister à un homme à moitié nu et on en reparle !

Elle était donc rentrée, un peu honteuse de s'être enfuie de chez lui mais l'esprit au calme. Elle avait bien fait ! Elle ne s'était pas laissé embarquer dans cette histoire bancale où elle aurait été à coup sûr la seule à sortir en morceaux.

Peut-être avait-elle fini par apprendre quelque chose finalement !

Elle s'était défilée à temps de cette situation périlleuse et maintenant, elle pouvait se concentrer sur son projet de fleurs écoresponsables. Elle avait mille choses à faire pour que la transition se passe au mieux. Elle n'avait donc pas une minute à perdre dans une histoire de cœur perdue d'avance. Elle verrait bien si une histoire sans lendemain se présenterait.

Une où ses sentiments n'avaient pas une chance de rentrer en ligne de compte.

Le soir venu, ses colocataires rentrèrent chacune leur tour. Sophie avait préparé le dîner et était heureuse de retrouver ses amies. Elle n'était pas dupe, l'interrogatoire n'allait pas tarder mais une fois qu'elle aurait répondu à quelques questions, éludé quelques autres, elles pourraient enfin passer une bonne soirée.

Sophie commençait à dresser la table quand Nina lui enleva la pile d'assiettes des mains. La jeune femme avait juste pris le temps de déposer ses affaires dans sa chambre avant de la rejoindre dans le salon.

L'inspectrice en chef ne perdait pas de temps !

— Alors comme ça, on découche ? dit-elle avec un haussement de sourcils évocateur en disposant les assiettes à sa place.

Sophie en profita pour aller chercher les verres dans le placard.

— Pardon maman, je suis punie ? ironisa-t-elle en fermant la porte du coude.

— Tout dépend, tu as été une vilaine fille ? répliqua son amie avec un éclat de rire.

Évidemment, ce fut pile ce moment que choisit Louise pour rejoindre la pièce.

À croire qu'elle écoutait aux portes…

— Oh, oh, Sophie n'a pas été sage ? dit-elle en se juchant sur le plan de travail.

Au lieu de répondre, Sophie préféra lui mettre les verres dans les mains.

Comme si cela avait une quelconque chance de clore la conversation…

— Non mais mets-toi à notre place, reprit Nina. On te laisse partir, clairement diminuée par ta blessure et avec un parfait étranger de surcroît. Et puis au dernier moment, tu ne passes pas la nuit ici… On s'est fait un sang d'encre, comprends-nous ! On t'a cru séquestrée dans une grange lugubre entre ici et Lyon...

Si elle n'avait pas si bien connu ses amies, elle aurait peut-être pu croire cette pathétique tentative de chantage affectif. Mais hélas pour le talent de comédienne de Nina, elle savait trop bien que ses deux colocs avaient dû passer la soirée précédente à échafauder mille théories fumeuses.

Elle posa son plat de lasagnes végétariennes sur la table et se tourna enfin vers les deux curieuses.

— Alors déjà, j'ai une entorse - presque guérie d'ailleurs - et ça n'a jamais empêché des neurones de fonctionner. Donc pour le côté « diminuée », mes capacités sont en pleine forme, merci pour elles…

— C'est peut-être pas elle qu'il faut remercier, murmura Nina en donnant un coup de coude à Louise qui ricana à son tour.

— Et, poursuivit-elle comme si elle n'avait rien entendu, si ça vous inquiétait tellement de me laisser partir avec un étranger, potentiel tueur en série, il ne fallait pas me précipiter dans sa voiture.

— Hey, c'est pas nous, ça, c'est Marion !

— Merci pour le soutien, dit Marion en franchissant le seuil de la cuisine. Vous aviez toutes les deux trouvé que c'était une très bonne idée.

— Oui enfin bon, c'était surtout la seule, renchérit Louise en piquant une tomate cerise dans la salade. Pour ce qu'on en savait, il aurait aussi pu la dépecer dans un fossé…

Nina grimaça de dégoût en s'asseyant à sa place.

— Exactement ! Donc maintenant qu'on a démontré que vous étiez trois amies déplorables, on peut passer à autre chose ? reprit Sophie avec un grand sourire.

Les trois autres colocataires se regardèrent, oscillant entre culpabilité et curiosité. Leur petit conciliabule silencieux dura quelques secondes avant de se tourner vers leur amie.

— Non, aucune chance ! répondirent-elles d'une même voix.

Sophie soupira en gémissant. Elle n'allait pas y échapper. Le seul moyen de les calmer était de leur donner au moins un petit quelque chose.

— J'étais effectivement chez lui hier soir. J'ai passé une très bonne soirée et on s'est quittés bons amis. Voilà, vous êtes contentes ? On peut manger maintenant ?

Elle s'assit à son tour, jetant un coup d'œil à Nina qui s'était mise à bouder.

— Y'a que toi pour faire passer une vraie nuit de débauche pour une réunion du troisième âge, maugréa son amie en attrapant le saladier.

S'efforçant d'effacer de son esprit les flashs de souvenirs de la nuit dernière (qui n'avaient définitivement rien d'une soirée en EHPAD), Sophie offrit un sourire contrit à ses colocataires.

— Désolée mais vous n'obtiendrez rien de plus !

Marion la regarda avec un air entendu.

— Avoue quand même que j'ai eu la meilleure des idées...

Sophie reposa les couverts qu'elle avait saisi pour servir à chacune une généreuse part de lasagnes. Elle avisa son amie si fière d'elle.

— Si on omet le fait qu'il aurait pu m'étrangler dans un petit chemin de campagne où une personne passe tous les trois mois ?

Marion effaça cette idée d'un geste désinvolte de la main.

— Oui, hormis ça.

Sophie attendit quelques secondes avant de répondre.

— Ton idée n'était pas mauvaise, c'est vrai...

Et c'était tout ce qu'elles obtiendraient d'elle !

44.

Quelques jours plus tard, Sophie avait repris ses habitudes et le cours de sa vie. Elle se donnait à fond dans le projet de sa boutique et avait passé des heures avec son comptable pour amorcer la transition. À force de persuasion, elle avait réussi à le convaincre que garder Charlie n'était pas négociable. Il avait donc travaillé en conséquence sur un business plan qu'elle pourrait présenter à sa banque. Un nouveau découvert allait forcément devoir être négocié et elle devait avoir le maximum d'arguments de son côté.

Elle était si occupée qu'elle n'avait presque pas eu une minute pour penser à Léonard. Son esprit avait bien essayé quelques fois de lui rappeler le beau brun qui lui avait fait passer des heures délicieuses et qui n'avait pas donné signe de vie, mais elle était parvenue à garder le cap malgré tout.

C'était quand même un comble, alors que depuis des semaines, elle ne parvenait pas à s'en débarrasser, depuis leur dernière nuit, c'était silence radio !

À chaque nouvelle tentative de son subconscient, elle se répétait donc qu'elle avait bien fait de se sauver tant qu'il en était encore temps.

Charlie s'activait aussi dans le magasin pour lui laisser le temps de traiter tout l'administratif et il ne comptait pas ses heures. Il s'occupait des commandes, du nettoyage de la boutique et il s'était même proposé pour aller à Rungis à sa place. Mais Sophie ne voulait pas qu'il se détourne de ses études pour autant. Si elle voulait pouvoir l'embaucher, il devait obtenir son brevet professionnel dans quelques mois et il devait donc sérieusement travailler. Elle avait donc rallongé ses propres journées de travail et n'écoutait pas sa fatigue.

Afin de faire décoller son nouveau business, elle avait aussi entrepris de faire le tour des commerces du quartier pour proposer des abonnements. Contre un prix qu'elle pensait raisonnable (et que son comptable trouvait désespérément bas), elle se proposait de fleurir les boutiques, restaurants et autres commerces du coin par des bouquets hebdomadaires qui égayeraient à coup sûr les lieux. Marion, Laura et Thierry avaient tout de suite dit oui et quelques autres s'étaient aussi enthousiasmés à cette idée.

Si elle se débrouillait bien, elle pourrait même développer son affaire plutôt que de la faire péniblement survivre...

Elle venait d'encaisser une cliente quand son portable se mit à vibrer dans sa poche. Elle l'attrapa pour découvrir le nom de son père sur l'écran. Celui-ci l'avait déjà appelé plusieurs fois dans la semaine mais elle n'avait jamais eu le courage de décrocher. Elle était trop en colère contre sa mère et elle savait que face à son père, elle ne tiendrait pas longtemps. Il était d'un calme si olympien qu'elle finissait toujours par se calmer auprès de lui. Mais elle n'avait aucune envie de passer l'éponge si vite. Elle laissait agir sa mère depuis trop longtemps. Pour une fois, elle ne voulait pas laisser son père réparer les choses à sa place.

Jusqu'ici, elle avait donc décidé d'ignorer ses tentatives de réconciliation mais fuir Michel pendant des mois ne règlerait rien.

Après tout, hormis avoir abandonné tout idée de rébellion depuis des années face à leur dragon commun, il n'avait rien fait de mal, lui. Elle devait juste garder sa volonté intacte face à ses tentatives de réconciliation.

Plus facile à dire qu'à faire cependant...

Elle finit donc par décrocher, l'estomac noué.

— Coucou papa.

— Ah ma chérie, je suis content de t'entendre ! ...Tu as eu mes messages ? dit-il après un instant.

— Oui, je les ai eus. Ça va ?

— Ça va. Le train-train. Je lis une biographie de Marie-Antoinette en ce moment, c'est passionnant.

Sophie sourit. Son père ne changerait jamais. La troisième guerre mondiale aurait pu être à sa porte qu'il aurait parlé de sa dernière lecture en cours.

— Super.

— Et toi, comment ça va ma Soso ?

Elle le sentait hésitant, marchant sur des œufs. Comme si elle allait exploser d'une seconde à l'autre.

— Ça va, papa. Je me lance dans les fleurs écoresponsables ! C'est beaucoup de boulot pour faire la transition mais je suis super motivée.

Qu'il le dise donc à sa mère ! Cela donnerait de l'eau à son moulin !

Elle l'entendait déjà râler sur son inconséquence et son incapacité totale à faire fonctionner son cerveau...

— C'est super, ma fille. Je suis très fier de toi.

— Merci, répondit-elle, touchée malgré tout.

— Tu... tu as appelé ta mère dernièrement ?

Ça n'avait pas traîné...

— Papa...

— Je demande, c'est tout.

— J'imagine qu'elle t'a tout raconté. Comment son effroyable fille sans cœur l'a mise à la porte de son appartement.

Elle entendit un raclement de gorge de l'autre côté de la ligne.

— Elle a pu évoquer ce sujet...

Sophie fit signe à Charlie qu'elle s'absentait quelques instants dans le bureau et ferma la porte derrière elle.

— Elle t'a parlé aussi de la venue surprise de Mickaël qu'elle a échafaudé dans mon dos ?

— Oui...

— Alors tu comprends mieux l'épisode où je la mets dans un

taxi, non ?

— Sophie...

— Non, papa. Cette fois désolée, mais non. Je m'écrase depuis des années devant elle. Je la laisse être cette mère étouffante qui pense savoir ce qui me convient mieux que moi. Et je te laisse me convaincre que ce n'est pas si grave. Mais si papa, ça l'est. Tant qu'elle n'aura pas admis que je suis une adulte, pleinement responsable de ses actes et que je n'ai plus de comptes à lui rendre, nous ne pourrons jamais nous entendre. Elle critique tout ce que je fais, elle donne son avis sur la moindre de mes décisions et pense pouvoir diriger ma vie comme, comme..., dit-elle sans parvenir à finir sa phrase.

— Comme elle le fait avec moi, termina son père à sa place.

Sophie s'assit dans son fauteuil en soupirant. Elle se passa la main sur le visage, triste pour son père de cette vie pleine de reproches quotidiens qui était la sienne.

— Papa, si tu as réussi à te faire à ses critiques incessantes, franchement j'en suis contente pour toi. Mais ne me demande pas de faire pareil. J'en suis incapable, dit-elle doucement.

— Chérie, reprit son père après un instant, je ne veux que ton bonheur, tu le sais. Mais penses-tu que tu seras heureuse en effaçant ta mère de ta vie ?

Elle attendit quelques instants avant de répondre. Sa réponse ne serait pas anodine. Mais elle devait poursuivre la voie qui était la sienne depuis plusieurs semaines maintenant. Celle de l'honnêteté.

— Pour le moment, oui.

Elle raccrocha, la gorge serrée. Elle avait mis vingt-neuf ans à s'émanciper d'une mère dure et pleine de préjugés et d'un père trop renfermé dans son monde de personnages historiques, elle ne devait pas abandonner alors qu'elle sentait que l'indépendance, la vraie, celle de l'esprit, était au bout du chemin.

45.

On était samedi, Sophie avait à l'instant tiré le rideau métallique de sa boutique, clôturant une semaine plus que chargée. En passant devant le salon de thé, elle s'aperçut que Marion, elle, n'avait pas encore fermée. Elle décida donc d'aller déguster un chocolat chaud.

Accompagné, au hasard, d'un petit brownie...

En traversant les quelques mètres qui séparaient leurs boutiques, Sophie resserra son manteau autour d'elle. Il faisait déjà nuit noire en cette fin de journée et le mois de novembre s'écoulait doucement, amenant avec lui les premiers froids mordants. Elle adorait cette période où on ressortait manteau et écharpe pour mieux s'envelopper à chaque fois que l'on mettait le nez dehors. Elle passa sous la lumière jaune des lampadaires qui baignait la rue dans une ambiance chaleureuse et salua d'un geste Laura qui fermait sa librairie, emmitouflée dans un manteau complètement bariolé.

Frottant ses mains l'une contre l'autre, Sophie se précipita dans le salon de thé et commença à dérouler son écharpe grise pendant que la buée envahissait ses lunettes. Le salon de thé avait encore quelques clients tardifs qui se pelotonnaient dans les fauteuils cosy que Marion avait disséminé un peu partout, tout en dégustant une pâtisserie dont elle seule avait le secret.

Sophie allait s'approcher du comptoir malgré sa vision diminuée quand elle tomba nez à nez avec Léonard qui s'était dirigé vers la sortie, son mug de café et un sac de gâteaux à la main. Pour une fois, il était sans Riley.

Ne s'attendant pas du tout à le voir, Sophie resta plantée en plein milieu du passage. Il semblait tout aussi surpris qu'elle. Il s'était bloqué à sa vue et gardait les bras ballants par-dessus son manteau beige en laine.

Ils finirent néanmoins pas retrouver un semblant de contenance.

— Bonsoir Sophie, commença-t-il.

— Bonsoir..., dit-elle en retirant ses lunettes toujours pleines de buée.

Elle eut soudain l'envie irrépressible de se précipiter sur le petit morceau de peau qu'elle entrevoyait entre sa mâchoire et son col de manteau.

Il fallait dire qu'ils se connaissaient maintenant de manière plus qu'intime, mais elle ne s'était pas attendue à réagir aussi violemment à sa présence.

Elle était bonne à enfermer...

Pourtant même si elle rêvait de se blottir contre lui, elle ne fit pas un geste.

Elle tenait à conserver un minimum de dignité...

Après tout, il n'avait pas donné plus de nouvelles qu'elle toute cette semaine. Elle n'avait donc pas à se sentir honteuse.

Léonard semblait hésiter et regardait la porte de la boutique d'un air fermé. Mais il finit par braquer ses yeux dans les siens.

— Ta semaine a été bonne ?

Surprise, Sophie le regarda sans comprendre.

C'était quoi cette entrée en matière ?

— Euh oui. Et la tienne ?

Il fronça les sourcils.

— Fatigante. Après ma semaine à Bordeaux..., dit-il comme si c'était une évidence.

Sophie ne sut quoi répondre. Elle n'était pas accro au point de connaître son emploi du temps par cœur. Et puis, il n'avait jamais évoqué ce voyage à Bordeaux.

Et puis, il commençait à l'agacer, elle ne s'appelait pas Madame Irma !

— Tu savais que je passais la semaine là-bas, non ? reprit-il, soupçonneux.

— Bah non, dit-elle, perplexe. Tu m'as prise pour ta secrétaire !?

Elle n'avait pas voulu l'agresser d'emblée mais les mots avaient fusé, presque malgré elle.

Les vieux réflexes avaient la vie dure...

Il jura dans sa barbe en levant les yeux au ciel.

Il n'allait quand même pas être en colère parce qu'elle avait oublié un rendez-vous dont il ne lui avait jamais parlé !

Elle était prête à l'envoyer balader quand il reprit la parole, un sourire errant dans sa barbe fournie.

— Mardi matin, je suis passé à la boutique mais tu étais sur le retour de Rungis. J'ai dit à Charly de te laisser un message pour te prévenir que je devais partir toute la semaine pour le travail. Comme je n'avais pas ton portable, je ne pouvais pas te prévenir moi-même. Mais j'ai laissé mon numéro à Charly pour qu'il te le donne...

Et Charly s'était bien gardé de lui donner le message ou le numéro... Avec sa mémoire aussi efficace que celle d'un poisson rouge, ça n'avait rien d'étonnant. En plus, comme il pensait que sa patronne n'avait aucune sympathie pour ce client, il n'était pas surprenant qu'il n'ait pas attaché d'importance à la commission de Léonard.

Le message devait déjà être perdu corps et biens dans une poche de jean...

— Désolée, il ne m'a rien dit, répondit-elle.

Léonard semblait profondément soulagé. Il s'approcha d'elle et colla son front au sien.

— Je vais le tuer, murmura-t-il tendrement.

Euh minute...

Qu'était-elle censée faire maintenant ? Okay, il n'avait visiblement plus envie de lui aboyer au visage mais elle, que voulait-elle ??

Sophie se demandait encore comment réagir quand une silhouette connue franchit la porte de la boutique, tenant Riley en laisse. Chloé ! La jeune fille à peine sortie de la puberté qu'elle avait déjà croisé, pendue au cou de Léonard devant sa boutique...

Ah, il pouvait lui jouer la comédie du pauvre éploré qui attendait son appel ! De toute évidence, il n'avait pas mis longtemps à se consoler...

Léonard s'était redressé à l'arrivée de la jeune fille et fronça les sourcils en la découvrant sur le seuil.

Tu m'étonnes, ça la fichait mal d'avoir ces deux maîtresses du moment face à face !

— Chloé, je t'avais dit de m'attendre dehors avec Riley, j'en ai pour deux minutes.

Le culot !

— Ouais, bah t'es gentil mais on se les pèle dehors ! répliqua Chloé en tapant des pieds sur le sol.

Avec ses petites tennis en toile, c'était sûre qu'elle ne devait pas avoir chaud à ses pauvres petits petons, la bichette !

Sophie s'efforça de se calmer. Après tout, cette fille ne lui avait rien fait. Elle en voulait plutôt à Léonard de tenter de jouer sur tous les tableaux. À quoi servait de lui fournir la comédie du mec accro quand son autre flirt poireautait dehors ?!

Elle était à deux doigts de lui renverser son café brûlant sur son rutilant manteau...

— Bon t'as fini, reprit Chloé en râlant. J'ai envie de rentrer, moi ! Et Riley arrête pas de pisser partout.

Elle était d'un charme à tout épreuve...

— Chloé, tu me fatigues, soupira Léonard. Tu n'as plus six ans...

Parce qu'il la connaissait depuis la maternelle ?

De mieux en mieux... Sophie n'en finissait plus d'être écœurée... Elle voulut s'éloigner mais Léonard la retint par le bras.

— Attends, s'il te plaît. Chloé, tu pourrais dire bonjour...

Et puis quoi encore ?!

— Ouais bon bah ça va... Salut, dit la jeune fille du bout des lèvres.

— Bonjour...

On était en plein vaudeville… Mauvais de surcroît.

— Sophie, je te présente cette charmante personne pleine de savoir-vivre, Chloé, ma petite sœur !

… Hein ? Quoi ?

46.

Elle écarquilla les yeux comme si elle était face à deux extraterrestres. Comment ça *sa sœur* ? Mais depuis quand ?

Probablement depuis sa naissance en y réfléchissant...

Sophie n'en revenait pas.

— Vous êtes sa sœur ? ne put-elle s'empêcher de demander, histoire d'être sûre.

La jeune fille la regarda sans comprendre. De toute évidence, Chloé la prenait pour une parfaite abrutie.

— Bah oui, vous croyiez que j'étais quoi ? Sa nounou ?

Sophie sentit ses joues rougir sur le coup de la honte. Elle avait sérieusement cru qu'il avait une liaison avec cette quasi-adolescente ! Elle n'allait jamais oser le regarder en face à nouveau.

Mais il ne semblait vouloir lui laisser aucun répit. Il la tourna vers lui en douceur.

— Sophie...

Son ton était menaçant. Il était clairement en train de comprendre par où était passé son esprit tortueux et soupçonneux. Il fourra son café et son paquet de gâteaux dans les mains de sa sœur et fit sortir Sophie de la boutique sans lui demander son avis.

— Chloé, tu m'attends là avec Riley.

— Mais...

— Tu m'attends là, s'écria-t-il, furieux.

La jeune fille maugréa pour la forme mais ne perdit pas une seconde pour aller s'installer dans un fauteuil, le paquet de gâteaux déjà ouvert.

Sophie aurait tout donné pour se prélasser aussi dans une des causeuses plutôt que de se retrouver face à Léonard, visiblement au comble de la fureur. Il l'avait traîné au milieu de la rue et ses sourcils plus froncés que le Grumpy Cat n'auguraient rien de bon.

— Si tu me dis que tu prenais encore ma petite sœur de dix-huit ans pour ma petite amie, je te fais avaler ton écharpe, Sophie.

Elle ne répondit rien mais ses joues rouges et son air gêné étaient éloquents. Léonard ne put s'empêcher de jurer. Il la regardait comme s'il se retrouvait soudain face à la réincarnation de Charles Manson...

— Alors c'est comme ça que tu me vois ? Encore maintenant, malgré tout ce que nous avons partagé ? Comme un mec de trente-trois piges capable de séduire une enfant ? Sérieusement ?

— Ce n'est pas une enfant, répondit Sophie tout bas.

— Putain Sophie, comparé à moi, évidemment que c'est une enfant !

Elle était au comble de l'embarras. Maintenant qu'elle voyait la situation à travers ses yeux à lui, elle ne savait plus où se mettre.

— Essaie de comprendre, je t'ai vu pendant des années enchaîner les conquêtes...

Léonard qui s'était éloigné de quelques pas, revint en force en brandissant son doigt face à elle.

— Non ! Tu m'as toujours pris pour une espèce de Dom Juan, nuance. Quand m'as-tu déjà vu avec une femme ? Une seule ? Non, tu as pris une information dont tu ne savais rien et tu as créé toute une histoire dans ta tête.

— Ce n'est pas vrai, s'énerva-t-elle d'un coup. J'ai inventé les dizaines de bouquets que tu as fait livrer peut-être ? Tous à des femmes, je te rappelle !

— Et alors ? Je ne peux envoyer de bouquet à une femme qu'à la condition qu'elle ait passé la nuit avec moi, c'est ça ? cria-t-il.

Les gens dans la rue ralentissaient à leur hauteur, surpris par ce couple qui laissait libre cours à sa dispute en pleine rue. Sophie aurait voulu qu'ils s'isolent mais Léonard était dans un tel état de colère qu'il ne l'écouterait probablement pas.

— Bon sang, Sophie, si tu avais pris la peine de me demander, je t'aurais répondu que ces bouquets étaient pour mes clientes !

Elle resta sans voix et le regarda sans comprendre.

— Et voilà pour ta théorie du Casanova du quartier ! Toi qui pensais avoir si bien cerné ma petite personnalité de séducteur de merde ! Quand au cabinet, on gagne une affaire, on a décidé avec mon associé d'envoyer des bouquets à nos clientes et une bouteille de vins à nos clients. Alors oui si tu veux, traite-nous de vieux réacs avec nos cadeaux stéréotypés mais bon sang, tu ne pouvais pas au moins me laisser le bénéfice du doute plutôt que de me classer direct dans la catégorie des connards ?

Sophie était perdue. C'était quoi cette façon de réécrire l'histoire ? Elle voulait bien reconnaître ses erreurs mais il était loin d'être tout blanc aussi, contrairement à ce que son beau discours voulait laisser entendre.

— Et que voulais-tu que je crois ? Tu venais toutes les semaines dans ma boutique, commander des bouquets pour des femmes avec ton air arrogant et ton petit sourire en coin. Tu savais très bien ce que je pensais et tu ne m'as jamais détrompé. Pas une seule fois. Ça te faisait rire !

Léonard la regarda avec un air triste en secouant la tête.

— J'essayais juste de créer un lien avec toi. Je voulais qu'on apprenne à se connaître et je pensais qu'en passant par l'humour...

Humour ? Quel humour ?

— Pourquoi crois-tu que c'était moi qui m'occupait de toutes les commandes ? reprit-il. Parce que je voulais te voir. Je voulais essayer de t'approcher... Mais j'ai bien vu que tu refoulais chaque mec qui tentait la moindre approche, que tu ne laissais aucun homme passer la montagne infranchissable que tu avais érigé autour de toi, je me suis dit qu'avec ce moyen un peu détourné, au moins j'aurais une réaction !

— Et comment voulais-tu que je comprenne ça ? Je ne suis pas médium !

— J'attendais juste que tu te fasses une opinion en apprenant à me connaître. J'ai essayé de te montrer depuis des semaines que je suis un type bien. Pas parfait sûrement mais décent avec ses semblables au moins.

Il baissa la tête, visiblement vaincu. Bouleversée, Sophie fit un pas vers lui mais il arrêta son geste d'une main.

— Non, tu sais quoi ? J'en ai marre. J'essaie depuis des mois qu'on apprenne à se connaître tous les deux. Depuis des mois..., poursuivit-il d'une voix dure. Mais tu es tellement persuadée que tous les hommes sont des enfoirés que tu nous mets tous dans le même panier sans chercher à en savoir plus.

— Et à ton avis, pourquoi suis-je comme ça ? répondit-elle avec des larmes dans les yeux. Tu crois que ça sort de nulle part ? Que je prends mon pied à m'imaginer le pire avec chaque type qui croise ma route ? Moi aussi, j'ai fait aveuglément confiance. Et c'est toujours moi qui me suis ramassée au final.

— Mais ça, c'est la vie, Sophie, dit-il d'une voix lasse. On essaie, on tombe, on se relève. On apprend. Mais on ne pense pas tout savoir parce qu'on s'est trompé une fois. Ou même deux. Le jour où tu auras envie d'essayer, de vraiment essayer, tu m'appelles. Mais d'ici là, oublie-moi. J'en ai marre de lutter contre tes fantômes.

Sur ces mots, Léonard fit un geste à sa sœur pour qu'elle le rejoigne avec Riley et il s'éloigna, les mains dans les poches et la mine basse.

47.

Sophie le regarda s'éloigner, oscillant entre l'envie de lui courir après pour le retenir ou pour lui tordre le cou. Elle ne bougea pas de la rue mais sentit très vite une présence auprès d'elle. Marion s'était précipitée hors de sa boutique, son petit gilet serré autour d'elle pour s'assurer qu'elle allait bien.

— Soph', qu'est-ce qui s'est passé ?

— Honnêtement, je n'en sais rien.

Une fois son dernier client parti, Marion ne perdit pas une seconde pour fermer sa boutique.

Sophie l'attendait au comptoir, assise sur un tabouret dans son coin. Elle n'avait pas ouvert la bouche depuis la fin de son altercation avec Léonard. Elle tentait de s'y retrouver dans la tonne d'informations qui lui était tombé dessus.

Alors comme ça Léonard n'était pas un séducteur ? Il n'enchaînait pas conquête après conquête dans l'espoir futile de battre le record du Guinness ?Elle avait sérieusement pu se tromper à ce point sur lui ?

Enfin, elle n'avait quand même pas rêvé son air de coq qui se pavanait à chaque commande de bouquet. Elle n'avait pas inventé non plus ses airs entendus à l'énoncé de chaque nouvelle adresse, comme si il accrochait un nouveau trophée à son tableau de chasse.

C'était réellement comme ça qu'il pensait la séduire ?

Avec de telles méthodes, elle finissait par le croire quand il lui disait qu'il n'était pas un Dom Juan.

Dans quel monde avait-il pu penser que ça allait fonctionner ? Avec elle et sa froideur légendaire ?

Si elle était aveugle, lui était complètement à côté de la plaque...

— Allez viens, on rentre ! lui dit gentiment Marion en lui mettant un bras autour des épaules.

Les deux colocataires ne s'attardèrent pas et rentrèrent rapidement chez elles. Sophie n'avait rien dit de plus et préféra s'enfermer dans la salle de bains pour se plonger dans un bain brûlant. Sitôt rentrée dans la baignoire, elle immergea sa tête sous l'eau comme si l'isolement du bruit ambiant allait faire disparaître ses problèmes.

Quand elle ressortit une heure plus tard, enveloppée dans son peignoir, une serviette sur sa tête, ses trois colocataires étaient déjà en pleine discussion autour de la table pendant que Benoît lisait tranquillement un article dans un journal économique, installé dans le canapé. Dès qu'ils sentirent sa présence, le silence se fit dans la pièce. Ses trois amies la regardaient avec inquiétude et même Benoît avait arrêté de tourner la page de son journal.

— Hey tout va bien, je n'ai pas de maladie incurable et personne n'est mort alors on respire un bon coup et on passe à autre chose, dit Sophie en allant attraper une bouteille de vin dans le frigo.

Et ça serait d'autant plus facile avec une dose non négligeable d'alcool dans le sang.

Les filles n'avaient pas bougé et suivaient le moindre de ses mouvements, attendant certainement le moment où elle allait s'effondrer pour mieux la rattraper.

— Les filles, vraiment ça va, dit-elle en attrapant un verre.

Ce fut Louise qui se lança la première.

— Tu veux dire que tu n'as pas envie de t'enfouir sous ta couette en écoutant l'intégral de Coldplay et en noyant tes draps dans un désespoir sans fond ?

— Non, ce n'est pas prévu, répondit-elle en tentant de mettre la main sur un tire-bouchon.

Elle ouvrait les tiroirs les uns après les autres quand Marion vint à son secours en lui présentant l'ustensile posé sur le plan de travail. Elle allait commencer à déboucher sa bouteille quand Nina l'arrêta d'un geste.

— Tu es sûre que tu ne veux pas qu'on se lance dans quelque chose de plus fort ? Louise peut nous faire des mojitos, si tu veux.

Cette dernière allait commencer à râler quand Nina lui fit les gros yeux.

Priorité aux cocktails spéciaux « copines en détresse » !

— Oui, pas de problème, s'empressa d'acquiescer Louise en attrapant un citron vert dans le compotier.

— Stop les filles, dit Sophie en reposant sa bouteille. Je me suis juste engueulée avec Léonard. Ça n'a rien de grave. Je connais à peine ce type, après tout. De toute évidence, on ne voit pas les choses de la même manière. Alors fin de l'histoire. On va chacun passer à autre chose. Franchement, ce n'est rien.

Le silence se fit dans la pièce. Sophie était sur le point de regagner sa chambre. Elle ne serait pas d'une très bonne compagnie ce soir.

— Alors, c'est comme ça maintenant ? On se raconte des cracs entre nous ? s'écria Nina d'une voix aigüe.

La jeune femme serra les poings de colère et foudroya Sophie du regard.

— Désolée ma vieille, mais non tu ne vas pas bien. Non, ce n'est pas *rien*. Léonard est le premier mec qui t'approche depuis... Euh... Bah quasiment depuis la nuit des temps, okay ? Et quand je dis qu'il t'approche, je ne parle même pas de cul pour une fois !

Benoît, qui avait été un spectateur silencieux jusqu'à présent, laissa échapper un petit raclement de gorge.

— Oui bon Bénichou, tu ne vas pas nous la jouer vierge effarouchée, hein, reprit-elle. Ce mec, c'est le premier qui est parvenue à te faire ressentir quelque chose alors ne nous dis pas que c'est rien ! Tu peux nous dire que tu ne veux pas en parler, tu peux pleurer jusqu'à t'en faire péter les sinus, tu peux hurler que c'est un connard et que tu veux même qu'on aille lui faire cramer sa caisse. Mais tu ne nous dis pas que c'est RIEN !

Sophie avait écouté son amie sans mot dire. Elle savait pourquoi Nina faisait cela. Ses amies savaient pertinemment que Sophie était la spécialiste toutes catégories pour mettre sous un tapis la moindre contrariété en attendant que le tout soit bien tassé et passe inaperçu. Elle était passée maître dans l'art du "Oui, oui ça va". Mais ses trois colocataires la connaissaient par cœur. Alors elle n'avait même pas besoin de leur dire que ses certitudes étaient en train de se fissurer de toute part.

Elles le savaient déjà.

Toujours immobile en plein milieu du salon, elle fut bientôt rejointe par Nina qui lui attrapa la main.

— Bichette, je m'inquiète pour toi…

C'était le monde à l'envers. C'était le rôle de Sophie de s'inquiéter pour sa jeune amie. Ça faisait des semaines qu'elle observait Nina, persuadée qu'elle souffrait en silence de sa séparation avec Antoine et aujourd'hui, c'était elle qu'on regardait avec anxiété.

— Je t'assure que ça va aller, tenta-t-elle. Oui, il m'a balancé plein de choses que je dois encore digérer mais je ne vais pas m'effondrer. Préoccupe-toi de toi, d'accord ?

— Sophie…, commença Marion d'une voix incertaine.

Nina les regarda tour à tour sans comprendre.

— Non, Nina a raison. Nous devons nous dire les choses, dit Sophie en serrant la main de sa jeune amie. Ma bichette, je sais que tu souffres depuis ta séparation avec Antoine. Tu peux nous en parler aussi. C'est normal d'avoir le cœur brisé après sa première histoire d'amour…

Son amie grimaça, les sourcils froncés.

— Le cœur brisé ? Moi ? Euh non, ça va…

Sophie sourit à son amie, pleine de compassion.

— Ce n'est pas la peine de faire bonne figure devant nous, tu sais.

Nina retira sa main avec un éclat de rire, les yeux ronds.

— Non mais je t'assure que je n'ai pas du tout le cœur brisé !

Je vous ai dit qu'on s'était séparé bons amis avec Antoine et c'est vrai. Je vais super bien !

Sophie ne pouvait en rester là maintenant que l'abcès était crevé.

— Arrête, depuis que vous vous êtes séparés, tu ne sors plus et tu n'as rencontré personne de nouveau... C'est loin d'être dans tes habitudes !

— Ouais, bah ça va, je ne suis pas une nymphomane non plus !

Louise fut tentée d'intervenir mais un coup d'œil de Nina la réduisit au silence.

La jeune femme fit le tour de la pièce, avec surprise.

— Vous pensez toutes que je vous ai caché que je n'allais pas bien ?

Sophie acquiesça alors que Marion haussait les épaules, incertaine.

— Quand Sophie m'a confié ses doutes, je ne savais pas trop quoi en penser. C'est vrai que tu sors beaucoup moins...

— Moi franchement, je ne surveille pas la régularité de tes plans culs, émit Louise en se juchant sur un accoudoir du canapé.

Benoît préféra garder un silence prudent.

Il se demandait d'ailleurs sûrement comment fuir la pièce sans se faire repérer.

— Mais je suis juste crevée en ce moment, dit Nina, l'air abasourdie, c'est l'hiver, ça caille et puis Antoine...

Elle hésita une seconde, en se mordillant la lèvre.

— Il t'a trompé, c'est ça ? demanda Sophie.

Nina secoua la tête en véhémence.

— Mais encore une fois pas du tout ! J'allais juste vous dire qu'Antoine a été tellement insatiable que même moi, il m'a épuisé... Mais bon, Benoît va encore nous faire un malaise si je commence à parler de l'appétit sexuel de son petit frère !

Benoît confirma d'un hochement de tête et Marion se précipita vers son amoureux pour vérifier que l'évanouissement n'était pas à l'ordre du jour.

Nina tourna Sophie vers elle.

— Sérieux, Sophie, je vais bien. J'ai passé des supers moments avec lui mais on n'était pas fait pour s'entendre. On est super différents et ça n'a pas collé c'est tout. Pas de quoi en faire un plat !

— Mais c'était ta première histoire sérieuse...

— Ça a duré à peine un mois, je n'étais même pas amoureuse de lui ! Sans vouloir t'offenser, Benoît, dit-elle en se tournant d'un bond vers le compagnon de Marion.

Celui-ci leva la main pour la rassurer et jeta un coup d'œil à Marion.

Les mots « sors-moi de là » dansaient dans ses prunelles.

— Sophie, il faut que tu arrêtes de croire que tous les mecs sont des enfoirés avides de nous faire du mal. Évidement qu'il y en a et je suis prudente, je te rassure. Mais, je ne veux pas commencer à croire que parce qu'une histoire n'a pas marché, je dois renoncer à toutes les autres. On a essayé, ça a été un échec, tant pis. Next !

Sophie regarda son amie qui gérait la situation avec un recul étonnant.

À l'attendre, cela semblait si simple...

— Ce Léonard, poursuivit Nina. Il te plaît, non ?

Sophie refusa de reconnaître quoique ce soit et détourna son regard sur la bibliothèque.

— Arrête ! Vu les dernières vingt-quatre heures, je dirai même qu'il te plaît aussi bien habillé que tout nu, enchaîna candidement Nina.

Benoît se leva d'un bond et s'enfuit vers la chambre de Marion, son journal sous le bras.

Il devait avoir atteint ses limites en terme de conversation féminine...

Les quatre colocataires le suivirent du regard, un peu honteuses de l'avoir fait déguerpir.

— Il est sensible, quand même, non ? balança Louise dans le silence de la pièce.

48.

Sophie sortit du sommeil en douceur, se pelotonnant sous sa couette avec délectation. Elle étira ses jambes jusqu'à toucher le bout du matelas et enfouit sa tête plus profondément dans l'oreiller.

Dehors, une petite bruine avait recouvert la fenêtre de fines gouttelettes et l'atmosphère commençait à respirer l'hiver.

Depuis des semaines, elle s'accordait un premier dimanche de repos. Dans quelques jours, ses premières livraisons de fleurs écoresponsables débarqueraient en boutique. La banque, après de longs jours de réflexion, avait fini par accepter l'extension de son découvert et cela lui avait permis de se jeter pleinement dans l'aventure. Elle avait passé commande auprès de Camille et Thomas ainsi qu'auprès d'une jeune productrice qu'elle avait trouvé au Nord de Paris. Et en faisant un peu de tri, elle avait même pu conserver quelques producteurs locaux de Rungis, dont Victor, ce qui lui permettrait de ne pas totalement abandonner cet endroit hors du commun.

Charly et elle s'étaient aussi lancés dans une grande opération communication auprès de leurs clients et si certains s'étaient montrés sceptiques, elle avait été heureuse de voir que beaucoup la soutenait dans sa démarche.

Alors avant que tout cela ne commence totalement, elle avait décidé de prendre une journée pour elle où rien ne serait plus important que de se lancer dans un marathon des films Harry Potter tout en dévorant une boîte de cookies. Pressée de commencer son programme, elle sortit de son lit pour enfiler une paire d'épaisses chaussettes en pilou pilou. Son gros gilet gris par-dessus son pyjama et elle était fin prête. En débarquant dans le salon, elle fut surprise de n'y voir personne. Si Nina ronflait généralement jusqu'à la fin de matinée, Louise et Marion émergeaient d'habitude à une heure plus précoce.

Ne boudant pas son plaisir d'avoir le salon et la cuisine pour elle seule, elle enclencha la bouilloire tout en préparant son plateau. Marion avait ramené ses invendus hier soir, aussi elle se prépara un petit assortiment à faire défaillir tous les diététiciens du quartier. Muffin au pommes, cookies au pralin et l'irremplaçable brownie se retrouvèrent rapidement dans une petite assiette. Elle accompagna le tout d'un Earl Grey fumant et partit s'installer dans le canapé.

Elle allait lancer le premier volume des aventures du petit sorcier quand elle entendit des voix étouffées dans la chambre de Marion. Benoît n'avait pas passé la nuit ici, ça devait donc être Louise.

Prise d'un élan de générosité, elle se dirigea vers la chambre de son amie pour proposer à ses deux colocs de partager ses victuailles. Elle allait pousser la porte quand elle entendit son nom.

— Marion, il faut que tu le dises à Sophie..., soupira Louise.

— J'ai juste voulu l'aider, répondit Marion d'une voix embarrassée.

— Je le sais bien mais elle a le droit de savoir la vérité.

— Elle va croire que j'ai fait exprès qu'elle se blesse...

Quoi ? Qu'est-ce que c'était encore que cette histoire ?

— On lui expliquera que tu voulais *juste* casser ses lunettes..., répliqua Louise. Que l'entorse, c'était une petite complication non prévue au programme...

— Oh mon dieu ! À t'entendre, ça a l'air affreux, se lamenta Marion.

— Tes intentions n'étaient pas mauvaises..., dit Louise d'une voix douce. Tu voulais juste qu'elle se rapproche de ce Léonard. Tu ne pensais pas que tout allait partir en vrille...

Sophie ne comprenait rien à ce qu'elle entendait. Marion avait voulu casser ses lunettes pour la rapprocher de Léo ?

C'était quoi ce plan pourri ??

Il n'y avait pas trente-six moyens de connaître la vérité, aussi elle poussa la porte faisant sursauter les deux conspiratrices.

— Ah tiens salut Soph', on ne savait pas que tu étais levée, s'écria Louise d'un ton trop enjoué pour être honnête.

— Qu'est-ce qu'il faut dire à Sophie au juste ? demanda la principale intéressée, les bras croisés sur la poitrine.

Les deux comparses n'en menaient pas large. Louise grimaça en regardant le plafond et Marion s'escrimait à admirer le sol.

À croire que celui-ci revêtait une beauté cachée ! Ou une solution miracle pour qu'elles parviennent à se tirer de là peut-être ?

— J'attends.

Louise allait prendre la parole quand Marion lui mit la main sur le bras pour l'arrêter. Elle leva son visage rongé de culpabilité vers Sophie et commença à s'expliquer.

— En fait, je... J'ai... Mais je voulais juste...

Sophie tenta de ne pas perdre son calme et continua de fixer du regard son amie qui n'en menait clairement pas large.

— Je voulais juste t'aider, finit par dire Marion après une longue inspiration. Je...J'ai... Tes lunettes, ce n'était pas vraiment un accident....

— Mais de quoi tu parles, s'impatienta-t-elle en se pinçant l'arête du nez.

— Quand j'ai débarrassé toutes mes bibliothèques et que dans la manœuvre, j'ai cassé tes lunettes... C'était un peu fait exprès...

Après son aveu, Marion garda la tête baissée, penaude.

— J'avais imaginé un plan, continua-t-elle néanmoins. Louise et Nina ne savaient rien, je te le jure ! Et Léonard non plus ! Je voulais que tu puisses passer plus de temps avec lui. Et comme tu avais ce week-end qui arrivait... Je me suis dit que si tu n'avais pas tes lunettes, tu ne pourrais pas conduire...

— Bon pour le poignet par contre, c'est toi qui a trébuché toute seule hein, intervint Louise en levant un doigt.

Sophie la foudroya du regard, la réduisant en silence par la même occasion.

— Pourquoi voulais-tu que je passe plus de temps avec Léonard ? reprit Sophie en reportant son attention sur Marion. Tu savais bien que je ne pouvais pas le sentir… On ne pouvait pas rester dans la même pièce cinq minutes sans s'envoyer des piques

— Ce qui n'est pas du tout un signe d'attirance, ricana Louise.

Sophie n'eut qu'un coup d'œil à lancer pour que son amie lève les mains en signe de paix et la boucle enfin.

Toujours trop honteuse pour croiser son regard, Marion s'installa sur son lit et joignit ses mains qu'elle tordit dans tous les sens.

— J'ai juste pensé que si tu le connaissais un peu mieux, tu verrais à quel point tu lui plaisais… J'ai beaucoup discuté avec lui et on a parlé de toi… Je pense que c'est vraiment quelqu'un de bien…

Sophie n'en revenait pas. Ainsi, Marion, la dernière personne qu'elle aurait imaginé faire ça, lui avait menti droit dans les yeux.

— Je suis ravie de savoir que tu parles de moi dans mon dos. Avec un mec qui s'est fichu de moi, d'autant plus.

— Soph', elle ne pensait pas à mal, elle voulait juste t'aider, s'interposa Louise en avançant d'un pas.

— M'aider ? Mais c'est votre manie à tous de vouloir m'aider alors que je n'ai rien demandé, s'écria Sophie, franchement énervée. Bon sang, vous avez vu ma mère, vous savez à quel point ce genre d'ingérence me répugne et…

— N'exagère pas en comparant ta mère et Marion, répliqua Louise. Oui, elle n'aurait pas dû te mentir mais elle n'a jamais eu que ton bonheur à l'esprit. Ce mec te plaisait, ça se voyait comme le nez au milieu de la figure ! Elle a juste voulu donner un coup de pouce…

Sophie en resta sans voix.

Juste voulu donner un coup de pouce ?

— Mais je ne vous ai rien demandé...

— Je pensais juste qu'après Eddy..., commença Marion avant de s'arrêter subitement.

Ses joues rougirent et elle osa enfin affronter le regard furibond de Sophie.

— Quel rapport avec Eddy ?

— C'est juste qu'après tout ça, les choses se sont plutôt bien terminées pour moi. J'ai trouvé Ben et j'aimerais juste que tu trouves la même chose... Que tu sois heureuse !

Sophie se passa la main dans les cheveux, dépassée par les évènements.

— Mais c'est quoi cette vision archaïque du bonheur ? Si je n'ai pas de mec, je ne peux pas être heureuse ? Tu es tombée *AMOUREUSE* de Benoît et je suis super heureuse que tu sois aussi épanouie mais n'essaie pas de me faire rentrer dans une espèce de petite case ! Je peux être heureuse sans avoir un homme dans ma vie !

Marion se leva d'un bond pour la rejoindre.

— Je le sais et si je n'avais pas pensé que Léonard te plaisait autant que tu lui plaisais, je n'aurais rien tenté mais...

— Arrêtez avec ça, coupa Sophie en reculant. Vous ne savez rien de ce que je peux ressentir pour lui. Vous tirez vos plans sur la comète sans vous soucier des conséquences pour moi. Eddy aussi paraissait parfait sur le papier, tu te rappelles ? On est tombé toutes les deux à pieds joints dans le tableau et on s'est ramassé en beauté. La vie n'est pas un putain de conte de fées, alors foutez-moi la paix !

Elle sortit en furie de la chambre et faillit percuter Nina qui avait été réveillée par leurs éclats de voix. Elle partit s'enfermer dans sa chambre et sentit les larmes, qu'elle avait retenu tant bien que mal, affluer. Elle plaqua une main contre sa bouche pour que personne ne puisse l'entendre et laissa son chagrin déborder.

49.

Une heure plus tard, elle était toujours enfermée dans sa chambre. Elle avait gagné refuge sur son lit, des mouchoirs en boule autour d'elle.

Elle n'en revenait pas que Marion ait pu lui mentir. Elle s'attendait à ce genre d'acte puéril de la part de Nina. Même Louise, ça ne l'aurait pas surprise tant que cela. Mais la douce Marion ? Non, jamais elle n'aurait pu penser que son amie se lancerait dans ce genre de plan foireux.

Et c'était peut-être ça qui lui faisait le plus mal !

Elle déprimait encore sous sa couette quand on frappa à sa porte. Elle répondit du bout des lèvres et vit la porte s'ouvrir sur Marion.

Son amie avait le visage ravagé par les larmes et semblait désespérée que Sophie veuille la précipiter sous un bus.

Elle n'en était pas là…

Un Uber tout au plus…

Elle la laissa approcher de son lit et ne fit même pas un commentaire quand celle-ci installa une fesse sur son matelas.

Elles se regardèrent en chien de faïence pendant de longues secondes avant que Marion ne brise le silence.

— Je suis vraiment désolée… Je ne voulais pas te blesser. Je comprends que tu sois en colère mais je t'assure que je ne pensais qu'à ton bonheur.

Sophie la regarda à travers ses cils qui prenaient un malin plaisir à se mouiller à nouveau. Elle savait que son amie n'avait fait qu'écouter son cœur de midinette. Elle était foncièrement heureuse avec Benoît et voulait juste que ses amies connaissent la même happy-end.

Mais on ne vivait pas dans un Disney...

Sentant que ses jours n'étaient pas en danger, Marion s'avança un peu plus près.

— Tu sais, je pense souvent à Eddy, confia-t-elle.

Sophie releva brusquement la tête, choquée.

— Non, non pas comme ça. Ce mec est une raclure qui ne mérite pas de lécher la semelle de mes chaussures...

Ah oui, elle lui avait fait peur l'espace d'une minute !

— Non quand je dis que je pense à lui, c'est plutôt par rapport au fait que malgré la fin catastrophique de notre histoire, je ne la regrette pas. Elle m'a fait grandir... Grâce à ça, je pense que j'ai d'autant plus conscience à quel point ma relation avec Benoît est précieuse. Avec le recul, je vois toutes les différences entre mes deux histoires et je savoure chaque jour le bonheur d'avoir quelqu'un comme Ben près de moi.

Sophie essuya une larme qui s'était échappée sur sa joue avant de sentir que Marion avait saisi une de ses mains.

— Ma Sophie, je sais que tu peux être heureuse sans homme. Mais je sais aussi que ce Léonard a mis plus d'étoiles dans tes yeux que n'importe quoi ou n'importe qui d'autre...

Le silence se fit dans la pièce.

— Désolée, ça sonnait moins mélo dans ma tête, reprit Marion avec un sourire d'excuse.

Elles laissèrent échapper un rire avant de se regarder, les yeux humides et la mâchoire tremblotante.

Il n'en fallut pas plus pour qu'elles se tombent dans les bras en sanglotant.

Elles étaient incapables de rester fâchées plus de quelques minutes d'affilée et le poids qui s'était figé sur l'estomac de Sophie s'effaça petit à petit.

Tout à leur câlin, elles n'avaient pas entendu leurs amies rentrer dans la chambre. Leurs deux colocs les regardaient d'un air attendri sur le seuil de la pièce.

— Je t'avais dit que leurs jours n'étaient pas en danger, dit

Louise en entraînant Nina dans le salon et en prenant soin de refermer la porte.

Marion se dégagea en douceur, tout en gardant une main de Sophie dans la sienne.

— Et pour Léonard, tu comptes faire quoi ? ... Enfin, si tu ne veux pas en parler, je comprends.

Sophie remonta ses genoux contre sa poitrine et les entoura de son bras libre.

— Je n'en sais rien. On ne se comprend pas... Je ne pense pas que ça puisse marcher.

— Il a été maladroit mais je pense vraiment que tu lui plais...

Sophie sourit tristement.

— Malheureusement, je ne pense pas que ça suffise.

— Il me parle de toi à chaque fois, tu sais.

— Comment ça ? répondit aussitôt Sophie en braquant son regard rougi dans les yeux de son amie.

Marion lui sourit avec douceur.

— Depuis qu'il a découvert le salon, il pense être subtil mais il tente de t'amener dans la conversation systématiquement. "Oh au fait, vous savez si la fleuriste d'à côté est ouverte ?". Alors qu'il passe devant chez toi pour venir chez moi... Il m'a même sorti un jour "Oh vous avez fait des brownies, c'est la fleuriste qui va être contente !"... Je te confirme que malgré les apparences, il n'est vraiment pas doué !

Sophie rougit sans répondre. Elle ne pensait pas que sa gourmandise avait fait le tour du quartier !

— Alors que je n'en mange presque jamais...

Elle jeta un coup d'œil du côté de son amie qui fit semblant de croire à son mensonge éhonté avec un hochement de tête très sérieux.

C'était à ça qu'elle savait que Marion, en dépit de tout, était une vraie amie.

— Je sais qu'il en fait des tonnes dès que tu es dans les parages et que c'est loin d'être la meilleure des stratégies... J'ai tenté de lui faire gentiment comprendre que ça ne servait à rien mais il voulait juste que tu le remarques...

Marion serra une dernière fois la main de son amie et se leva. Elle allait franchir le seuil quand Sophie l'interpella.

— Tu ferais quoi à ma place ?

— Je lui sauterais probablement dessus, rit Marion. Mais je ne suis pas toi et tu es la seule à pouvoir faire ce choix. C'est juste que...

— Que quoi ?

— Si tu n'essaies pas, comment peux-tu être si sûre qu'il ne te convient pas ? dit-elle avant de s'en aller.

50.

Les jours qui suivirent, Sophie n'eut que peu de temps pour penser à sa vie sentimentale. Tout à sa boutique, elle ne vit pas les jours passer. Charly et elle étaient débordés et ne savaient plus où donner de la tête. Son magasin ne désemplissait pas. L'attrait de la nouveauté après ses innombrables annonces dans le quartier avait fait ses preuves. Beaucoup de clients fidèles, qui tenaient à lui montrer leur soutien, étaient venus acheter un bouquet ou une plante et elle avait déjà du renouveler une bonne partie de son stock.

Le mois de novembre se terminant, l'ambiance de Noël commençait à s'installer partout. Elle avait déjà imaginé dans sa tête une vitrine enchanteresse faite de guirlandes lumineuses, de poinsettias rouges et de guirlandes d'oranges séchées. Si le rythme de la boutique le lui permettait, elle commencerait à l'installer dès ce week-end.

Elle venait de terminer de servir un client quand un autre se présenta. Il la dépassait à peine et son visage rond et jovial lui sembla d'emblée sympathique.

— Bonjour, j'aurai besoin d'un bouquet. Vous pouvez me faire une facture pour ma société ? J'ai oublié ma carte bleue professionnelle...

— Oui, bien sûr, répondit-elle en attrapant son carnet rempli de factures vierges qu'elle remplissait à la main.

Un jour, il faudrait qu'elle se lance dans un système plus automatisé mais chaque révolution en son temps...

— J'aurais besoin du nom et de l'adresse s'il vous plaît.

— Bien sûr. Cabinet d'avocats, Lanvin & Bertrand, commença-t-il.

Au nom de Lanvin, elle s'arrêta d'écrire.

Lanvin ? Comme Léonard Lanvin ?

C'était plus fort qu'elle, elle devait en avoir le cœur net.

— Ce n'est pas votre associé, M. Lanvin qui vient généralement ?

— Si, c'est vrai, s'étonna l'homme. D'habitude, il n'y a pas moyen que quelqu'un d'autre vienne s'occuper des bouquets de fleurs... Mais là, impossible de le faire sortir de son bureau donc je m'y colle.

Il souriait, inconscient du bouleversement qu'il avait déclenché chez elle.

Telle une automate, elle exécuta la commande de son client tout en ne pouvant s'empêcher de penser à Léo. Ainsi, il ne voulait même plus la croiser. Il préférait lui envoyer son associé que d'avoir à faire à elle, ne serait-ce que quelques minutes ?

Elle ne pouvait le nier, se faire rejeter de cette façon la blessait énormément. Elle avait naïvement pensé qu'ils pourraient retrouver des relations apaisées à force de se croiser dans la boutique ou dans le quartier. De toute évidence, de son côté il préférait couper les ponts.

Il mettait autant d'énergie à la fuir qu'il en avait mis à se mettre en permanence sur son chemin quelques mois plus tôt...

***

Une semaine plus tard, le rythme ne ralentit pas. L'arrivée des fêtes de fin d'année avait précipité tout le monde en dehors de chez lui et les rues étaient combles. Laura, la libraire, courait partout pour conseiller ses clients pour leurs cadeaux, Sophie leurs remplissait les bras de plantes en pots et de vases colorés pendant que Marion les sustentait en sucre et caféine.

Charly ne comptait pas ses efforts non plus, autant pour voir réussir leur projet que pour se faire pardonner de n'avoir pas transmis une certaine commission à sa patronne. Quand ils en avaient discuté, Sophie n'avait pas polémiqué. À quoi cela aurait-il servi ? Charly n'avait pas agi avec malveillance...

Mais étant donné la triste mine qu'arborait sa patronne malgré leur succès florissant, il devait sentir que l'histoire n'était pas anodine. Alors, il enchaînait les bouquets plus vite que son ombre, installait et rangeait la devanture sans broncher. Il passait même le balai sans que Sophie n'ait à le réclamer.

La culpabilité avait parfois du bon...

Le samedi après-midi s'écoulait tranquillement. Les rues ne désemplissaient pas d'habitants venus faire leurs courses de Noël et de touristes déambulant dans leur petite rue. Un froid mordant s'engouffrait dans chaque allée et les personnes qui s'aventuraient dehors, soufflaient de la fumée en resserrant leur manteau dans l'espoir vain que cela les réchauffe quelque peu.

Sophie venait d'installer devant sa boutique un nouvel arrivage de sapins venus d'une exploitation de la région quand elle vit arriver un couple de visiteurs auquel elle ne s'attendait pas.

Ses parents.

Ses parents étaient venus, bras dessus bras dessous, lui rendre visite.

Dans quelle dimension s'était-on égaré au juste ?

Elle les regarda s'avancer, se concentrant pour se donner un air naturel.

Sans surprise, ce fut un échec cuisant !

Au fur et à mesure qu'ils se rapprochaient, elle se rendit compte que sa mère avait le visage étrangement marqué. Elle était aussi tirée à quatre épingles qu'à l'accoutumée mais des cernes violettes se laissaient entrevoir sur son visage. De même, son regard d'ordinaire acéré, était braqué sur ses pieds.

Non sérieux, pouce ! Il se passait quoi là ?

Son père lui sourit en arrivant devant elle, s'empressant de lui faire la bise. Elle répondit machinalement, ne parvenant pas à détacher du regard sa mère qui s'était tournée vers sa boutique.

Il fallait dire que Sophie n'était pas peu fière de sa vitrine. Uniquement avec des décorations faites maison, elle avait réussi à créer une atmosphère magique dans son petit espace en devanture. Un sapin se dressait fièrement sur une bonne partie de la vitrine, recouvert de guirlandes d'oranges séchées, d'étoiles et flocons découpées à la main. Elle y avait rajouté quelques petits bouquets de houx pour lui donner un petit air de fête et rappeler les nombreux branchages aux petites boules reconnaissables entre mille qui étaient regroupés dans le coin opposé. Avec ces petits meubles chinés dans des brocantes et quelques décorations recyclés de l'appartement, le tout était chaleureux et attirait l'œil.

Le but étant évidemment que le passant ait envie de franchir la porte...

Après avoir observé sous toutes ses coutures la devanture qui s'étalait à leurs pieds, Danielle se tourna enfin vers sa fille. Il ne restait plus grand chose dans son expression de son air hautain. Pour tout dire, sa mère n'osait même pas croiser son regard et se concentrait sur Michel qui, lui, faisait bonne figure entre les deux femmes.

Sophie, n'ayant pas totalement perdu ses bonnes manières, s'approcha de sa mère pour lui dire bonjour.

— Bonjour maman, dit-elle en amorçant le mouvement de lui faire la bise.

Maladroitement, Danielle lui tendit sa joue avant de reculer d'un pas et de se coller à Michel.

Le moins qu'on puisse dire, c'était que Sophie ne reconnaissait pas la femme qu'elle avait face à elle. Où était passé la femme forte et sûre d'elle qu'elle avait toujours côtoyé ? Celle qui ne lui laissait rien passer et qui passait son temps à la critiquer ? En temps normal, elle aurait déjà trouvé une dizaine de remarques à lui faire sur sa vitrine, ironisant sur son côté fait-maison et mettant en avant toutes les devantures du quartier avant la sienne. Mais là, rien. Sa mère gardait prudemment le silence et ressemblait de plus en plus à une petite chose fragile, avec son manteau de laine bleue marine soigneusement fermé de bas en haut.

N'osant leur demander d'emblée la raison de leur présence, elle préféra leur faire un tour rapide de sa boutique (ce qui leur prit en tout et pour tout une minute trente).

En découvrant sa mère dans la boutique, Charly faillit se trancher un doigt avec le sécateur et battit en retraite dans la réserve plus vite qu'un enfant devant une assiette de brocolis.

— Ta boutique est encore plus belle qu'avant, ma chérie, commenta son père en regardant autour de lui.

— Merci papa.

— N'est-ce pas, Danielle ? rajouta-t-il en se tournant vers sa mère qui n'avait pas ouvert la bouche.

— Oui, oui, dit-elle néanmoins dans un murmure.

Okay, ce n'était plus drôle maintenant...

Qu'est-ce qu'on avait fait de sa mère ?

51.

Sophie avait demandé à Charly de s'occuper de la boutique pendant qu'elle emmenait ses parents se restaurer chez Marion. Elle avait le vague espoir qu'ils arrivent à se détendre devant un bon chocolat chaud et une part de gâteau.

Et si sa mère lui faisait une remarque sur le nombre de calories qu'elle ingurgitait, elle saurait au moins qu'elle n'avait pas à faire à un clone...

Ils s'installèrent à une table au centre du salon de thé. Sophie aperçut Marion et Nina derrière le comptoir, occupées à préparer des commandes.

La jeune Nina, qui souhaitait arrondir ses fins de mois avait accepté avec enthousiasme la proposition de Marion de l'aider certains week-ends pour gérer l'affluence de son salon et lui permettre aussi de prendre une heure ou deux de repos de temps en temps.

À priori, la cohabitation se passait bien et aucun point de suture n'était à signaler. Nina, qui enchaînait les boulots de serveuse, connaissait sa tâche et Marion était une patronne facile à vivre. Il fallait même avouer que les deux femmes s'amusaient beaucoup durant leurs services communs. Bosser entre amies pouvait être compliqué. Dans leur cas, leur entente n'avait fait que se renforcer.

Apercevant leur amie, les deux jeunes femmes s'empressèrent de lui faire un grand signe de la main. Nina allait même se précipiter vers elle quand elle s'aperçut que Sophie n'était pas seule. Son visage jusque-là jovial, venait de se figer et Sophie n'eut pas besoin de suivre son regard pour savoir que sa colocataire avait reconnu sa mère.

Nina ne bougea plus d'un millimètre et Marion dut la pousser de la hanche pour la faire avancer à nouveau. De là où elle était, Sophie voyait bien le conciliabule qui agitait ses deux amies. Nina essayait de se défiler pour ne pas avoir à affronter sa génitrice et Marion tentait de la convaincre.

Elle était sûrement aussi peu désireuse que Nina à l'idée de se retrouver face à son dragon maternel...

Finalement, ce fut Nina qui céda et finit par s'avancer jusqu'à eux. Pour tout dire, elle tenta bien de s'arrêter à chaque table sur son chemin mais les clients ayant tout ce qui leur fallait, elle se retrouva rapidement face à leur trio.

— Hey salut, s'écria-t-elle d'une voix bien trop aigüe.

— Coucou bichette, tu dois te souvenir de ma mère, Danielle mais je ne sais pas si tu as déjà rencontré mon père, Michel. Papa, je te présente Nina, une de mes colocataires.

Michel s'empressa de lui serrer la main, se déclara enchanté de la rencontrer pendant que Danielle se contentait de réunir quelques grains de sucre laissés sur le plateau de la table.

Probablement surprise de n'avoir reçu aucune remarque désobligeante sur la propreté de leur desserte, Nina observa Danielle les yeux ronds.

Ah, elle aussi, elle ne la trouvait pas dans son état normal ! Elle ne rêvait pas !

Essayant de reprendre une contenance, Nina prit leur commande et s'éloigna vers le comptoir sans demander son reste. Sophie s'excusa au prétexte d'aider son amie et la rejoignit.

Nina était déjà occupée à préparer leurs boissons mais elle s'arrêta net à son arrivée.

— Okay, alors c'est quoi le topo ? Vous l'avez mise sous tranquillisants ? Champi ? LSD ?

— Aucune idée, elle est comme ça depuis qu'elle et mon père ont débarqué sans prévenir tout à l'heure.

— Chelou. On dirait qu'elle plane à quinze mille..., grimaça Nina en jetant un coup d'œil du côté de Danielle.

Michel venait de poser une main sur la sienne, interrompant son ménage des grains de sucre. Il caressait le dessus de sa main avec douceur et s'était penché vers elle pour lui parler à voix basse.

Depuis quand ses parents avaient des contacts physiques ?

Aussi loin qu'elle s'en souvienne, Sophie les avait toujours connu dans deux pièces différentes, ne recherchant le contact qu'en cas d'absolue nécessité. Elle s'était d'ailleurs toujours demandée comment ils étaient parvenus à concevoir un enfant avec aussi peu d'interactions...

Marion les avait rejointes, se demandant ce qui agitait leur conversation.

— La mère de Sophie a pris de la drogue, résuma Nina.

— Quoi ?? s'exclama Marion en penchant la tête du côté de leur table.

— Mais non, s'empressa d'intervenir Sophie. Elle n'est juste pas dans son état normal.

— C'est ce qui arrive quand on prend de la drogue, grommela Nina en versant du chocolat chaud dans les trois mugs qu'elle avait préparé.

Elle ajouta trois bâtons de cannelles et quelques marshmallows dans chaque tasse avant de tendre une assiette de brownies à Sophie.

— Tiens, ramène ça, je te suis. Et précise à ta mère que ce ne sont pas des space-cakes...

Sophie stoppa quelques secondes pour dévisager son amie avec agacement.

— Nina, ma mère ne se drogue pas !

— Ouais, dis ça au Père Noël ! Mais fais gaffe, il n'apporte pas de cadeaux à ceux qui racontent des craques ou qui se voilent la face, pouffa-t-elle en attrapant son plateau.

Les deux amies se dirigèrent vers les parents de Sophie. Une fois sa commande déposée, Nina ne s'attarda pas et partit à l'assaut d'autres clients. Non sans oublier de mimer le geste du joint dans le dos de Danielle et Michel...

Sophie la foudroya du regard et tenta de se concentrer sur

ses parents.

Elle ne savait pas ce qui se passait avec sa mère mais si celle-ci était devenue une junkie, elle voulait bien faire un plongeon dans la Seine et patauger dans ce bouillon de culture...

Et au diable les risques d'hépatites et d'infections !

Michel dégusta son chocolat chaud avec délectation et piocha avec gourmandise dans l'assiette de brownies.

— Je comprends pourquoi tu me parles sans arrêt de cet endroit. C'est divin. Hein, Danielle ?

Sa mère hocha la tête, la tête plongée dans son mug fumant.

Agacée de ce manège, Sophie posa sa tasse avec brusquerie, faisant sursauter ses parents.

— Okay, vous allez m'expliquer ce qui se passe ?

— Mais rien, ma chérie, on voulait juste te faire une surprise. Hein, Danielle ?

Sophie n'attendit même pas que sa mère fasse son petit hochement de tête timide.

— Et puis c'est quoi ces "Hein, Danielle" qui sortent de nulle part ? Vous débarquez ici sans raison... Alors non pas que ça me dérange... Mais en temps normal, je dois prévoir un convoi exceptionnel pour vous faire venir à Paris. Et maman, qu'est-ce qui t'arrives ? On dirait que tu as vu un fantôme !

Question pieds dans le plat, on était pas mal là !

52.

Danielle, semblant se recroqueviller un peu plus, but une gorgée de son chocolat chaud sans répondre. Michel la regarda avec tristesse, lui pressa le bras avec tendresse et se tourna enfin vers sa fille.

— Je pense juste que ta mère n'était pas très sûre de la manière dont tu allais l'accueillir...

Sophie tomba des nues. Ce n'était que ça ? Certes, elles s'étaient disputées mais en règle générale, cela n'empêchait pas Danielle de faire comme si de rien n'était et de continuer à sermonner sa fille sur à peu près tous les sujets.

— Sophie, ta mère est vraiment désolée de ce qui s'est passé la dernière fois. Elle ne pensait pas à mal. Elle voulait juste t'aider même si c'était maladroit...

— Et donc, maman est devenue aphone pour que tu te mettes à parler à sa place ? ne put-elle s'empêcher de répondre.

Après tout, si sa mère voulait vraiment lui présenter des excuses, elle était une grande fille et pouvait le faire elle-même sans que son père fasse les interprètes.

Michel allait reprendre la parole mais Danielle l'arrêta d'un geste. Les deux époux échangèrent un regard et Michel finit par hocher la tête, laissant à sa femme le soin de répondre.

Danielle s'éclaircit légèrement la gorge, une main toujours serrée autour du mug avant d'oser croiser le regard de sa fille.

— Ça fait plusieurs semaines que je veux te présenter mes excuses mais... je n'ose pas, commença-t-elle avec hésitation. Ton père m'a convaincu qu'en venant à Paris, je ne pourrais pas me défiler...

Sophie ne dit pas un mot. Des excuses de la part de sa mère, c'était ce qu'elle avait toujours attendu. Toute son enfance, elle avait rêvé qu'elle lui dise qu'elle était désolée après une phrase blessante ou un reproche injuste. Cela arrivait donc un peu tard mais elle était bien décidée à ne pas l'interrompre.

— Je sais que tu m'en veux beaucoup d'avoir fait venir Mickaël dans ton dos. Et je sais que tu ne me crois pas quand j'ai dit que je pensais bien faire...

À ces mots, Sophie ne put s'empêcher de lever les yeux au ciel, ce que sa mère remarqua tout de suite.

Shootée, tu parles ! En veille, tout au plus...

— Je t'assure, Sophie. Je pensais que tu étais malheureuse dans cette vie parisienne, toi qui aimait tant la province. Que tu n'osais pas rentrer à Reims par peur de perdre la face. Je pensais juste te donner un petit coup de pouce... Tu vis toujours dans le même appartement depuis ton arrivée, tu ne nous as présenté aucun homme. Il ne semblait plus y avoir de projet dans ta vie...

Malgré le mal que lui procurait ses mots, Sophie ne s'énerva pas. Pour une fois, sa mère lui parlait à cœur ouvert, dévoilant réellement ce qui animait ses actions.

— Maman, je vis dans le même appartement parce que j'adore vivre avec mes amies. Et je ne pensais pas avoir besoin d'un homme pour avoir une vie équilibrée...

— Non, bien sûr... Mais tu ne semblais pas faire grand-chose à part travailler et boire des mojitos avec tes amies, émit Danielle d'une petite voix.

Il était vrai que les filles et elle avaient parfois une consommation plus que régulière de rhum mais enfin, elles étaient loin de rejoindre les alcooliques anonymes...

— J'avais peur que tu te sois perdue dans une vie qui n'était pas faite pour toi. Je pensais qu'en rentrant dans ta région, tu retrouverais des repères...

Sa mère n'aurait pas pu être plus à côté de la réalité la concernant. Rentrer à Reims, voilà qui équivoquerait à un échec pour Sophie. Abandonner ce pourquoi elle s'était tellement battue ces dernières années, voir partir en fumée le rêve de sa vie, c'était ça qui la faisait trembler de peur.

— Si c'est le manque de projets dans ma vie qui te faisait peur, pourquoi as-tu tenté de me décourager de faire évoluer ma boutique ? C'est le projet le plus ambitieux que j'ai eu depuis l'ouverture de « Sophiflore » et tu m'as dit que j'étais ridicule...

— Je n'ai pas dit que...

— Maman..., avertit Sophie.

Les deux femmes s'affrontèrent du regard et Danielle baissa la tête, vaincue.

— Maman, je ne suis plus faite pour vivre à Reims. Ce n'est plus mon monde. Ma vie est à Paris. Avec mes amis et ma boutique.

— Je le comprends maintenant, répondit-elle doucement.

— Je sais que tu n'as jamais aimé le fait que je sois fleuriste mais je serai incapable de faire autre chose ! Mamie te l'a toujours dit, j'ai ça dans le sang...

Danielle se pinça les lèvres sans répondre. Le silence s'installa sans qu'aucune des deux ne le rompe. Michel se pencha alors vers sa femme, l'obligeant à le regarder.

— Danielle, tu avais décidé de tout dire à Sophie, cette fois-ci...

Tout dire ?

Tout dire quoi ?

53.

Sophie attendit que sa mère se décide à parler.

— Je... Je ne suis pas contre le fait que tu sois fleuriste mais j'en ai longtemps voulu à ma mère de t'encourager autant...

Danielle et sa grand-mère avaient toujours eu des relations compliquées, c'était vrai mais Sophie ne pensait pas que sa passion pour les fleurs avait quelque chose à y voir...

— Pourquoi ? ne put-elle s'empêcher de demander. Elle a toujours été d'un grand soutien pour moi.

— Tu n'y étais pour rien mais tout le soutien qu'elle t'a apporté, c'est celui que j'ai désespérément attendu toute mon enfance. Elle te poussait à t'épanouir dans les fleurs, dans tout ce qui pouvait te passionner alors qu'elle avait passé des années à contrecarrer toutes mes envies.

Sophie entendait cette version de l'histoire pour la première fois. Elle n'imaginait pas sa douce grand-mère imposer ses choix à qui que ce soit.

— Quand je suis née, mes parents venaient de quitter Paris et de s'installer à Reims. Mon père tenait sa petite boutique de chaussures et ma mère s'occupait de moi à la maison. Nous étions très heureux. Mais au fur et à mesure que la boutique gagnait en ampleur, que mon père embauchait des vendeuses et que notre fortune grossissait, mes parents se sont mis à évoluer dans un autre monde. Ils sont rentrés dans la bourgeoisie, nous avons déménagé du petit appartement au-dessus de la boutique dans une belle et grande maison dans un des meilleurs quartiers de la ville. Et ceux qui étaient autrefois les clients intouchables de Papa, venaient dîner à notre table.

Ne voyant pas bien en quoi cela expliquait le traumatisme de sa mère, Sophie n'osa pas ouvrir la bouche.

— Je me suis mise à fréquenter les meilleures écoles, les cours privés. Mes amies n'étaient plus les mêmes. Ma mère insistait pour que je m'intègre dans ce nouveau milieu qui était devenu le nôtre. Je devais me tenir comme une jeune fille de bonne famille. Je n'avais presque plus le droit de mettre un pied dans notre ancien quartier, de peur que je renoue avec des connaissances moins fortunées.

Sophie avait l'impression de plonger dans une mauvaise adaptation des *Misérables* mais n'osa pas interrompre sa mère qui se confiait ainsi pour la première fois de son existence.

— Mais c'est quand j'ai grandi que les choses se sont vraiment compliquées, poursuivit Danielle. Beaucoup de mes amies ne cherchaient qu'à se trouver un bon parti, un mari qui consoliderait la fortune familiale. Moi, je voulais faire des études. Je rêvais d'être avocate.

Première nouvelle !

— J'ai donc demandé à mes parents de me laisser faire des études de droit mais ma mère a été catégorique. Les études ne servaient à rien. Je devais apprendre à m'occuper d'une maison et me trouver un mari. Je me devais de tenir notre rang. J'ai donc eu quelques professeurs particuliers après le bac mais leur mission était plutôt de m'apprendre à gérer un ménage que de me préparer à une vie professionnelle. J'ai eu beau supplier ta grand-mère de me laisser étudier, elle n'a jamais rien voulu entendre. J'enchaînais les goûters, les galas chez ses amies les plus riches dans l'espoir qu'un bon parti me remarque.

Perspective palpitante à n'en pas douter…

— Et papi ? Il ne disait rien ?

— À cette époque, les pères ne s'impliquaient pas beaucoup dans l'avenir de leurs enfants. Surtout de leurs filles. Le mariage avec un homme doté d'une bonne situation, cela suffisait amplement à mon père. Mes envies ou mes rêves, ça ne rentrait pas en ligne de compte.

Sophie n'en revenait pas de ce qu'elle apprenait. C'était la première fois que sa mère lui confiait ce qu'avait été son enfance et sa vie de jeune fille. Sa grand-mère avait été d'une telle ouverture d'esprit avec elle, qu'elle n'aurait jamais pu imaginer que la même femme ait empêché sa propre fille de voler de ses propres ailes.

Mais dans tout cela quelque chose ne collait pas. Son père était loin d'être un bon parti... Ses parents ne manquaient de rien mais enfin si l'ambition de sa grand-mère avait été que sa fille épouse un homme de la haute, il fallait reconnaître que le résultat n'avait pas été au rendez-vous...

— Mais du coup, pourquoi... Désolé papa... Mais pourquoi as-tu épousé papa qui n'a rien d'un riche héritier...?

Michel et Danielle échangèrent un sourire attendri qui laissa leur fille interdite.

— Ton père m'a permis de me rebeller. Il était l'assistant du commissaire au compte de mon père. Il était venu quelques fois à la maison pour apporter des papiers. Nous nous sommes bien entendus. Il n'était pas prétentieux comme tous les garçons que je côtoyais à l'époque. Alors, nous sommes sortis plusieurs fois en cachette...

Ses parents avaient fait le mur pour se voir comme deux amoureux transis ??

Sophie allait de surprise en surprise. Les rares fois où elle les avait interrogés sur leur rencontre, ses parents avaient été plus qu'expéditifs. Elle savait effectivement que son père avait travaillé pour le comptable de son grand-père mais pour elle, l'évolution de leur relation avait suivi un cours normal. Elle n'avait jamais su que celle-ci s'était faite dans le dos de ses grands-parents maternels !

— Pendant plusieurs mois, nous nous sommes beaucoup vus et puis ton père m'a demandé en mariage. Je savais que mes parents n'accepteraient jamais. Alors, nous nous sommes mariés en cachette.

De mieux en mieux !

Sophie lança un regard ahuri à ses deux géniteurs. Elle

avait face à elle deux inconnus. Toute sa vie durant, ses parents s'étaient tenus à des entrevus épisodiques sans afficher la moindre complicité ou tendresse... Il était vrai que les années pouvaient finir par éloigner les couples les plus amoureux mais elle n'aurait jamais pu imaginer que ses parents avaient commencé leur vie maritale sous de tels hospices, tels deux amants maudits.

Michel prit alors la parole à son tour.

— J'avais un petit appartement à l'époque, juste à côté de la gare. Après le mariage, nous sommes allés prévenir tes grands-parents mais ils n'ont rien voulu entendre. Ils... Ils ont mis ta mère dehors avec toutes ses affaires, lui interdisant de revenir leur rendre visite.

Danielle avait un visage marqué par la tristesse à l'évocation de ces souvenirs. De toute évidence, cela avait laissé des traces, encore vives aujourd'hui. Mais comment le lui reprocher ? Rejeter sa fille parce que celle-ci n'avait pas fait le mariage auquel ils la destinaient, cela ressemblait à une réaction d'un autre siècle. Ses grands-parents avaient quand même vécu au XXe...

— Nous avons donc emménagé dans le petit appartement de ton père, reprit Danielle. Pendant des années, nous ne nous sommes pas parlés avec tes grands-parents. Nous nous croisions quelques fois dans les rues - Reims n'est pas si grand - mais nous faisions chacun comme si nous ne nous connaissions pas. Au décès de ton grand-père, j'ai reçu une simple lettre de ma mère et j'ai assisté à l'enterrement au fond de l'église... Et puis le temps a passé, ton père a monté son cabinet comptable, nous avons pu déménager dans notre maison et tu es née... Alors, je suis allée te présenter à ma mère. Les années avaient dû l'adoucir, puisqu'elle voulait faire partie de ta vie. Nous nous sommes mis à nous reparler un peu mais tu t'imagines bien que quelque chose était cassée.

Le contraire eut été étonnant...

— Dès le début, elle réclamait pour toi la plus grande des libertés. Il ne fallait surtout pas t'empêcher de faire quoique ce soit... Elle me reprenait dès que j'essayais de faire preuve d'un peu d'autorité. Moi qui avait été sermonnée dès que je froissais une robe, je voyais ma mère dire à ma fille qu'elle avait le droit de faire ce qu'elle voulait. Alors oui, j'ai eu beaucoup de ressentiments face à son attitude. Plus elle t'encourageait, plus j'étais en colère en me souvenant de tout ce qu'elle m'avait refusé.

Cela donnait un nouvel éclairage aux relations si compliquées dont elle avait été témoin entre sa mère et sa grand-mère durant une bonne partie de son enfance. Elle comprenait à présent les réactions excédées de sa mère à chaque fois que sa propre mère encourageait Sophie à réaliser ses rêves. Elle revoyait d'un œil différent les face à face entre Danielle et sa grand-mère. Cette dernière avait enfoncé le clou en donnant l'opportunité à sa petite-fille de faire tout ce qu'elle avait refusé à sa propre fille. Et Danielle n'avait pu que se braquer un peu plus face à cette mère injuste. Sophie le comprenait à présent.

Mais sans s'en rendre compte, Danielle avait reproduit le même schéma avec sa fille. En tentant de contrer sa mère, elle avait voulu imposer à sa fille une vie dont elle ne voulait pas. Par aveuglement ou par peut être une jalousie inavouée, Danielle avait répété les erreurs maternelles, prenant Sophie en otage d'un conflit qui n'était pas le sien.

— Tu n'en as jamais parlé avec mamie ? Peut-être qu'elle regrettait sa manière d'agir avec toi ? Elle essayait peut-être de se racheter avec moi ?

— Je ne pourrai pas te répondre, nous n'en avons jamais parlé. Nous n'arrivions plus à communiquer. Elle ne pouvait pas s'empêcher de m'en vouloir pour l'avoir défié en épousant un homme en cachette et je n'ai jamais pu lui pardonner de m'avoir tourné le dos comme elle l'a fait.

Une fois ses révélations terminées, Danielle parut épuisée. Rien d'étonnant. Elle avait gardé le silence sur tout un pan de sa vie pendant des années.

Pendant de longues minutes, plus personne ne parla. Ils

étaient tous sonnés par cette conversation. Dorénavant, le retour en arrière serait impossible.

Sophie se demandait encore comment allait pouvoir évoluer leur relation mère/fille après ces années d'incompréhension et d'affrontements. Elle ressentait beaucoup de peine pour la jeune fille qu'avait été Danielle. Ses sentiments vis-à-vis de la femme qu'elle était devenue étaient un peu plus floues. Il lui faudrait du temps pour lui pardonner son ingérence et sa cruauté souvent gratuite.

Elle ne put néanmoins s'empêcher de proposer à ses parents de dîner ensemble le soir-même mais Michel lui indiqua que c'était impossible. Ils partaient dans quelques heures pour une semaine à Venise tous les deux.

En bientôt trente ans d'existence, c'était la première fois que ses parents voyageaient quelque part en couple. Michel lança d'ailleurs le signal du départ et Danielle s'éclipsa aux toilettes avant de quitter le salon de thé.

Sophie ne put se retenir plus longtemps.

— Papa, qu'est-ce qui se passe entre maman et toi ?

— Comment ça ?

— Arrête, ça fait des années que vous vivez presque chacun de votre côté et là, vous me faites un remake de Roméo et Juliette !

— On va à Venise, pas à Vérone...

— Papa...

Michel sourit à sa fille adorée. Il posa sa main désormais pleine de tâches de vieillesse sur celle de Sophie et la serra tendrement.

— Nous avons eu une franche conversation avec ta mère suite à votre dispute. Une conversation qu'on aurait dû avoir il y a des années. L'attitude de ta mère, j'en suis en partie responsable. Après que ses parents l'aient mise à la porte, elle s'est refermée sur elle-même. J'ai laissé les choses empirer par peur d'affronter ma femme. Mais après avoir parlé pendant des heures, nous nous sommes tous deux rappelés pourquoi nous avions bravé l'autorité de tes grands-parents. Et ce n'était pas pour les faire enrager…

Le questionnement intérieur de Sophie dut se lire sur son visage puisque Michel répondit aussitôt en tapotant la main de sa fille.

— Mais tout simplement parce que nous étions tombés profondément amoureux. Nous ne t'avons pas souvent donné cette impression, ma Soso, mais tu es une enfant de l'amour.

Sophie ne parvenait pas à imaginer ses parents en amoureux transis mais si cette mise au point pouvait leur permettre de vivre les prochaines années de manière plus sereine, elle n'avait rien à y redire.

Sa mère revenue, Sophie et ses parents finirent par sortir du salon de thé. En remontant la rue de quelques pas, ils tombèrent sur un homme que Sophie aurait reconnu entre mille. Léonard, vêtu de son épais manteau noir, la gorge serré par une épaisse écharpe, venait lui aussi de la reconnaître. Son visage impénétrable ne laissait rien percevoir de ses sentiments.

Il hocha la tête à leur attention et passa la porte du salon de thé quelques instants plus tard.

— Ce n'était pas ton client bizarre de l'autre jour ? demanda Danielle.

— Si, si, répondit Sophie du bout des lèvres.

Elle sentait que son père l'observait. Alors quand ils se dirent au revoir, elle ne fut pas surprise qu'il la garde un peu plus longtemps contre lui.

— M'est avis que tu es en train de faire la même erreur que ton vieux père, ma Soso. La vie est courte, ça serait dommage de la gâcher parce que tu as hérité de mon manque de courage…

54.

Ses parents repartis, Sophie tenta de se vider la tête en se concentrant sur son travail. Elle prépara quelques bouquets pour des clients de dernière minute, s'occupa des fleurs afin qu'elles tiennent pendant les jours de fermeture et laissa le soin à Charly de gérer les clients. La tête encore pleine des révélations familiales, elle se savait incapable de bavarder avec ses visiteurs comme à son habitude.

Une fois le rideau baissé, elle resta faire sa caisse pendant que Charly réunissait ses affaires avant de filer. Ils se dirent au revoir et Sophie se retrouva enfin seule. Elle terminait de compter l'argent liquide encaissé au cours de la journée quand son regard tomba sur la vieille carte postale de la Place des Tertres. Elle attrapa le cadre et le caressa du bout des doigts, comme elle l'avait fait des centaines de fois.

La vie était étrange. Jusque-là, elle avait toujours pensé qu'elle devait sa vocation de fleuriste à sa grand-mère qui l'avait soutenu des années durant et jusqu'à son décès. Mais aujourd'hui, elle se demandait qu'elles avaient été les motivations de son aïeule. Se racheter pour l'avenir tronqué de sa propre fille ? Se donner bonne conscience ? Se venger bassement vis-à-vis d'une fille qui avait défié son autorité en épousant un homme en-dessous de sa condition ?

Elle espérait de tout cœur que sa grand-mère ne l'avait pas utilisé sciemment dans son conflit ouvert avec Danielle. Jusqu'à présent, elle chérissait avec bonheur ses souvenirs d'après-midis dans sa maison à se balader dans son jardin immense, à arpenter ses allées impeccables et à discuter de plantes et de fleurs.

Elle se demandait par-dessus tout ce qu'aurait été la réaction de sa mère fasse à sa passion si sa grand-mère ne s'en était pas mêlée. Peut-être l'aurait-elle soutenue ? Peut-être auraient-elles pu partager autre chose que des récriminations ? Des années durant, Sophie et sa mère n'avaient pas arrêté de s'affronter et elle avait toujours pensé que Danielle trouvait qu'une carrière de fleuriste n'était pas assez valorisant pour leur famille.

Mais à bien y réfléchir, sa mère n'avait pas entièrement rejeté son métier. Avec son père, ils lui avaient confié la mise de fonds qui lui avait permis d'ouvrir sa boutique de rêve à Montmartre. Sans eux, il y avait peu de chances qu'une banque lui eut confié l'argent nécessaire à la réalisation de son projet. Alors, oui, Danielle avait été blessante. Elle avait découragé sa fille par des remarques injustes et parfois cruelles. Mais contrairement à sa grand-mère, quand il avait fallu être là pour soutenir le projet de sa fille, elle avait été présente. Cela ne pouvait effacer toutes ces années de disputes mais au moins, Sophie pouvait se consoler en se disant que sa mère ne l'avait pas rejeté, elle.

Les parents n'étaient pas des êtres parfaits. Ils avaient leurs propres casseroles, leurs propres travers à gérer. En apprenant l'histoire de sa mère, Sophie comprenait mieux la femme dure et exigeante qu'elle était devenue. Comment ne pas être aigrie quand on vous a refusé la vie dont vous rêviez, au simple prétexte que votre existence n'était là que pour satisfaire un futur époux ? Sophie elle-même ne savait pas comment elle aurait évolué si elle n'avait pu vivre entourée de fleurs.

À un âge où toutes les possibilités auraient dû être face à elle, Danielle avait dû dire adieu à son rêve. Et même si cela n'avait sûrement pas été son intention, elle avait dû souffrir de voir sa fille et les nouvelles générations de femmes être libres de choisir leur voix quand elle avait dû sacrifier ses ambitions à cause de ses parents et d'une société qui ne lui permettait pas de vivre sans un soutien financier qu'il vienne de sa famille ou d'un mari. Un immense sentiment de gâchis avait dû l'imprégner pendant des années.

Sophie n'était pas naïve au point de croire que désormais ses relations avec sa mère seraient au beau fixe et qu'elles s'entendraient comme larrons en foire. Mais elle comprenait davantage ce qui pouvait motiver les remarques et les emportements de Danielle. Sophie ne les accepterait pas davantage aujourd'hui mais au moins, elle savait qu'elle parviendrait à passer outre, sachant que le problème venait davantage de l'enfance ratée de Danielle que d'elle.

La journée avait été longue et elle reposa la carte postale à sa place. Elle ne savait pas encore ce qu'elle allait en faire. Elle ne saurait jamais qu'elles avaient été les motivations de sa grand-mère en l'encourageant de la sorte mais il était temps que Sophie avance sans que les échecs des femmes de sa famille n'empiètent sur sa propre vie. Il était hors de question qu'elle soit la troisième génération à reproduire les mêmes erreurs.

Elle allait réaliser ses rêves et ses projets coûte que coûte, encore plus déterminée qu'elle ne l'était hier.

Une fois rentrée à l'appartement, Sophie ne put s'empêcher de tout raconter à ses colocataires les révélations qu'elle avait reçues cet après-midi. Sans surprise, leurs réactions ne tardèrent pas face à la triste histoire de Danielle.

— Oh mon dieu, la pauvre, s'écria tristement Marion.

— Elle a tiré le gros lot à la loterie des parents moisis ! renchérit Nina.

— Quand je pense au nombre de femmes à qui on a empêché de faire des études, ça me fout les boules ! s'énerva Louise en tapant du pied.

La conversation allait se poursuivre quand la sonnerie se fit entendre. Nina alla ouvrir et réapparut bientôt dans le salon.

— C'est pour toi, Louise...

Derrière elle, se tenait un homme à l'air hautain qui observait leur appartement comme si une nuée de cafards y avait élue domicile. Il portait un costume trois pièces parfaitement coupé et une délicate pochette en soie dépassant de la poche de sa veste. Avec ses cheveux lustrés coiffés en arrière et ses petits lunettes en écaille qui cachaient deux petits yeux étroits, il n'avait rien d'un personnage très avenant. Il tenait à la main plusieurs lettres que Louise reconnut aussitôt.

— Ah vous êtes notre voisin du dessus !

Ainsi donc, voici l'homme qui les inondait à intervalles réguliers sans prendre la peine de répondre à leurs courriers.

— Je viens vous demander d'arrêter d'inonder ma porte et ma boîte aux lettres de vos courriers insultants ou...

— Ou quoi, la coupa Louise, les yeux déjà flamboyants. Ça fait des mois qu'on vous dit qu'on subit un dégât des eaux qui vient de chez vous et vous n'avez jamais osé daigner vous y intéresser.

— Parce que c'est n'importe quoi, répliqua l'homme en balançant les courriers sur la table de la cuisine. Mes installations sanitaires sont en parfait état.

Louise brandit alors le doigt en direction de leur plafond abîmé où on ne pouvait pas nier la présence d'une fuite.

— Et ça, c'est quoi ? Le réchauffement climatique peut-être ?

L'homme émit une moue dédaigneuse en observant leur peinture abîmée et le seau qui se situait juste en dessous.

— Ce n'est pas ma faute si vous n'entretenez pas votre bien. Mais s'il n'y a pas un homme dans cette maison, je comprends bien pourquoi elle part à vau l'eau, dit-il en nous observant chacune à notre tour.

Les quatre colocataires écarquillèrent les yeux chacune à leur tour.

— Ah mais en fait, vous ne tenez pas à la vie, vous, s'écria Nina en jetant un coup d'œil à Louise.

Et effectivement, la jeune journaliste partit au quart de tour.

— Alors écoutez-moi bien, espèce de petit misogyne de merde ! Nous sommes navrées que le taux de testostérone dans cet appartement ne vous convienne pas mais jusqu'à preuve du contraire, votre appareil génital n'a jamais créé de neurone. Donc vous allez activer votre tout petit cerveau et faire réparer votre fuite fissa sinon, c'est au tribunal qu'on vous assigne pour mise en péril de l'immeuble.

— Mais je ne vous permets pas..., commença-t-il en tentant de garder sa contenance.

— Ouais, mais nous, on se permet ! renchérit Nina en se postant à côté de Louise. Rapport au fait qu'on est quatre filles qui se cognent complètement de ce que vous pouvez penser.

— En plus, faites attention, si vous nous cherchez un peu trop, on peut virer hystériques, ironisa Marion, les bras croisés.

— Vous savez, les féministes, aujourd'hui, elles ne se contrôlent plus... Faudrait pas prendre de risques inutiles, termina Sophie en se joignant à ses trois colocataires.

Face à ces quatre femmes remontées à bloc, le voisin ne fit pas le fier longtemps et fila bientôt sans demander son reste.

— Tu paries combien que demain, il y a un plombier chez lui pour réparer la fuite ? rigola Nina en s'effondrant dans un fauteuil, les bras croisés derrière la tête.

— Vous pensez pas qu'on y a été un peu forts ? s'inquiéta d'un coup Marion.

— Que dalle, on a été plus que patientes, répondit Louise en partant vers sa chambre. Je vais prévenir mes parents.

Délaissant à son tour ses colocataires, Sophie se réfugia dans sa chambre. La journée avait été chargée en révélations et elle avait besoin d'un petit temps pour elle.

Elle n'avait pas osé s'y attarder jusqu'à présent mais revoir Léonard n'avait pas été sans effet. Elle sentait encore son cœur s'emballer à la vue du jeune homme. Au souvenir de son visage impassible, elle soupira. Le climat n'était de toute évidence pas apaisé entre eux.

Sophie attrapa son carnet et coucha quelques phrases sur une feuille. Quand elle ressentait, comme aujourd'hui, un trop plein d'émotions, elle avait besoin de les décharger sur le papier. Cela lui faisait d'ordinaire du bien mais ce soir-là, rien ne put effacer de son esprit, le regard froid et distant de Léonard quand ils s'étaient croisés.

Elle qui avait espéré qu'à leur prochaine rencontre, ils pourraient échanger ne serait-ce qu'un mince sourire… Ce n'était pas encore pour tout de suite.

Clairement, il semblait avoir plus envie de la trucider avec une tronçonneuse que de courir au ralenti pour la rattraper dans un aéroport bondé…

Secouant la tête, Sophie se dit qu'elle ressassait beaucoup trop (et qu'elle avait regardé un nombre exagéré de comédies romantiques ces derniers temps).

Bien décidée à arrêter les deux, elle consulta rapidement son application de cinéma et réserva une place pour la prochaine séance du dernier policier sorti. Une histoire de kidnapping sur fond de serial killer…

Voilà qui allait être radical pour effacer toute rêverie fleur bleue de son esprit !

55.

Sophie sortit de sa séance, l'esprit aussi embrumé que quand elle avait pénétré dans la salle de cinéma. Le film compliqué et long n'avait pas réussi à lui changer les idées. À chaque fois que le héros, grand, brun et barbu apparaissait à l'écran, elle revoyait Léonard.

C'était bien sa veine de tomber sur un film qui avait choisi d'engager la copie conforme de l'homme qu'elle désespérait d'oublier.

Tentant de passer outre la traîtrise hollywoodienne, elle acheta une crêpe au sucre à un vendeur du quartier et erra dans la rue Montorgueil où de nombreuses terrasses de café ou de restaurant accueillaient encore des noctambules. Elle détourna le regard des couples qui se papouillaient sous ses yeux et croqua à pleines dents dans sa crêpe en admirant les devantures colorées et illuminées qui avaient envahis la rue en cette période de pré-fêtes de Noël.

Elle était plongée dans le décor féérique d'un traiteur quand elle se sentit pousser sur le côté. Deux pattes poilues s'étaient posées sur son manteau avec enthousiasme et l'avaient fait trébucher. Elle se tourna alors vers le chien qui était un Golden Retriever beige. Elle sentit sa respiration se bloquer dans sa gorge et se tourna aussitôt vers la voix qu'elle entendait derrière elle. Elle s'attendait déjà à voir Léonard se précipiter vers elle pour rattraper Riley qui, pauvre chien, n'avait pu s'empêcher de sauter sur elle, débordant d'enthousiasme à l'idée de la retrouver.

Mais quand elle se retrouva face au maître, elle dut se rendre très vite à l'évidence : d'une taille équivalente à la sienne, brun mais plutôt dégarni et sans barbe aucune, l'homme n'avait rien en commun avec Léonard. Et à bien y regarder le chien ne ressemblait pas tant que ça à Riley non plus. Plus fin et petit, le chien devait être une femelle qui avait été davantage attirée par sa crêpe que par sa personne.

Arrivé à sa hauteur, le maître s'excusa de l'exubérance de sa chienne et repartit aussitôt après avoir remis l'animal en laisse.

Sonnée, Sophie répondit à peine et les regarda s'éloigner.

Elle était plantée au milieu du trottoir depuis plusieurs minutes quand une bande de jeunes l'interpella.

— Hey madame, ça va ?

Elle sursauta et avisa les adolescents qui l'observaient avec méfiance.

Et ce fut alors qu'elle les sentit.

Sans même qu'elle s'en rende compte, les larmes s'étaient mise à couler sur ses joues.

Une fois rentrée chez elle, elle se précipita dans le salon, l'esprit tourneboulé. L'ambiance était tamisée. Les trois amies étaient plongées dans un film et en dehors d'une petite lampe et de la lueur de leur télévision, la pièce était plongée dans la pénombre. Une délicieuse odeur de gâteau aux pommes flottait même dans l'air mais pour une fois, Sophie ne fut même pas tenter de réclamer une part. Elle était bien trop chamboulée pour cela.

— Je veux Léonard ! s'écria-t-elle.

Les trois amies plongées dans leur film, se figèrent. Elles se regardaient, incertaines quant à la conduite à tenir et surprise de son entrée en fanfare.

— Là, tout de suite ? Non parce que j'ai oublié d'en racheter quand j'ai fait les courses, tenta de plaisanter Nina.

Marion coupa le sifflet aux acteurs en appuyant sur la touche « muet » et alluma davantage de luminaires.

Sophie tenta d'être plus claire.

— Non, je veux dire que je veux récupérer Léonard. Et j'ai

besoin de votre aide !

Ses trois amies ne perdirent pas un instant et lui demandèrent comment elles pouvaient l'aider.

Sophie n'en avait pas encore la moindre idée mais elle devait parler à Léonard malgré sa volonté clairement affichée de ne pas l'approcher à plus de cinq cents mètres.

Le chemin du retour jusqu'à l'appartement avait été l'occasion d'une incroyable prise de conscience pour la jeune fleuriste. En sentant ses larmes couler, elle avait enfin compris ce que son cœur tentait de lui dire depuis des semaines. Léonard lui manquait.

C'était aussi simple que ça.

Elle avait beau se voiler la face et continuer sa vie comme si de rien n'était, elle ne pouvait pas s'empêcher de penser à lui, à son sourire, à son humour parfois complètement idiot et à sa délicatesse si bien cachée.

Elle n'oubliait pas pour autant qu'il avait mis en place le plan de drague le plus lamentable de l'histoire mais plus elle y réfléchissait et plus elle le trouvait adorable.

Ce qui montrait bien que sa circulation irriguait davantage son cœur que son cerveau…

Il était tellement persuadé qu'ils avaient quelque chose à vivre tous les deux qu'il avait continué envers et contre tout pour leur permettre de se connaître. La tentative avait été maladroite, perdue d'avance mais il avait pris un risque.

Quand elle se terrait bien au chaud dans sa zone de confort qui n'en finissait plus de se resserrer.

Elle devait se faire violence et arrêter de croire qu'en refusant toute relation, elle se protégeait. Elle s'empêchait de vivre et était la seule à en souffrir au final.

Elle n'avait aucune certitude que son histoire avec Léonard ne se terminerait pas en catastrophe monumentale. Elle pourrait tout aussi bien être au fond du trou le mois prochain parce qu'il continuerait à la rejeter.

Mais au fond, l'incertitude était présente dans chaque aspect de sa vie. Elle pouvait être renversée par une voiture le lendemain. Et après l'ensemble des risques qu'elle avait pris pour sa boutique, elle pouvait aussi tout perdre dans quelques mois. Et pourtant, elle ne se voyait plus revenir en arrière. Elle avait retrouvé sa fougue du début et une féroce ambition de faire découvrir au plus grand nombre l'intérêt des fleurs françaises.

Si elle mettait dans sa vie privée la même conviction, nul doute qu'elle pourrait se réserver quelques beaux moments.

Cela durerait.

Ou pas.

Elle était incapable de le savoir à l'avance mais rejeter toute personne qui voulait se faire une place dans sa vie, c'était à coup sûr le meilleur moyen de ne jamais connaître le bonheur.

Et du bonheur, elle était sûre qu'elle pouvait en trouver avec Léonard…

56.

Sophie s'était blottie dans le fauteuil à oreilles du salon du thé et avait bien pris soin de ne pas être visible de la rue ou du comptoir de la boutique. Elle avait tourné le siège de tel sorte que personne ne pouvait savoir qu'elle était là. Nina et Louise s'étaient positionnées dans à peu près tous les angles possibles et imaginables pour vérifier que l'effet de surprise ne serait pas gâché.

Marion lui avait garanti que Léonard se présentait chaque matin dans son salon de thé pour prendre son café à emporter mais cela faisait déjà vingt bonnes minutes que l'heure habituelle était passée.

C'était bien sa veine que le jour où elle décidait de lui balancer tout ce qu'elle avait sur le cœur, il décide de faire la grève de caféine !

Ses trois amies, plantées derrière le comptoir, s'impatientaient aussi.

— Bon, il ramène ses miches ! Je dois être à la rédaction d'ici une heure…, maugréa Louise en remettant en place les chaises pour la douzième fois consécutive.

— En même temps, tu n'as même pas besoin d'être là, riposta Nina en positionnant des petits pots de sucre et de miel sur les tables.

— Et rater ça ? Jamais de la vie ! En plus, si on te laisse faire, tu vas trouver le moyen de tout faire foirer !

— Ah ouais ?? On parie que c'est laquelle de nous deux qui va se vautrer ? Je suis sûre que tu ne sais même pas tenir un plateau !

— Je te signale qu'il y a pas de plateau dans le scénario

et être une serveuse déplorable est un peu le but... répliqua Louise en montant le ton.

— Taisez-vous, les coupa subitement Marion. Il arrive !

Sophie sentit sa gorge se rétrécir d'un coup. Elle n'arrivait plus à déglutir et l'intégralité de ses repas des trois derniers jours se trouvait coincé au niveau de son intestin. Les mains soudain moites, elle les frotta sur sa salopette en jean.

Elle avait été tentée de mettre une robe un peu plus seyante que son éternel salopette en denim mais elle était suffisamment stressée comme ça sans se sentir engoncée par-dessus le marché. Sa tenue habituelle la rassurait et elle avait besoin de tout le réconfort possible.

Quelques secondes plus tard, elle entendit la clochette retentir, annonçant l'arrivée d'un nouveau client. Vu le silence qui s'était fait dans la salle, elle n'eut même pas besoin de jeter un coup d'œil pour vérifier que c'était bien Léonard qui était entré. Un jappement de Riley lui confirma qu'il n'y avait pas erreur sur la personne.

Marion remplit son rôle à la perfection et l'accueillit avec chaleur. Seules ses amies pouvaient percevoir que son enthousiasme était un peu trop forcé et que le ton de sa voix, habituellement douce et mesurée, avait pris une octave de trop.

— Un grand café noir comme d'habitude ? Si ça ne vous dérange pas, nous sommes en train de former une nouvelle serveuse pour les fêtes de fin d'année, donc ça prendra quelques minutes de plus que d'habitude.

— Pas de problème, répondit Léonard.

Rien qu'en entendant le son de sa voix de baryton, Sophie sentit ses poils se dresser sur ses avants bras.

C'était donc ça, être réceptive ?

Ce fut ensuite Louise et Nina qui prirent le relais. La première faisait semblant d'écouter attentivement les explications de la seconde. Et autant l'avouer tout de suite, elles ne montrèrent pas le talent de comédienne de Marion.

— Alors, tu mets la tasse ici, d'accord ? Attention, si tu ne la places pas correctement, tout va verser à côté, ok mon chou ? expliqua Nina avec condescendance.

— Okay..., articula Louise.

— Ensuite, tu sors ce petit réceptacle. Ce n'est pas très compliqué, il suffit de tourner le manche vers la gauche. Une enfant de cinq ans s'en sortirait. Tu penses que ça va aller ?

— Ça devrait...

Sophie se passa la main sur le visage. Elle savait qu'elle n'aurait jamais dû écouter Nina et son plan tiré par les cheveux. Avec leur cinéma ridicule, elles allaient faire fuir Léonard. Il n'avait probablement pas la matinée devant lui pour un simple café.

Pourtant celui-ci restait silencieux et attendait patiemment son mug à emporter.

— Ensuite donc, tu mets la dose de café... tu doses bien hein... Tu remets le réceptacle à sa place et hop, on appuie sur le bouton. Ça va jusque-là ? Tu n'es pas trop perdue, minauda Nina d'une voix chantante.

— Non mais la prochaine fois, je vais peut-être prendre des notes, ironisa Louise.

Quand vint le moment d'attraper le mug enfin prêt, Sophie les entendit se chamailler.

— Laisse-moi finir, voyons.

— Mais je peux le faire, tu as fait tout le reste !

— Pour le moment, tu observes et tu apprends !

— Je pense arriver à transporter une tasse sur un mètre cinquante !

Et ce fut là qu'on entendit la tasse se renverser et Léonard émettre un juron bien senti.

— Oh désolée ! Tu vois ce que tu as fait, s'exclama Nina.

— Mais c'est pas moi ! Désolée monsieur, elle n'est pas très adroite visiblement, répliqua Louise.

Ne résistant plus, Sophie jeta un petit coup d'œil en se collant à l'oreille du fauteuil. Nina et Louise s'étaient précipitées sur Léonard, qui s'était reculé d'un bond du comptoir, le manteau gouttant de café bouillant...

Elles auraient peut-être pu prévoir de ne pas chauffer l'eau pour leur mise en scène…

Riley, croyant à un jeu, s'agitait autour d'eux et aboyait joyeusement. Sophie ne voyait pas le regard de Léonard mais vu la raideur de sa nuque et son silence éloquent, il devait être prodigieusement agacé.

D'un coup, elle se demanda comment elle avait pu imaginer que ce stratagème allait le mettre dans les bonnes dispositions pour écouter ce qu'elle avait à lui dire.

Tant pis, il était trop tard !

— Riley, stop, dit-il enfin d'une voix lasse.

— Monsieur, donnez-moi votre manteau, elle va aller le nettoyer !

— Pourquoi moi, c'est toi qui a renversé le café !

— Parce que toi et moi, on va prendre le manteau et aller dans l'arrière-boutique, bougre d'andouille, articula Nina du bout des lèvres.

— Ah… ouais… Ouais, filez-moi votre manteau !

Léonard n'eut même pas le temps de protester, les deux jeunes femmes lui avaient déjà attrapé le col et l'obligeait à s'extraire de son vêtement. En quelques secondes, elles avaient disparu dans l'autre pièce, laissant le pauvre Léonard planté au beau milieu du salon.

Marion s'excusa à son tour, lui promit des dizaines de café gratuit et le remboursement du teinturier. Malgré l'agacement qui se percevait encore dans sa voix, il lui assura que ce n'était pas si grave et demanda à pouvoir récupérer son manteau.

C'était le moment où elle devait se montrer.

Histoire qu'elles n'aient pas ruiné son vêtement hors de prix pour rien…

57.

Alors Sophie prit son courage à deux mains et fit reculer son siège qui racla légèrement sur le sol et se leva. Alerté, Léonard se tourna et afficha la plus sincère des surprises en la voyant. Il ne comprenait pas ce qu'il se passait, c'était clair. Ses sourcils s'était haussés et un air perplexe s'était peint sur son visage.

Marion ne perdit pas de temps.

— Hum, bon, je vais voir où elles en sont…

Avant de partir, la jeune pâtissière tourna la petite pancarte sur sa porte d'entrée, annonçant que le magasin était fermé pour quelques minutes et s'enfuit dans son arrière-boutique. Léonard et Sophie observèrent son va et vient sans échanger un mot.

Et enfin, ils furent seuls.

Sophie se tordit les mains, tentant d'interpréter l'humeur de Léonard.

Il la regardait toujours comme si deux antennes lui étaient brusquement apparus sur la tête.

Bon, il n'allait probablement pas changer d'humeur dans les prochaines minutes, elle devait donc enchaîner.

Elle allait se lancer quand il la devança.

— C'était quoi ça ? demanda-t-il enfin.

Hum, pas la question qu'elle avait envie d'aborder pour débuter la conversation mais elle lui devait probablement une explication.

Voir des excuses pour son vêtement fichu !

— Je… je voulais juste être sûre que tu ne te précipiterais pas dehors, que tu écouterais ce que j'avais à dire.

Il écarquilla un peu plus les yeux et se passa une main dans les cheveux.

— Dans un monde normal, tu pouvais aussi simplement me dire que tu voulais me parler. Je n'ai pas trois ans, je n'allais pas partir en courant... Là, franchement, s'il ne faisait pas -10 dehors, je ne sais pas si je resterais...

Néanmoins, il se tourna vers elle, les bras croisés et la mine sérieuse.

Bonjour l'attitude défensive !! Tout ça pour un peu de café sur un manteau...

Pas franchement rassurée quant à l'issue de cette conversation, pour laquelle elle avait passé une nuit blanche à ressasser les mots qu'elle voulait lui dire, Sophie prit une profonde inspiration.

Elle s'approcha de quelques pas, histoire de réduire au moins physiquement le gouffre qui s'étendait entre eux.

— Je... J'ai bien réfléchi à ce que tu m'as dit. Au fait que tu avais fait beaucoup d'efforts pour me connaître et que j'apprenne aussi à te connaître... Alors, je continue de penser que tes techniques de dragues sont à chier et qu'il y avait à peu près autant de chances que ça fonctionne que je finisse ma croissance et euh...

Sophie s'arrêta net en le voyant avancer la tête avec un air ahuri.

Oui, bon peut-être qu'elle n'avait pas commencé par la meilleure partie de son argumentation...

— Non, mais ce que je veux dire, c'est que toi et moi, on s'est mal compris depuis le début. Tu pensais qu'en arrivant en crabe, tu parviendrais à me convaincre mais...

— En crabe ? coupa-t-il, les yeux ronds.

Elle jura et appliqua ses deux mains contre son visage, désespérée.

Elle s'y prenait comme un pied et d'ici deux minutes, il allait sûrement risquer la pneumonie plutôt que d'écouter une phrase de plus de son discours décousu et lamentable.

— Je n'arrive pas à formuler ça comme je veux. Laisse-moi

finir s'il te plaît. Je t'assure que dans ma tête, c'est super clair.

Elle s'approcha encore et tenta d'accrocher son regard. Son visage misérable et désespéré dut l'attendrir quelque peu puisqu'il lui fit signe de continuer.

— Ce que je veux dire, c'est que je n'ai pas compris une seconde ce que tu tentais de faire et oui, je me suis braquée depuis le début. Mais, j'ai besoin de temps pour faire confiance. De beaucoup de temps. Demande à mes colocataires, j'ai mis des années à leur confier quoique ce soit. Et encore aujourd'hui, il y a des choses que je n'arrive à dire à personne. J'ai trop peur. Peur de me montrer vulnérable. Peur qu'on s'en serve pour me faire du mal. Peur de me tromper encore. Et sincèrement, je pensais t'avoir cerné. Je veux dire, un beau-gosse comme toi, tu avais forcément une enfilade de copines qui attendait à ta porte. Quand tu as tenté de me draguer, je me demandais si tu ne t'étais pas trompé de cible ? Franchement, moi, mes salopettes et mes culottes Harry Potter... Enfin, je veux dire, regarde-moi, je ne cadre pas dans le tableau, sois honnête !

Au fur et à mesure de son speech, Sophie s'était approchée alors que Léonard n'avait pas bougé d'un pouce. Il écoutait cependant ce qu'elle avait à dire et ne l'avait pas interrompu une seule fois.

— Mais, reprit-elle après un instant d'hésitation, le fait est que je n'arrive pas à t'oublier. J'ai beau me répéter que tu vas te lasser de moi dans deux semaines et que tu vas bientôt te rendre compte que je suis une timbrée qui parle à ses fleurs et que j'ai le plus gros stock de salopettes du pays, je ne parviens pas à t'effacer de ma tête.

Au fur et à mesure qu'elle parlait, les yeux bruns de Léonard ne la quittait pas. Elle aurait pu se noyer dans ses yeux chocolat mais elle n'avait pas tout à fait terminé.

— Je crois qu'au fond, je n'ai pas vraiment envie de t'oublier parce que ces quelques jours de voyage avec toi, m'ont fait plus de bien que tout ce que j'ai pu tenter ces dernières années pour combler ma solitude. Et que... bon avouons-le, le sexe c'était top aussi…, avoua-t-elle à voix basse, penaude en baissant la tête.

Ne voyant pas de réaction de sa part, elle osa un petit regard par en-dessous et le découvrit, la main sur la bouche, tentant de réprimer le rire qui faisait plisser les rides au coin de ses yeux.

— Je ne pensais pas être drôle, s'étonna-t-elle, un brin vexée, mais si tu…

— Oh mon Dieu, tais-toi, dit-il subitement en l'attrapant par la taille.

Sans lui laisser le temps d'ajouter un mot de plus, il souda ses lèvres aux siennes et lui donna le baiser dont elle rêvait en secret depuis des jours. Il l'entoura de ses bras et elle ne tarda pas à nouer les siens derrière sa nuque avec fougue. Sans se faire prier, elle fit glisser ses doigts dans sa masse de cheveux et approfondit leur baiser.

Riley s'était rapproché d'eux, voulant lui aussi participer à cette étreinte collective. Il se frotta contre son maître, le faisant basculer d'un pas. Léonard rassura son chien d'une caresse sur la tête tout en gardant Sophie, serrée contre lui.

Tout à son bonheur, elle n'oublia pas qu'elle n'avait pas encore tout à fait terminé. Elle s'écarta de quelques centimètres alors qu'il tentait à nouveau de l'embrasser.

— Alors, attention, je ne te dis pas que toutes mes barrières se sont envolées d'un coup ! J'aurai sûrement besoin d'un peu de patience de temps en temps parce que tu comprends, je…

— Mais tu ne t'arrêtes donc jamais de parler, dit-il en lui fermant la bouche d'un tendre baiser.

Il la libéra néanmoins avec un sourire, tout en gardant sa main dans la sienne.

— À toi de m'écouter maintenant, ma fleuriste. Je sais que nous avons encore du chemin à faire. C'est vrai qu'on a encore beaucoup à apprendre l'un sur l'autre et tout ne se fera pas en un jour. On a tout le temps, je te le promets, finit-il en pressant sa main.

Le cœur débordant littéralement, elle lui sourit et se blottit contre lui avec abandon.

Pour une fois, pas de petite voix dans sa tête qui lui disait d'être sur ses gardes, pas d'avertissement qui lui recommandait de fuir à toutes jambes. Elle était parfaitement bien là où elle était et elle n'avait aucune envie de se trouver nulle part ailleurs.

Léonard avait refermé ses bras sur elle, le menton posé contre ses cheveux et ils restèrent ainsi de longues secondes.

— Hum, le manteau, il avait une valeur affective ? Parce que je pense que le plus simple serait encore d'en racheter un, fit une voix derrière eux.

Toujours serrés l'un contre l'autre, ils se retournèrent et découvrirent les trois comparses, serrées dans la petite ouverture qui donnait sur l'arrière-boutique. Elles avaient toutes un air ravi en travers du visage et pas la moindre trace de culpabilité.

— C'est fou ce que ça tâche le café, renchérit Nina avant d'entrainer les deux autres et de laisser Léonard et Sophie seuls.

— C'est fréquent ce type de stratagème avec tes amies ? s'enquit Léonard en caressant du bout du nez l'arrête de sa mâchoire.

— Hum… franchement ? soupira-elle, les sens déjà en action. Ça arrive beaucoup plus souvent qu'on ne pourrait le croire !

Elle s'approchait avec gourmandise de ses lèvres quand il recula de quelques centimètres, le visage brusquement sérieux.

— J'ai quand même encore un point à éclaircir…

— Quoi ? demanda Sophie, le ventre déjà noué.

Le résultat était au-delà de ses espérances, il fallait bien que la réalité la rattrape…

— Tu as vraiment des culottes Harry Potter ??

Se mordant la lèvre, Sophie regarda Léonard qui se marrait tout seul de sa blague. Elle se dressa alors sur la pointe des pieds et s'approcha à quelques millimètres de sa bouche.

— Pourquoi, tu ne viendrais pas vérifier par toi-même ?

Son rire s'étranglant dans sa gorge, Léonard fondit sur ses lèvres, un air féroce dans son regard déjà embrumé.

— Vendu !

Épilogue

Un mois plus tard…

Sophie venait de sortir de l'arrière-boutique où elle s'était préparée pour son rendez-vous avec Léonard. Elle avait revêtu une robe vert bouteille délicatement resserrée à la taille et qui mettait en valeur son décolleté. Celui-ci était généralement cachée sous d'immenses pulls et des écharpes ultra-longues. Mais ce soir, elle avait voulu marquer le coup. Non pas que Léonard ait fait la moindre remarque sur son style habituel (il avait même développé une fascination pour ses différentes salopettes) mais elle avait envie d'accentuer davantage sa féminité ce soir-là.

Après tout, ils fêtaient leur un mois de relation. Elle n'avait rien prévu de spécial pour autant pour l'occasion.

Elle se doutait que Léonard n'aurait même pas fait le rapprochement, en digne représentant de la gente masculine qu'il était.

Elle avait juste suggéré une soirée dans un de leurs restaurant fétiches, un établissement savoyard où ils pouvaient tous deux célébrer leur amour du fromage autour d'une succulente fondue. Savoir qu'ils avaient passé ensemble un mois incroyable suffisait à lui donner le sourire et à illuminer sa soirée. Elle n'avait besoin de rien d'autre.

Léonard avait tenu parole et lui avait laissé tout l'espace dont elle avait besoin pour apprendre à lui faire totalement confiance et à se sentir libre de se confier quand elle le souhaiterait. Leurs chamailleries n'avaient pas totalement disparus.

C'était impossible avec la gaminerie que Léonard se plaisait à cultiver !

Mais Sophie savait que tout cela n'était qu'une façade chez son petit-ami. Quand elle avait besoin de lui parler sérieusement de ses peurs ou de ses doutes, il était d'une écoute sans pareil. Il la rassurait et l'encourageait comme nul autre avant lui. Il semblait avoir une foi aveugle en ses capacités et une telle certitude ne pouvait que la motiver à se dépasser encore et encore.

Sophie rejoignit l'espace de vente de sa boutique pour faire le point avec Charly avant qu'il ne s'occupe seul de la fermeture.

— Oh mon Dieu, qui êtes-vous et qu'avez-vous fait de ma patronne ? s'écria-t-il, s'agrippant à son balai comme si sa vie en dépendait.

C'était bien la première fois qu'il tenait l'ustensile aussi fermement…

— Arrête ton cirque, ce n'est pas la première fois que je mets une robe.

Il reprit son ménage en riant.

— Désolé patronne, mais depuis le temps, j'étais persuadée que tu n'avais que les tenues de Bob le Bricoleur dans ton placard !

Elle secoua la tête devant l'impertinence de son apprenti. Elle s'approcha du comptoir et fit un point sur le contenu de la caisse. La journée avait été bonne et si elle ne se trompait pas, ils avaient encore progressé en chiffre d'affaires par rapport à la semaine précédente.

Cette reconversion avait fait rentrer son magasin dans une autre dimension. Alors que les mois précédents avaient été laborieux, depuis qu'elle avait lancé son nouveau concept, elle voyait arriver une toute nouvelle clientèle, fidèle et désireuse de consommer autrement. Ses recettes n'avaient jamais été aussi hautes et si les fêtes de fin d'année y étaient pour beaucoup, elle comptait bien continuer à transformer l'essai dans les mois à venir.

Même son comptable et son banquier étaient optimistes.

Ce qui ne pouvait que la rassurer vu leur insatisfaction habituelle la concernant !

Elle échangea quelques consignes avec Charly avant de rejoindre la rue. Elle ne voulait pas être en retard. Vêtue d'un élégant manteau en velours noir, que sa mère avait désespéré de la voir porter pendant des années, elle parcourut rapidement le reste de la rue. Elle passa sans s'arrêter devant le salon de thé de Marion et se contenta de lui adresser un rapide signe de la main. En la voyant accoutrée ainsi, nul doute que son amie allait comprendre qu'elle partait rejoindre Léo.

Marion, elle aussi, voyait son commerce continuer à se développer. La réputation du salon de thé avait fait le tour de la capitale et Marion n'arrêtait pas d'être citée sur les sites spécialisés et par toutes les influenceuses, toujours en quête d'endroits charmants et atypiques. Elle avait même fini par embaucher complètement Nina, ce qui permettait ainsi à la jeune femme de ne plus courir les boîtes d'intérims et les missions d'extras. Avec Marion comme patronne, elle pouvait facilement aménager ses horaires et continuer à se rendre à ses castings pour, peut-être un jour, finir par percer dans le mannequinat...

Du côté de sa vie sentimentale, la jeune femme avait fini par reprendre ses habitudes et avait recommencé à papillonner sans s'attarder auprès d'aucun. À la grande surprise de Sophie, Nina et Antoine continuaient de se voir régulièrement et leur amitié, improbable à ses yeux, devenait de plus en plus forte.

Louise, quant à elle, était la plus appliquée d'entre elles. Elle enchaînait les heures à la rédaction de son journal et était bien décidée à voir sa carrière décoller. Elle ne s'économisait pas pour voir son objectif se réaliser. Elle détestait toujours autant le cinéma populaire mais quelques séances de yoga avec Nina lui avait appris à ne plus aboyer sur quiconque ne connaissant pas les films de Truffaut sur le bout des doigts.

Il y avait bien encore quelques ratés mais dans l'ensemble, aucune victime n'était à déplorer.

Sa plus grande victoire ces derniers temps était probablement d'avoir réussi à faire réparer sa fuite à leur voisin du dessus. À force de se faire foudroyer du regard dans les escaliers, il avait fini par faire venir un plombier qui avait réparé le problème en quelques minutes. Un joint de robinet, semblait-il... Louise avait râlé dans sa barbe pendant de longues minutes à l'idée du temps qu'il leur avait fait perdre mais là encore, elle était parvenue à se retenir de toute représaille.

Ses trois colocataires se portaient donc comme des charmes et malgré leurs vies bien remplies, elles n'oubliaient jamais de conserver du temps à passer toutes ensemble.

Pour admirer la parfaite plastique de Jaimie ou de Jon Snow le plus souvent...

Arrivée devant le restaurant, Sophie jeta un coup d'œil à travers la vitre. Léonard était déjà arrivé et il portait un élégant costume qui mettait en valeur sa carrure d'athlète. Étonnée qu'il ait fait des efforts de tenue alors qu'il avait d'habitude un style beaucoup plus décontracté, Sophie se dit qu'il avait sûrement du avoir un rendez-vous important dans la journée, ce qui expliquait sa tenue plus formelle.

Elle traversa rapidement le restaurant et le rejoignit à leur table. Il se leva à son approche et ne put s'empêcher de la regarder avec envie. C'était probablement une des choses qu'elle préférait chez lui. Il ne cachait jamais ce qu'il ressentait et n'avait aucune honte à montrer son admiration pour elle.

Posant les mains à plat sur son torse, elle se mit sur la pointe des pieds pour l'embrasser.

— Tu es sublime, chuchota-t-il à son oreille avant de déposer un baiser à la base de son cou.

Rosissant de plaisir, Sophie lui fit un clin d'œil.

— Tu n'es pas mal non plus...

— Oui, hein ?

Tout fier de lui, il lissa le revers de sa veste parfaitement coupé.

Ils s'installèrent à leurs places et ne prirent même pas la

peine de regarder la carte.

Fondue savoyarde aux cèpes, c'était ce qu'ils prenaient toujours.

Le serveur, habitué à leur présence, ne tarda pas à venir prendre leur commande. Et alors qu'il leur proposait de commencer par un apéritif, Léonard suggéra du champagne.

— Qu'en dis-tu ?

Sophie accepta mais elle était plus que surprise. Du champagne ? Ce n'était pas dans leurs habitudes.

Se pourrait-il qu'il...

Et alors que le serveur repartait vers une autre table, Léonard lui saisit la main.

— Ta journée s'est bien passée ?

— Oui, sourit-elle en caressant à son tour de son pouce la main de son compagnon. Ma mère m'a encore appelé trois fois.

Elle soupira en levant les yeux au ciel mais la situation finissait par l'amuser.

Depuis que ses parents avaient appris qu'elle était en couple, sa mère n'arrêtait pas de lui demander de leur présenter Léonard. Il avait été invité à Noël, au nouvel an et à chaque week-end entre temps. Sophie, voulant prendre son temps, n'avait pas encore accepté de se rendre à Reims mais elle savait que d'ici quelques temps, elle céderait à la pression maternelle.

Pas seulement pour faire plaisir à Danielle mais aussi parce qu'elle sentait poindre l'envie de leur présenter l'homme qui partageait sa vie.

Léonard la laissait libre de décider du timing et lui avait simplement indiqué que sa propre famille était prête à la recevoir quand elle le souhaiterait.

Chloé avait déjà fait son portrait à tout le monde à priori...

Cela ne la rassurait pas outre mesure vu leur dernière rencontre mais Léo l'avait rassuré. Sa mère était enchantée à l'idée qu'il soit en couple et vouait déjà une reconnaissance sans borne à Sophie.

Alors qu'ils discutaient de leurs journées respectives, deux coupes de champagne apparurent devant eux. Saisissant le pied délicat du verre, Sophie le fit tenter contre celui de Léonard.

— À nous, dit-elle.

— Et à notre mois tous les deux, compléta-t-il.

Ainsi donc, il avait noté qu'ils fêtaient ce soir leur premier « moisiversaire ».

Il ne cesserait jamais de l'étonner.

— Tu pensais que je n'y ferais pas attention, n'est-ce pas ? sourit le jeune homme.

Affichant une grimace ennuyée, Sophie n'osa pas répondre.

— Ah, femme de peu de foi ! Du coup, je ne sais pas si tu mérites ton cadeau...

— Mon cadeau ? Quel cadeau ?

— Eh bien quand on fête un anniversaire, il est d'usage de faire un présent, non ? Ou alors, on m'aurait menti, dit-il en plaquant contre son torse la petite pochette qu'il avait sorti de l'intérieur de sa veste.

Elle rit de sa plaisanterie mais elle ne put s'empêcher d'être gênée.

— Mais je n'ai rien pour toi, moi... Je ne pensais pas qu'on fêtait quoique ce soit ce soir...

— De mieux en mieux !

Léo lui sourit tendrement, se fichant complètement qu'elle n'ait pas pensé à lui faire de cadeau. Le fait de la surprendre suffisait à son bonheur.

Vu l'air goguenard qu'il affichait, c'était évident !

Il poussa la petite pochette de son côté de la table et attrapa sa coupe de champagne. Sophie était aussi excitée qu'une petite fille et ne perdit pas une seconde pour ouvrir son paquet. Au fond de la pochette, une petite masse de tissu vert foncé.

Elle fronça les sourcils, incapable de deviner de quoi il s'agissait et sortit le cadeau au grand jour. En comprenant enfin, elle émit un cri étranglé et refourgua le tout dans la pochette, les joues brûlantes.

Une culotte ! Il lui avait offert une culotte !

Léonard, de son côté, était mort de rire et s'essuyait

quelques larmes au coin des yeux.

— Tu aurais pu me prévenir, lui reprocha Sophie, plus gênée que jamais.

— Est-ce que tu as vu au moins le motif ?

Non, elle n'avait pas pris la peine d'examiner un sous-vêtement sous toutes les coutures en pleine salle de restaurant !

Intriguée néanmoins, elle ressortit son présent plus discrètement et la déplia sous la table.

Oh le bougre d'idiot, il n'avait pas osé !

Il ne lui avait pas seulement offert une culotte… Il lui avait offert un shorty où un petit dessin de Drago Malefoy s'étalait sur le devant.

— J'ai trouvé qu'il te fallait un peu plus de culottes avec de vilains garçons…, suggéra-t-il à voix basse en se penchant vers elle.

Les joues encore rouges de confusion, Sophie ne le quittait pas du regard. Elle essayait bien d'avoir l'air fâché mais elle ne put s'empêcher de rire à son tour.

Il y avait peu de chance qu'elle parvienne un jour à faire mûrir Léonard mais quelle importance ? Elle l'avait choisi, lui, et il était parfait tel qu'il était.

Avec son humour souvent nul et ses pseudos-capacités de séducteur…

***

Elle n'avait pas attendu que le bonheur vienne la chercher. Non, elle avait préféré aller elle-même à sa rencontre.

Elle avait simplement choisi d'être heureuse !

Fin

Remerciements

La première personne que je souhaite remercier, c'est toi.

Oui, toi lectrice ou lecteur de mon cœur, qui tient mon roman entre tes mains, à travers un bon vieux livre papier ou grâce à ta liseuse. En découvrant mon deuxième livre autoédité, tu me fais le plus beau des cadeaux. Et si tu as aussi découvert mon premier roman "Promis, j'arrête de rêver", c'est encore mieux ! (Sinon, arrête de lire ces remerciements immédiatement et remédie à cet oubli dans l'instant !).

J'aimerais également remercier mon chéri, ma famille et mes proches qui m'ont montré un soutien sans faille pour la publication de mon premier livre et qui m'ont poussé à écrire ce second opus afin que la magie ne retombe pas.

Un grand merci aussi à Mélanie qui, avec des trésors de diplomatie, a su corriger toutes mes erreurs florales (il paraît que j'ai la manie de coller des tulipes à toutes les saisons). Promis, je me soigne...

Un immense merci aussi à Adeline, l'illustratrice de talent qui, pour mes deux romans, a su trouver l'univers qui convenait autant à moi qu'à mes personnages. En plus d'être une artiste de talent, elle a su être d'une grande écoute pour créer exactement ce que je cherchais. Alors filez sur son instagram (@lapetitenimia) pour découvrir son travail !

Merci à Angela Morelli pour son atelier d'écriture qui m'a empêché de partir dans toutes les mauvaises directions !

Un immense merci aussi à mes bêta-lectrices qui ont encore une fois été d'un soutien précieux. Ma maman, Elodie, Mélissa, Mélanie, Mélusine, Léa, Angélique, Stéphanie, Alexandra, vous êtes des perles !

Enfin, merci aux blogueurs.euses et lecteurs.rices qui ont publié des articles, posté des photos ou qui m'ont simplement écrit pour me dire qu'ils avaient aimé mon premier roman. Chacun d'entre vous m'a donné la motivation pour vous proposer cette seconde histoire.

Écrire un deuxième livre, je n'avais jamais osé l'imaginer, le premier ne trouvant jamais de conclusion. La vie d'autrice restait donc un rêve lointain et inatteignable qui me tenait chaud l'hiver quand je pestais de devoir retrouver mon travail de bureau.

Mais aujourd'hui, je fais le pari de vivre de ma plume en me consacrant exclusivement à l'écriture de mes prochains romans (et au changement des couches de mon petit garçon entre deux chapitres...).

Parce que comme mes héroïnes Marion et Sophie, j'ai décidé d'arrêter de rêver pour être heureuse !

Alors, je vous dis à très vite pour les nouvelles aventures de mes colocataires... Nina ou Louise, qui sera au coeur de mon prochain roman, selon vous ?

Me contacter

Si vous souhaitez me contacter pour échanger
sur mon roman, me donner votre avis ou tout
simplement me faire un petit coucou...

N'hésitez pas à m'envoyer un e-mail :

camilleroy.autrice@gmail.com

Ou à me contacter sur
Instagram (rue.camille ou camilleroy.autrice)
ou sur
Facebook (Rue Camille)

Si vous avez quelques minutes, n'hésitez pas à laisser votre
avis sur le site Amazon, pour que d'autres lecteurs.rices
puissent également découvrir cette histoire !

De la même autrice

"Promis, j'arrête de rêver" - 2019

Disponible sur Amazon en e-book ou broché

Marion, 28 ans, trois colocataires adorables et un frère envahissant au compteur, a une passion dans la vie : Les gâteaux.

Elle pourrait se contenter de les manger, elle préfère les fabriquer. Depuis toujours, son rêve est d'ouvrir son propre salon de thé et de vivre entourée de pâtisseries !

Mais au final, elle se retrouve secrétaire d'un patron irascible. Adieu farine, beurre et pépites de chocolats... Et comme si cela n'était pas suffisant, sa vie sentimentale est proche du néant.

Alors entre la recherche du prince charmant et de la meilleure méthode pour "Ne pas tuer son employeur", où va-t-elle trouver le temps de réaliser son rêve ?

Découvrez une comédie romantique drôle, tendre et gourmande qui éveillera votre petit coeur en même temps que vos papilles !

Printed in Poland
by Amazon Fulfillment
Poland Sp. z o.o., Wrocław

61148512R00183